CITY OF
VILLAINS

GEHEIMNISVOLLE MÄCHTE

Für Emily van Beek, eine richtige Königin

Wir produzieren nachhaltig
- Klimaneutrales Produkt
- Papiere aus nachhaltigen und kontrollierten Quellen
- Hergestellt in Deutschland

FSC www.fsc.org
MIX
Papier aus verantwortungsvollen Quellen
FSC® C014496

978-3-551-28075-6

Die deutsche Ausgabe erscheint bei:
Carlsen Verlag GmbH, Völckersstraße 14–20, 22765 Hamburg

Originaltitel: City of Villains (© Disney 2021)
Text: Estelle Laure
Übersetzung: Ellen Kurtz
Cover-Illustration: Joshua Hixson
Cover-Design: Phil Buchanan

Lektorat: Imke Sörensen
Redaktion: Constanze Steindamm
Cover: awendrich grafix, Hamburg
Satz: Pinkuin Satz und Datentechnik, Berlin
Herstellung: Nadine Beck

www.carlsen.de

Disney

CITY OF
VILLAINS

GEHEIMNISVOLLE MÄCHTE

ESTELLE LAURE

CARLSEN

PROLOG

DIE WELT WAR MEINETWEGEN UNTERGEGANGEN.

Zumindest war das mein erster Gedanke.

Wenn ich die Augen schließe und meinen Gedanken erlaube, an den Abend zurückzukehren, spüre ich heute noch, wie der Boden auf mich zurast. Wie bei einer Achterbahnfahrt, wenn man den höchsten Punkt erreicht hat, langsam über die Spitze rollt und plötzlich aus unermesslicher Höhe in die Tiefe stürzt. Nur, dass ich diese Achterbahn nie verlassen habe, sondern immer noch in schwindelerregender Geschwindigkeit nach oben und unten gezerrt werde, ohne dabei je richtig Halt unter den Füßen zu finden.

Vielleicht habe ich mich aber auch an dem Tag in die Achterbahn gesetzt, an dem meine Eltern und meine Schwester ermordet wurden. Manchmal ist das schwer zu sagen.

Was ich aber mit Sicherheit weiß, ist, dass sich an dem Abend, an dem der Stab – dieses strahlende neue Gebäude, das vermeintliche Kronjuwel der Scar und Symbol ihrer Wiedergeburt – in sich zusammenstürzte, nur elf Jahre nach dem Tod der Magie, alles veränderte.

Ein weiteres Mal.

Lasst es mich euch erklären: Ich war fünfzehn.

James und ich hatten uns auf der Feuertreppe vor Tante Gia versteckt, weil sie ständig dachte, dass wir uns küssten, auch wenn wir das gar nicht taten. Wir hatten uns noch nicht daran gewöhnt, mehr als nur Freunde zu sein, und probierten es nur aus. Aber obwohl Tante Gia in vielen Dingen ziemlich entspannt war, galt das nicht für die Momente, in denen James und ich uns außerhalb ihres Blickfelds aufhielten.

Keine geschlossenen Türen in dieser Wohnung, Mary Elizabeth. Lass die Tür offen, damit ich euch sehen kann. Das ist James Bartholomew, und er ist, wer er ist.

Das machte mich nur noch trotziger. Sie hätte wissen müssen, selbst damals schon, dass ich niemandem erlaubte, James dafür zu verurteilen, ein Bartholomew zu sein. James und ich gehörten zusammen. In ihren Augen war es gefährlich, mit welcher Leidenschaft wir uns liebten. In unseren Augen und nach allem, was wir verloren hatten, war es eine Einladung zu leben. Eine Einladung, die wir in jeder Sekunde annahmen, die wir miteinander verbrachten.

An jenem Abend lehnte James sich zum ersten Mal zu mir hinüber, und in dem Augenblick, als unsere Lippen sich trafen, erstrahlte ein blaues Licht, so gleißend hell, dass es uns blendete und alles um uns herum verschwinden ließ. Für den Bruchteil einer Sekunde glaubte ich, wir hätten es ausgelöst.

Zuerst ertönte ein lautes, grollendes Geräusch, als wäre der Stab ein alter Baum, der mitsamt seinen Wurzeln der Erde entrissen wurde. Ihm folgte ein Blitz aus blauem Licht, so hell, dass ich noch Stunden später flirrende Punkte sah, und dann war der Stab verschwunden. Fort. James und ich hatten bei der Apokalypse einen Platz in der ersten Reihe, und sie dauerte keine dreißig Sekunden.

Das ganze Gebäude mit seinen einhundertsechzig Stockwerken verschwand noch am Abend seiner pompösen Einweihungsfeier, mitsamt den mehr als dreitausend Menschen in ihm. Die Elite von Monarch City löste sich einfach in Luft auf und ließ nicht einmal das kleinste Bröckchen Geröll oder irgendeine Spur der Verwüstung zurück.

Alles geriet aus dem Takt. Die ganze Welt hielt den Atem an.

James schlang die Arme um mich und zog mich zurück gegen die Wand, um mich zu schützen. Aber das war gar nicht nötig. Nachdem das Gebäude verschwunden war, herrschte nichts als Stille, von der Art, wie man sie nie wieder vergisst. Nichts bewegte sich. Keine Tauben, keine Autos, keine Motten. Nicht einmal die Luft selbst.

Tante Gia riss das Fenster auf – so erleichtert, dass wir noch dort und am Leben waren, dass sie uns nicht einmal dafür ausschimpfte, dass wir uns auf die Feuertreppe geschlichen hatten. Aber unmittelbar nachdem sie uns von oben bis unten taxiert und sichergestellt hatte, dass wir wohlauf waren, entglitten ihr die Gesichtszüge. Und dann sahen auch James und ich hin.

Wo bis vor Kurzem noch das Gebäude gestanden hatte, war nichts geblieben bis auf einen Krater, so sauber und präzise in die Erde geschnitten wie mit einem chirurgischen Skalpell.

Überall um uns herum drehten die Bewohner der Scar vollkommen durch. Von der Feuertreppe aus beobachteten wir, wie Menschen, die bis gerade eben noch entspannt im Viertel herumgehangen und Pizza gegessen hatten oder durch die abendlichen Gassen geschlendert waren, panisch und schreiend die Straßen entlangrannten, in der Erwartung, jeden Moment von herabstürzenden Trümmern erschlagen zu werden. Denn das ist es schließlich, womit man rechnet, wenn etwas von dieser Größe einstürzt. Aber an diesem Abend machte es einfach *Puff.*

Es dauerte eine ganze Weile, bis die Menschen begriffen, dass nichts explodieren oder in Flammen aufgehen und auch Monarch nicht versinken würde. Streifenwagen kamen und Feuerwehrwagen und Krankenwagen. Und dann standen sie alle einfach nur da, mit still flackernden Lichtern.

Es gab nichts für sie zu tun.

In den Nachrichten sprachen sie von einer tragischen Anomalie. Der Chief und Mayor Triton hielten Reden und beschworen alle, Ruhe zu bewahren. Ich nehme an, wir hatten einfach Glück, dass wir dort saßen, wo wir saßen. Wir waren um Haaresbreite entkommen.

Als ein paar Tage später Wasser aus dem Krater zu strömen begann wie Blut, das aus einer Wunde floss, gab Mayor Triton ihm den Namen Miracle Lake, da sie sich zu der großen Eröffnungsfeier verspätet und so den Fall um gerade mal zehn Minuten verpasst hatte. Für sie war es ein Wunder. Für zahllose andere eine Katastrophe.

Begräbnisse fanden statt. Unzählige Gebete wurden gesprochen. Mahnwachen und Opferkerzen bestimmten die Tagesordnung.

Als die Zeit der Trauer vorüber war, wurden die Dinge schwierig.

Die Magicalisten waren überzeugt, dass der Fall ein Zeichen war und wir alles in unserer Macht Stehende daransetzen sollten, die Magie zurückzuholen. Koste es, was es wolle. Die Naturalisten dagegen hielten ihn für ein Zeichen, dass die Magie selbst es war, die den Fortschritt bekämpfte und sich dagegen wehrte, wie die Narrows sich in der Scar ausbreiteten und all diese extravaganten neuen Gebäude wie den Stab auf heiligem magischem Boden errichteten. Sie glaubten, dass die Energien, die unter unseren Füßen verliefen, den Narrows einen Denkzettel verpasst hatten und dass die Magie zurückkehren würde, wenn wir nur das Richtige taten. Die Amagicalisten wiederum hielten den Fall lediglich für ein wissenschaftliches Phänomen, das sie bisher schlicht und einfach noch nicht zu erklären imstande waren. Sie glaubten, dass die Magie tot war und alle sich endlich dieser kalten, harten Tatsache stellen mussten.

Monarch spaltete sich in Fraktionen, jede überzeugt von ihrer Wahrheit. Und sie bekämpften einander, bis ihre Leidenschaft für die Sache zu einer stumpfen Abneigung zusammenschrumpfte, einer Art kaltem Krieg. Sie hatten sich schon immer bekämpft, aber jetzt geschah das an jeder Straßenecke und tauchte in jeder Nachrichtensendung auf. Die Menschen suchten nach einem tieferen Sinn und blieben mit leeren Händen zurück. Sie warteten darauf, dass die Magie ihre triumphale Rückkehr antrat.

Doch das tat sie nicht.

Die Feen kehrten nicht zurück, Wünsche blieben unerfüllt, und Träume starben zu Dutzenden.

Am schmerzhaftesten ist der Gedanke daran, was an diesem Abend wohl mit all den Menschen in dem Gebäude geschehen ist.

Ich hoffe, dass sie sich einfach schmerzfrei in Luft aufgelöst haben.

Ich meine, ich hoffe, dass es so war.

Für den Fall, dass es noch einmal passiert.

EINS

ZWEI JAHRE NACH DEM FALL

SMEE KANN DAS THEMA EINFACH NICHT FALLEN LASSEN, dass ich auf dem Weg zur Schule vorne sitze.

„Nein, ich mein es ehrlich, Cap“, heult er James die Ohren voll und zupft seine Lederjacke zurecht. „Wir sollten uns abwechseln. Wir wohnen im selben Haus, wir fahren zusammen in der Sea Devil an denselben Ort, und dann muss ich den Beifahrersitz räumen und mich nach hinten setzen, nur damit Mary vorne einsteigen kann. Das ist …“

„Erniedrigend?“, schlage ich vor.

„Entwürdigend?“, fragt Ursula, ohne von ihrem Handy aufzuschauen.

„Respektvoll“, sagt James. „Richtig.“

Smee wirft mir einen Blick zu, als würde er mich gerade so tolerieren. „Bloß, weil sie deine Freundin ist, sollte das nicht heißen, dass sie jedes Mal vorne sitzen darf. Wir sollten uns abwechseln.“

James hat gerade erst einen klassischen 1968er Mustang zum Laufen gebracht, ihn in einem altmodischen Blau lackiert und auf den Namen Sea Devil getauft. Er ist so umwerfend, dass das Probleme schafft. Jedes Mal, wenn er so etwas macht – eine alte Schrottkiste mit gutem Fahrwerk findet, so lange an ihr herumbastelt, bis sie wieder läuft wie am Schnürchen, und sie anschließend auf Hochglanz poliert –, kommt Smees innerer

Gangster zum Vorschein. Eigentlich ist er sowieso immer da. Er wäre gern mächtig oder zumindest die rechte Hand von jemand Mächtigem. Wir leben in einer Stadt, darum weiß ich nicht, warum wir bei dem Verkehr überhaupt mit dem Auto zur Schule fahren. Wir sollten die U-Bahn nehmen, aber das wird jetzt nicht mehr passieren, bis James die Sea Devil für ein neues Projekt stehen lässt.

Ursula schiebt sich neben Smee, während wir uns unseren Weg vorbei an den weißen, zinnbesetzten Säulen und durch die riesige Holztür bahnen, die in die Monarch High führt.

„Sie ist die Freundin, Dumpfbacke. Du bist nicht die Freundin, du bist nur einer von sechs nervigen Mitbewohnern."

„Wag es ja nicht, schlecht über Nimmerland oder seine Bewohner zu reden", erwidert Smee, „oder ich lass dich über die Planke gehen."

Die Planke ist das Sprungbrett über dem alten Pool in dem alten Haus, in dem James und sechs seiner Freunde zusammenleben. Ursula zwängt sich an ein paar Narrows vorbei, gekleidet in ihre üblichen weißen Button-down-Hemden, Halbschuhe und Sakkos. Wir halten vor unseren Schließfächern, und Ursula verpasst Smee mit der flachen Hand einen leichten Schlag gegen den Hinterkopf.

„Hey!", beschwert er sich.

„Kommt schon, Leute. Es ist Montagmorgen. Wir haben noch die ganze Woche, um uns auf die Nerven zu gehen", sage ich.

Montagmorgen an der Monarch High ist anders als an anderen Highschools, zumindest nach dem, was ich so gehört habe. Die Scar bestand früher beinahe vollständig aus Legacies – Menschen, die mit einem schwarzen Herzen auf dem Handgelenk geboren wurden, direkte Nachfahren der Magie. Als ich klein war, kannte ich nichts anderes. Es gab vielleicht ein paar vereinzelte Bürokraten aus der Midcity, Geschäftsmänner aus den Narrows, aber diese Zeiten sind vorbei. Nach dem Tod der Magie wurden Legacies wie meine Familie zu leichter Beute. Und die

Narrows – Menschen aus der Uptown, ohne Magie, aber mit gewaltigen Komplexen – sind wie Aasgeier, die unseren Grundbesitz zerpflücken, Legacies auf die Straße setzen und – am schlimmsten von allem – uns den Kontakt mit ihrem grässlichen Nachwuchs aufzwingen, bis sie endlich eine angemessene Privatschule für ihre Sprösslinge gebaut haben, auf Land, das sie billig von *uns* gekauft haben. Jetzt haben wir einen Espressostand, einen Caterer, der Mittagessen liefert, das sich kein Legacy leisten kann, und sie haben gerade erst einen Pool und ein weltklasse Fitnessstudio fertiggestellt.

Legacies meiden alles davon. Wir mögen es nicht, gekauft zu werden. Also versuchen wir jetzt, uns abzusondern. Wir unterscheiden nicht zwischen Sportlern, Nerds, Metal-Fans und Emos, wie ich es in Fernsehserien gesehen habe. Wir unterscheiden zwischen Legacies und Narrows. Wir Legacies tragen schwarze Lederbänder um unsere Arme gewickelt. Wir färben uns die Haare. Wir ziehen uns zu jeder Zeit so an, als wären wir auf einer Party. Auf unseren Klamotten prangt der Schriftzug *#LegacyLoyalty*.

Aber es stimmt schon, obwohl die Schule bereits zweigeteilt ist, geht die Trennung noch weiter. James und seine Nimmerland Crew – Ursula, Smee und ich – bilden eine Einheit, und dann gibt es noch alle anderen.

James und ich halten kurz, um uns zu küssen, während Ursula einen Anruf auf ihrem Handy entgegennimmt und Smee einfach nur dasteht, die Hände in den Taschen, und in seinem schwarz-weiß gestreiften Shirt den Korridor im Blick behält. Als wäre er unser Türsteher.

Ursula lässt ihr Handy in der Tasche verschwinden und fragt: „Welches wundervolle Fach haben wir denn heute Morgen? Magische Geschichte, sagst du? Mein Lieblingsfach."

„Dreena auf sechs Uhr", murmelt Smee. „Macht euch bereit für eine volle Ladung Schulgeist."

Als ob sie gehört hätte, wie jemand ihren Namen sagt, schwebt Dreena, flankiert von Lola und Casey, zu uns hinüber, in paillettenbesetzte Tücher gehüllt und die Haare zu zwei blauen Zöpfen gebunden. Sie hat die Arme voller Flugblätter.

„Was willst du?“, fragt Ursula, als Dreena nahe genug herangekommen ist. „Egal, was du verkaufst, wir brauchen nichts. Obwohl ...“, sagt sie nachdenklich, „... falls es irgendetwas Interessantes gibt, das du brauchst, könnte ich es vielleicht für dich organisieren. Meine Preise sind in Ordnung.“

„Ich wollte euch nur eins von denen geben.“ Dreena reicht jedem von uns ein Flugblatt. Smee lässt seins augenblicklich auf den Boden fallen und starrt gelangweilt in die Ferne. „Ich weiß, dass ihr nicht politisch engagiert seid oder so, aber der Vater von Lucas Attenborough will ein Einkaufszentrum mitten in der Stadt bauen. Ein *Einkaufszentrum.* Sie würden einen ganzen Häuserblock abreißen. Wir müssen uns treffen! Wir müssen uns versammeln! Das ist inakzeptabel. Wir dürfen nicht zulassen, dass der historische Bezirk der Scar zerstört wird.“ Dreena wäre wirklich leichter zu ertragen, wenn sie nicht immer so furchtbar nervig wäre, so vollkommen überzeugt von ihrer Stellung, überzeugt genug, dass sie es sogar wagt, auf uns zuzugehen, wo wir doch so hart daran gearbeitet haben, unnahbar zu sein, damit wir uns nicht mit Leuten wie ihr herumschlagen müssen.

„Dree-Dree“, säuselt Ursula gedehnt und lässt die Tür zu ihrem Schließfach zuschlagen. „Ich mag Einkaufszentren so gern wie jedes andere Mädchen auch, aber in dieser Sache bin ich auf deiner Seite. Loyalty bis zum Schluss. Die Sache ist die, eine Versammlung wird überhaupt nichts bewirken. Was ihr braucht, ist jemand, der weiß, was auf der anderen Seite vor sich geht. Ihr müsst herausfinden, wer wen bezahlt und ob es für die vielleicht einen guten Grund gibt, ihr Lieblingsprojekt aufzugeben.“ Ursula kreist lässig um Dreena, die mit jeder Umrundung an Farbe verliert. „Wer schläft mit wem? Wer hat sich auf einen dreckigen Geschäftsdeal eingelassen und könnte überzeugt werden, einen Rückzieher zu machen?

Diese Stadt funktioniert nur so." Die letzten Worte haucht sie Dreena ins Ohr, die wie eine Maus in sich zusammenschrumpft.

„Aber …", erwidert sie mit deutlich gedämpftem Enthusiasmus und behält Ursula genau im Blick, „das ist nicht richtig! Das allein sollte ausreichen. Es ist nicht gerecht, dass sie sich hier breitmachen und diese alten Gebäude abreißen, um auf dem Gelände irgendeine Shopping-Meile hochzuziehen."

„Vielleicht nicht." Ursula zieht ihr Handy aus der Tasche und beginnt, durch eine Liste zu scrollen. „Aber Monarch ist, wie es ist, und daran wirst auch du mit deinen traurigen, kleinen selbst gemachten Flyern nichts ändern. Ich kenne ein paar Leute. Lass es mich wissen, wenn ich mich mal für dich umhören soll. Ich könnte mir dich vormerken." Sie lächelt, ihre vollen roten Lippen teilen sich hungrig. „Ich habe nächsten Donnerstag noch frei."

Dreena reckt die Nase in die Luft und versucht, sich zu einer Höhe aufzurichten, mit der sie neben Urs nicht vollkommen verloren aussieht. Es misslingt ihr. „Was würde mich das kosten? Muss man dich nicht in Geheimnissen bezahlen?", fragt sie unsicher.

Ursula zuckt mit den Schultern. „Kommt drauf an. Ich mag auch Geld." Sie grinst. „Und Gefälligkeiten."

„Ich glaube, ich bleibe lieber bei der altmodischen Variante. Versammlungen und so weiter."

„Wie du willst. Versuch es auf deine Weise, du wirst ja sehen, wie weit du damit kommst." Jetzt, da Dreena ihre Entscheidung getroffen hat, scheint Ursula das Interesse verloren zu haben und wühlt suchend in ihrem schwarzen Lederrucksack.

Dreena verlagert ihr Gewicht nervös von einem Fuß auf den anderen, lässt aber nicht locker. „Unser Treffen findet morgen in der Tea Party statt, falls du kommen möchtest." Sie raschelt mit den Flugblättern in ihrer Hand. „Alle sind eingeladen."

„Lass es mich wissen, falls du deine Meinung änderst“, sagt Urs und sieht zerstreut auf. „Es geht mir nur darum, Wünsche und Träume wahr werden zu lassen.“

Dreena, die ganz so aussieht, als würde sie ihre Entscheidung, zu uns gekommen zu sein und mit uns gesprochen zu haben, zutiefst bereuen, wendet sich ab und macht Anstalten, weiter den Korridor entlangzugehen. Aber bevor sie auch nur einen Schritt weit gekommen ist, fliegt Stone Wallace ihr vor die Nase und kracht mit Smee zusammen, der ihn reflexartig von sich stößt, während wir uns alle nach dem Ursprung des Kampfes umsehen. James baut sich vor mir auf, und ich stelle mich auf Zehenspitzen, um etwas sehen zu können. Monarch High war früher eine ziemlich langweilige Schule. Das ist vorbei, seit die Narrows den Bezirk gewechselt haben.

Stone trägt ein weißes T-Shirt und eine schwarze Lederhose, in deren Oberfläche weitere Herzen gestanzt wurden, passend zu dem Geburtsmal auf seinem Handgelenk. Sie wirken wie die Schuppen auf der Haut einer giftigen Schlange. Normalerweise ist er einer von den Unberührbaren. Die meiste Zeit versteckt er sich hinter dem Bass, den er am Wochenende im Wonderland spielt, dem örtlichen Underage Club, und ansonsten bleibt er für sich. Heute offenbar nicht. Stone stürzt sich auf Lucas Attenborough, der ihn mit Leichtigkeit zurückstößt, sodass Stone auf den Rücken fällt. Er schnappt nach Luft und sieht panisch zu uns auf. Lucas verpasst ihm einen Tritt, der eher symbolisch als schmerzhaft ist.

„Hey“, sagt James und geht dazwischen, Smee an seiner Seite. „Das reicht.“ Sein gebieterischer Tonfall lässt Lucas innehalten, er richtet seinen Blick jetzt auf James, der eine Mischung aus Anspannung und vollkommener Selbstsicherheit ausstrahlt, perfekt im Gleichgewicht. Es ist egal, wie reich oder arrogant Lucas Attenborough ist. Er müsste ein kompletter Vollidiot sein, um sich mit Captain Crook anzulegen. Ein Name, den James einerseits hasst, weil die Bartholomews eine Gangsterfamilie sind, von der er sich gerne distanzieren würde, den er aber zu seinem Vorteil nutzt, wenn es sein muss. Und es muss häufig sein.

Wir Legacies müssen uns um uns selbst kümmern. Neunundachtzig Prozent der Legacies würden lieber feiern als kämpfen, aber seit der Ankunft von Arschlöchern wie Lucas in unserer Mitte müssen wir auf der Hut und auf alles gefasst sein, jederzeit.

„Meine Güte", kommentiert Justin, ein vorlauter Amagicalist in kariertem Anzug, das Geschehen in übertrieben gedehntem Tonfall aus einer Ecke. „Wenn ihr alle endlich mal akzeptieren könntet, dass die Magie tot ist, würde nichts von alldem passieren. Wir könnten einfach nach vorne sehen."

Seine Freunde tun nickend ihre Zustimmung kund.

„Der Glaube an die Magie ist die Wurzel sämtlicher Probleme unserer Gesellschaft", sagt ein mürrisches Mädchen mit Pferdeschwänzen wie Spaghetti.

Lucas schnaubt, sieht sich um und bemerkt, dass er gegenüber den sich rasch ansammelnden Legacies eindeutig in der Unterzahl ist. Selbst Flora, Fauna und Merryweather sind dort in ihren hauchdünnen, passenden pinken, blauen und grünen Kleidern, und jeder weiß, dass die drei seit ihrer Auseinandersetzung mit Mally Saint ständig ihre Waffen am Körper tragen.

„Stone hat es nicht anders verdient", sagt Lucas und lässt den Blick herausfordernd über die Menge schweifen. „Auch wenn keiner von euch mir jemals ein Wort glauben würde."

„Nein, würden wir nicht", erwidert Smee zustimmend und versetzt Lucas einen leichten Schubs. „Beweg deinen Narrow-Hintern aus meinem Korridor."

Mit einer kleinen Bewegung seines Nackens richtet Lucas sein Hemd. „Wie kannst du es wagen, mich mit deinen dreckigen Legacy-Pfoten anzufassen? Weißt du nicht, wer ich bin?"

„Ob ich weiß, wer du bist?“ Jetzt tänzelt Smee vor ihm herum wie ein Boxer, die Fäuste auf Augenhöhe. „Ob *ich* weiß, wer *du* bist? Pah. Die Frage ist, weißt *du*, wer *ich* bin?“

Smee sieht so aus, als wäre er drauf und dran, Lucas ins Gesicht zu schlagen. Was dazu führen wird, dass Lucas Smee ins Gesicht schlägt, was wiederum dazu führen wird, dass James und der Rest seiner Jungs sich in die Schlägerei einmischen … Also gehe ich dazwischen, bevor das nächste Unglück geschieht. Jeder weiß, wo das hinführt. Wenn sie tatsächlich miteinander kämpfen, wird Smee die ganze Schuld zugeschoben bekommen und suspendiert werden, und der Rest der Legacy Kids wird völlig außer Kontrolle geraten. Fall Lucas überlebt, wird er keinerlei Konsequenzen zu spüren bekommen, außer vielleicht, dass er sich entschuldigen muss.

„Geh in den Unterricht, Lucas“, sage ich so leise, als wären nur wir zwei auf diesem Gang und keine einhundert Legacies und er. Er wirft einen Blick hinter sich, ein erstes Anzeichen von Nervosität. „Du bist in der Unterzahl. Wenn du bleibst und kämpfst, wirst du verlieren.“

Lucas registriert all die hellen Augen und Farben, die angespannten Körper, bereit zum Sprung. Er stößt ein abfälliges Schnauben aus, fixiert mein herzförmiges Geburtsmal, und seine Augen brennen vor Hass. „Wenn ihr euren Fehler bemerkt, wird von dieser Müllhalde, die ihr euer Zuhause nennt, schon nichts mehr übrig sein. Und das wird eine tausend Mal bessere Rache sein, als gegen Stone zu kämpfen … und zu gewinnen.“ Er zuckt mit den Schultern, als wollte er einen unangenehmen Gedanken abschütteln. „Aber wahrscheinlich hast du recht. Die sind aus italienischem Leder.“ Er sieht auf Stone hinab, der ihn anfunkelt und sich die Seite hält. „Ich will sie mir nicht ruinieren.“ Demonstrativ hebt er die Fußspitze, steckt sich die Hände in die Taschen und stolziert den Korridor hinunter, als ob nicht ein ganzer Mob von Legacy Kids ihm nachstarrt.

Während sich die Menge allmählich auflöst, packt Mally Saint, das kälteste Mädchen in ganz Monarch, in aller Seelenruhe Bücher aus ihrem

Schließfach in ihre ziemlich teuer wirkende Ledertasche. Ihr Rabe Hellion sitzt auf ihrer Schulter und beobachtet, wie die Leute in ihren Klassenräumen verschwinden. Er stößt ein leises Krächzen aus.

„Sch… Liebling", sagt sie und streicht ihm über das Gefieder. Ihre schwarzen Haare sind zu einem stylischen Bob geschnitten, und ihre tiefschwarzen Klamotten sehen aus, als wären sie ihr aus französischer Seide von Hand auf den Leib geschneidert worden – was sie wahrscheinlich auch sind. Ihr schwarzes Kleid geht nahtlos in ein Paar hoher Stiefel über, und mit ihren Schulterklappen und der zweireihig geknöpften Jacke im Militärstil wirkt sie, als zöge sie in den Krieg. Ihr Vater ist reich. Superreich. Nur, dass er nicht aus der Narrows Uptown kommt. Er ist Legacy. Und als ob alles und jeder sich darüber einig ist, dass Mally größer und besser ist als alle um sie herum, sitzt ihr schwarzes Legacy-Herz nicht auf ihrem Handgelenk, sondern windet sich wie eine lebendige Kreatur von ihrer Brust die linke Seite ihres Halses hinauf. Ohne irgendein Anzeichen von Stress wirft sie die Tür ihres Schließfachs zu und sieht zu uns hinüber.

„Ach, hi, Leute", sagt sie.

„Mally", erwidert James.

Sie schlendert an uns vorbei, Hellion lässt keinen von uns aus dem Blick. „Ich hätte die Jungs kämpfen lassen", murmelt sie an mich gewandt. „Das wäre richtig unterhaltsam geworden." Sie lässt einen Finger über meine Schultern tanzen, und ich kann ein Schaudern nicht unterdrücken. „Das wäre … unbezahlbar."

Als sie ein paar Sekunden später um eine Ecke verschwunden ist, sagt Ursula: „Wisst ihr, je mehr ich über sie nachdenke, desto besser kann ich sie leiden."

„Du machst wohl Witze", schnaubt Smee. „Sie ist wie eine Art Seelsauger und macht mich ganz nervös."

„Seelsauger können nützlich sein, wenn sie auf deiner Seite sind." Ursula verpasst Smee einen weiteren Klaps auf den Hinterkopf.

„Wisst ihr noch, wie sie sich mit Flora und den anderen angelegt hat?“, fragt Smee. „Ich dachte, sie würde den dreien die Haut abziehen.“

Es stimmt, der Kampf war episch. Fauna hatte mir eines Abends anvertraut, dass Mally die drei ständig so viel herumkommandierte, dass sie beschlossen hatten, sie nicht zu ihrem alljährlichen Feenfest einzuladen, bei dem sie ihre Feengroßmütter ehrten. Für Mally kam das einer Kriegserklärung gleich. Sie tauchte bei der Party auf und stand einfach mit verschränkten Armen da, während Hellion umherflog, seine Klauen in die Rosenblütentorte schlug, das Fass mit der Ingwerlimonade umstieß und mit dem Schnabel auf das über Kastanien geröstete Spanferkel einhackte. Ich war auf dieser Party, und das wohl Beängstigendste an allem war der Ausdruck auf Mallys Gesicht. Niemand wagte es, sich ihr und diesem schiefen Lächeln zu nähern, aber vor allem hatte sie ihren kalten, wissenden Blick. Man sollte es sich mit ihr nicht leichtfertig verscherzen. Aber selbst diese Party zu ruinieren, reichte ihr nicht aus. Mally zerschnitt Flora die Bremsleitungen, legte ein überfahrenes Tier auf Faunas Türschwelle und bleichte Merryweathers Rasen. Sie sprechen noch heute nicht miteinander. Nie. Jetzt ist Mally immer allein und schwebt durch die Korridore wie ein ungreifbarer, top gestylter Geist.

Wie auch immer. Nur ein weiterer typischer Montagmorgen in der Monarch High. Gewalt. Territoriales Gehabe.

Nur, dass es sich in letzter Zeit so anfühlt, als würden die Dinge schlimmer.

ZWEI

IM VERLAUF DER NÄCHSTEN ZWEI TAGE KOMMT ES ZU drei weiteren Kämpfen zwischen Legacies und Narrows. Ich glaube nicht, dass es irgendjemandem bewusst ist, bin aber sicher, dass es etwas damit zu tun hat, dass sich der dreizehnte Todestag der Magie und der zweite Jahrestag des Falls nähern. Am einunddreißigsten Oktober ist eine riesige Gedenkfeier für alle in den beiden Katastrophen Verstorbenen geplant, und die Spannungen zwischen den Fraktionen wachsen mit jedem Tag.

Der Wind fährt mir durch die Kleidung, kaum dass ich in der Midcity aus dem Zug gestiegen bin und die drei Blocks zum Polizeirevier gehe, um mein nachmittägliches Praktikum anzutreten. Das Stechen auf meinen Wangen fühlt sich gut an. Ich mag Sturm: Regen, bedrohlich dunkle Wolken, Regenschirme, die vom Wind umgeklappt werden. Manchmal geht mir das ständig gute Wetter in der Scar auf die Nerven. Es fühlt sich gut an, in der Midcity zu sein, dem gigantischen Viertel zwischen der Scar und den Narrows. Hier bezahlen die Leute brav ihre Tickets, gehen ihren Bürojobs nach, shoppen und kämpfen gegen die Kriminalität, so wie sie es im Rest des Landes tun. Das Wetter verändert sich, es gibt viele und ganz unterschiedliche Industrieanlagen, und die Straßen sind nicht voller verlorener Seelen, Skater und Straßenkünstler wie in der Scar.

Auf dem Revier herrscht geschäftiges Treiben. Als eines von Monarchs älteren Gebäuden direkt hinter der Grenze zwischen Scar und Midcity besticht das Revier durch seine hohen Decken, hellen Wände, weißen Stuckverzierungen und sogar durch etwas buntes Glas. Es hat etwas Prachtvolles und Schönes an sich, aber alles Filigrane und Künstlerische wird überschattet von der Arbeit, die innerhalb dieser Mauern verrichtet wird.

Tische stehen dicht gedrängt in dem gewölbeartigen Raum, und im hinteren Teil erstreckt sich eine Fensterfront, so platziert, dass die Person in dem Büro auf der anderen Seite ein Auge darauf werfen kann, was hier vor sich geht. Diese Person ist der Chief, und wie gewöhnlich sind die Jalousien in ihrem Büro heruntergelassen. Es gibt einen kleinen Tresen mit Backwaren, an dem ständig Kaffee gekocht wird, und eine kleine Gruppe von Tischen für die Sekretärinnen. Dort ist auch mein Platz, eingezwängt in eine Ecke, sodass niemand überhaupt bemerkt, dass ich dort bin – bis auf die Sekretärinnen natürlich, die nichts lieber tun, als mir ihre langweiligen Abschriften aufs Auge zu drücken, und einer Legacy-Polizistin namens Bella, deren Schreibtisch ganz nahe bei meinem steht. Es macht mir nichts aus, wenn sie vergessen, dass ich hier bin. Das macht die Dinge so viel einfacher. Die Geräusche von unzähligen Gesprächen und dem ständigen Klingeln der Telefone verschmelzen zu einem undefinierbaren Summen. Neben dem Großraumbüro gibt es noch kleinere Räume für Verhöre oder private Besprechungen, aber hier in der Haupthalle herrscht eine unablässige Energie, und obwohl ich nur nervigen Papierkram erledige, bin ich doch zumindest hier. Einen Schritt näher an meiner Bestimmung.

Überall laufen Leute umher, führen hitzige Gespräche, dicht aneinandergedrängt, und alle sind scheinbar schrecklich beschäftigt. Ich würde mich gerne ins Getümmel stürzen, jemanden finden, mit dem ich reden kann und der mir verrät, was vor sich geht, mich in einen spannenden neuen Fall einweiht, aber ich weiß, dass das nicht passieren wird. Am Anfang meines Praktikums habe ich genug Tage damit verschwendet, mich wie eine Fünfjährige auf einer Party für die großen Kids zu fühlen, die unbedingt Teil der wichtigen Unterhaltungen und der Frotzeleien werden will. Es hat nicht funktioniert.

Ich scanne meine Marke, um mich einzustempeln, und versuche, mir meine Begeisterung nicht anmerken zu lassen. Es stimmt schon, dass es nicht das ist, was ich mir ursprünglich vorgestellt hatte, als ich an der Waffe ausgebildet wurde und gelernt habe, wie man Bomben entschärft und jemanden vom Springen abhält und Verhandlungen führt. Als ich gelernt habe, wie man sich durch ein Gebäude bewegt und all die Ecken sichert, in denen sich jemand versteckt halten könnte. Ich dachte, ich wäre draußen auf den Straßen der Scar und würde sie wieder sicher machen und in Räume gelangen, in die sonst niemand hineinkommt, weil ich Legacy bin. Wenn ich jetzt daran zurückdenke, wie naiv ich war, schießt mir das Blut in die Wangen, vor allem, weil ich noch weiter geträumt habe. Ich habe mir vorgestellt, wie ich mit achtzehn auf dem Platz des Chiefs sitze, das Büro voller Infinity Roses und eine Ehrenmedaille in einer gläsernen Vitrine an der Wand.

Niemand spricht mit mir oder gibt mir irgendwelche Anweisungen. Es wird von mir erwartet, dass ich auftauche, mich an meinen Schreibtisch setze, so viel erledige, wie ich eben kann, und dann ohne großes Getue wieder verschwinde. Was ich gelernt habe, seit ich dieses Praktikum begonnen habe, ist, dass ich – auch wenn es nicht einmal ansatzweise so ist, wie ich es mir vorgestellt habe – *hier* bin. Ich habe den ersten Schritt getan, um meinem Ziel näher zu kommen. Ich werde nur viel länger bis dorthin brauchen, als ich ursprünglich gedacht habe.

Und dann ist da noch eine Sache, die ich mir nur manchmal eingestehe. An den Nachmittagen, die ich hier verbringe, bin ich dem Chief näher, als ich es seit dem Tag vor all den Jahren war, als sie den Mord an meiner Familie aufgeklärt hat. Als sie und Mayor Triton mich bei der Pressekonferenz an den Händen gehalten haben. Sie rauscht vorbei, mit ihrer

Assistentin auf den Fersen und umgeben von einer ständigen Entourage von Leuten, die um ihre Aufmerksamkeit buhlen, während ich aus der Entfernung zusehe.

Eines Tages wird sie mich sehen.

Denke ich.

Nein, wahrscheinlich nicht.

Jeanette, eine der Sekretärinnen, kommt zu mir und wirft eine weitere Akte auf die Spitze meines Stapels. „Ich habe noch einen Verrückter-Hutmacher-Bericht für dich", sagt sie. Jeanette hat zwei Kinder zu Hause, und ich bin ziemlich sicher, dass sie mich bemitleidet. „Den solltest du zuerst bearbeiten. Und leg ihn wieder *du weißt schon, wo* hin, wenn du mit Lesen fertig bist." Sie tippt mit der Fingerspitze auf die Akte. „Körperteile in Kisten. Viel spannender wird's hier nicht."

Das geht schon ewig so, noch bevor ich hier angefangen habe. Körperteile tauchen über die ganze Scar verteilt auf, was für mich von besonderem Interesse ist, weil mich alles interessiert, was in der Scar passiert. Bis jetzt hatten wir schon einen Oberschenkel, einen Arm und eine Hand, bei der die Fingerabdrücke aus der Haut geschnitten wurden. Die Körperteile scheinen alle von derselben Person zu stammen, sind in Kisten eingepackt wie ein Geschenk und in Trockeneis konserviert.

Dieser Fall ist mein nachmittäglicher Leckerbissen.

„Danke", sage ich.

Sie zwinkert mir zu, geht weiter und streicht sich dabei die Falten aus dem grauen Rock. „Nichts zu danken, Süße", sagt sie.

Ich kann es kaum erwarten, dass sie verschwunden ist, bis ich die Akte öffne. Ich sehe mich Bildern gegenüber, so grotesk, dass mir eigentlich schlecht werden müsste, aber das wird es nicht. Die Fotos faszinieren mich. Bei diesem Anblick würde sogar Urs nach Luft schnappen. Das steht auf einer Stufe mit etwas, das Mally an ihrem absolut schlimmsten Tag anrichten könnte. Und es ist so unwiderstehlich. Ich weiß, dass ich die Berichte eigentlich nur abschreiben und anschließend abheften soll, aber in Augenblicken wie diesen frage ich mich manchmal, ob es nicht auch noch einen anderen Weg für mich gibt. Einen aufregenderen Weg. Vielleicht könnte ich einen Bericht erfinden, aus dem Nichts.

Ich hole einmal tief Luft, und dann, als ich alles wieder beisammenhabe, der Raum sein schwindelerregendes Kaleidoskop beendet hat und ich all die verräterischen Gedanken aus meinem Kopf verbannt habe, lege ich die Akte sorgfältig beiseite. Ich werde auf sie zurückkommen, wenn ich Zeit habe, mich in ihren Inhalt zu vertiefen und darin zu schwelgen.

DREI

BIS SECHS UHR IST AUF DEM REVIER RUHE EINGEKEHRT. Die Tagschicht hat Feierabend, die Nachtschicht ist auf den Straßen, und die Patrouillen sind unterwegs, sodass sich nicht mehr so viele uniformierte Polizisten im Gebäude aufhalten. Von denen, die noch geblieben sind, geht eine ruhige Anspannung aus. Dann und wann klingelt ein Telefon, ein paar Polizisten führen Verhöre in den Nebenräumen, der Rest scheint irgendetwas zu recherchieren oder abzutippen.

Ich sollte los, nach Hause oder zu James oder ins Wonderland, aber stattdessen habe ich meinen Arbeitsplatz auf den Boden neben meinem Schreibtisch verlegt, damit ich mehr Platz habe, um Fotos und eine der riesigen Karten von Monarch auszubreiten, die die Detectives zusammengerollt in einem Korb aufbewahren. Mit einem Bleistift habe ich alle Orte markiert, an denen in Geschenkpapier eingewickelte Kisten mit Körperteilen aufgetaucht sind. Ich sehe mir die Fotos der Karten an, die bei den Paketen gefunden wurden, die verschnörkelte Handschrift, die auffällige schwarze Tinte, die beinahe so aussieht, als wäre sie noch nass.

In Liebe,

der Verrückte Hutmacher

Was will er erreichen? Ich nehme einen Bleistift und ziehe Linien, die alle Fundorte miteinander verbinden, dann lehne ich mich zurück.

Interessant ... alle Fundorte scheinen an Plätzen zu liegen, die den Magicalisten etwas bedeuten. Außerhalb des Ever Garden, wo Blumen das ganze Jahr über blühen, die Lower Monarch Bridge, wo vor zehn Jahren der Magic March stattfand, und vor dem Zentrum für Zauberstäbe, das kurz nach dem Wahn um die Gute Fee abgerissen wurde und den Gerüchten zufolge über einem riesigen Bett aus Kristallen gestanden haben soll, von denen manche behaupten, sie seien die Quelle der Magie. Die Person, die für diese Verbrechen verantwortlich ist, muss aus der Scar stammen. Aber warum das alles? Als eine Art Drohung gegen ihre Bewohner? Irgendein Amagicalist, der versucht, eine Botschaft zu senden?

Ich höre ein Räuspern und schrecke ertappt aus meinen Gedanken. Genau genommen ist dies eine vertrauliche Akte, die Jeanette mit mir geteilt hat, was sie schon ein paar Mal getan hat, um mich vor tödlicher Langeweile und totaler Verzweiflung zu bewahren. Ich habe mich so daran gewöhnt, unbemerkt zu bleiben, dass ich nicht so diskret vorgegangen bin, wie ich es sollte. Schützend lege ich einen Arm über die Karte und die Akte, dann bemerke ich, wer es ist.

Bella Loyola, die junge Polizistin, die abgesehen vom Chief die einzige andere Legacy im ganzen Gebäude ist, sitzt mir gegenüber. Die Arme verschränkt, zieht sie hinter ihrer Hornbrille eine Augenbraue hoch. In ihrer Weste, der weißen Bluse und der Karohose sieht sie von Kopf bis Fuß wie der büchervernarrte Gutmensch aus, der sie auch ist, obwohl ich zugeben muss, dass es ihr dabei irgendwie gelingt, stylisch zu wirken. Und diese Haare! Dunkelbraun und üppig, zu einem unordentlichen Pferdeschwanz hochgesteckt, dem man ansieht, dass es sie den halben Morgen gekostet hat, ihn genau so hinzubekommen.

Sie lächelt mich herzlich an und wirft mir dabei einen tadelnden Blick zu. „Vertraulich?“, haucht sie lautlos und deutet auf meinen Schreibtisch.

Das sollte mich eigentlich nicht überraschen. Sie hat mich früher schon auf Dinge hingewiesen, die ich falsch mache. Ich glaube, dass sie versucht, auf eine schwesterliche Art hilfreich zu sein, aber ich mag es nicht, mich so zu fühlen, als müsste ich mich vor ihr verantworten. Einmal hat sie sogar mein Kaffeekochen korrigiert. Mit sanfter Stimme hat sie mich darauf hingewiesen, dass die Detectives ihren Kaffee nicht so stark mögen, weil sie ihn den ganzen Tag über trinken. In der Hierarchie auf dem Revier steht sie nur eine Stufe über mir. Was mich betrifft, gibt es eigentlich nur eine einzige Person, die mir sagen kann, was ich zu tun und zu lassen habe – und das ist nicht Bella.

Ich mache eine Handbewegung, als hätte ich sie nicht verstanden, und deute dann über ihre Schulter. Ihr Partner Tony kommt von hinten auf sie zu. Für den Bruchteil einer Sekunde treffen sich unsere Blicke, bevor sie ihre Aufmerksamkeit auf ihn richtet.

„Und? Bereit, runterzugehen und einen Happen zu essen?", fragt er.

„Oh … ähm … eigentlich arbeite ich grade an dem Bericht über den Fall in den Narrows, den wir gestern abgeschlossen haben. Ich will mit dem ganzen Papierkram nicht zu weit hinterher sein." Sie lächelt ihn an.

„Nein, nein, nein", erwidert er und legt eine Hand auf ihren Ordner. „Wir sollten gehen. Du musst mal lernen, dich zu entspannen. Du bist viel zu gestresst."

Sie zieht den Ordner unter seinem Ellenbogen wieder heraus. „Geh du ruhig schon", sagt sie.

„Äh … Officer Loyola", sage ich, „können Sie mir hier bei etwas helfen?"

Tony sieht finster zu mir hinüber. „Sie will grade Pause machen."

„Es dauert nur eine Sekunde."

„Sie ist neu. Ich werde ihr besser helfen. Geh du etwas essen, Tony."

Er steht da und streckt sich, nimmt mit seinen merkwürdig bepackten Schultern zu viel Platz ein. „Na schön", brummt er, „aber eines Tages wirst du dich mit mir zu einem richtigen Essen hinsetzen."

Bella wirft ihm ein angespanntes Lächeln zu, dann kommt sie an meinen Schreibtisch. „Was kann ich für dich tun?"

Als Tony gegangen ist, murmelt sie leise „Danke" und kehrt an ihren eigenen Platz zurück, wo sie konzentriert auf ihren Papierkram starrt. Vielleicht irre ich mich, aber ich glaube, Tränen in ihren Augen zu sehen.

Ich wende mich wieder meiner Akte zu, ohne etwas zu sagen. Ich kenne dieses Gefühl von Frust und Zorn, wenn man etwas nicht aussprechen kann, was man wirklich gerne loswerden möchte. Ich weiß auch, dass niemand gerne dabei beobachtet wird, während er sich von diesem Gefühl erholt.

Ich versuche, mich wieder auf den Verrückten Hutmacher zu konzentrieren, und bin binnen Sekunden wieder in seinem Bann. Ich hoffe, dass die zerhackte Person ein wirklich schlechter Mensch war, der diese Bestrafung verdient hat. Denn ich finde, dass schlechte Menschen genau dieses Ende finden sollten. Ich bin der Ansicht, wenn du jemandem Leid zufügst, dann solltest du auch leiden.

Vor meinem inneren Auge blitzt das Bild meiner Eltern auf, wie ich sie an jenem Tag gesehen habe, und das meiner Schwester, als ich versehentlich einen Blick auf die Tatortfotos erhascht habe – all das Blut. Es gab für sie keine Gnade, und es sollte auch keine Gnade für Jake Castor geben, diesen Jäger, der ihnen das Leben geraubt hatte, während ich in der Schule gewesen war. Er sagte, er habe einfach nur wissen wollen, wie es sich anfühlt, jemandem das Leben zu nehmen. Er hatte das Kommen und Gehen meiner Mutter schon seit Tagen ausgespäht und wusste, wann sie zu Hause sein würde. Es war sowohl willkürlich als auch geplant. Er wusste nicht, dass auch meine Schwester und mein Vater dort sein würden, beide krank und darum zu Hause. Als er endlich sein Geständnis ablegte, sagte er, dass er in Panik geraten sei, weil sich drei Personen statt einer in der Wohnung aufgehalten hatten. Doch er wusste, dass er sie überwältigen konnte, da sie Legacies waren, und Legacies ohne Magie sind eine leichte Beute.

Damit hatte er recht.

Die Vorstellung, dass er in irgendeinem Gefängnis vor sich hin vegetiert, anstatt in Einzelteilen zu verrotten, macht mich rasend wütend. Aber ich nehme an, alles ist besser als die Alternative – dass er immer noch dort draußen ist. Das verdanke ich dem Chief.

Ich tröste mich mit dem Gedanken, dass eines Tages ich es sein werde, die Menschen zur Rechenschaft zieht und die Scar wieder zu einem sicheren Ort macht. Ich könnte es sogar schaffen, alle zu vereinen. Ich stelle mir vor, wie ich von einem Floß aus den Menschen zuwinke, eine Konfettiparade die Welt bunt färbt und die Leute mir zujubeln und mir dafür danken, dass ich die Stadt gerettet habe.

Meine Tagträume werden von einer leisen, aber bestimmten Stimme unterbrochen, deren dunkler Bariton durch den ganzen Raum trägt und mir einen Schauer über den Rücken jagt.

„Nehmen Sie die Hände weg", sagt die Stimme ruhig, trotz dieser Worte. „Ich will den Chief sprechen, sofort."

„Sie können nicht zu ihr, Sir", erwidert eine Polizistin mit nasaler Stimme, offensichtlich ungläubig wegen seines Tonfalls und seines Anliegens. „Sie empfängt heute keine Besucher. Und hier gilt ein Hausverbot für Tiere. Es sei denn, es handelt sich um eine unserer K-9-Einheiten, und das ist keine von unseren K-9-Einheiten. Ich muss Sie auffordern, zu gehen und ohne diesen …"

Der Vogel auf der Schulter des Mannes, schlank und tiefschwarz, schnappt nach dem ausgestreckten Finger der Polizistin. Sie zieht ihn weg und weicht einen Schritt zurück, während der Mann dem Vogel über den Kopf streicht und ihm aus seiner Tasche etwas in den Schnabel steckt.

„Hellion", sagt er, „wir werden sie finden."

„Das ist Mally Saints Vater", murmele ich und begreife es erst, als ich die Worte schon gesprochen habe. Und das ist Mally Saints Vogel. Ich habe Hellion noch nie irgendwo anders als auf Mallys Schulter gesehen.

Seine glänzenden Augen reichen, um jeden auf Abstand zu ihr zu halten. Offensichtlich ist er eine Art Therapievogel, den Mally bekommen hat, nachdem ihre Mutter bei dem Fall gestorben ist. Zumindest behauptet sie das. Eher ein Wachvogel.

Bella, die sich zu irgendetwas Notizen gemacht hatte und deren Stift noch in ihrem Mundwinkel hängt, ist vollkommen gebannt von der Szene. Sie nimmt den Stift aus dem Mund, sieht in meine Richtung und flüstert: „Du kennst Jack Saint?“

Jack Saint.

„Nein“, hauche ich zurück. „Nur seine Tochter.“

„Ah“, sagt Jack, als sich die Tür zum Büro des Chiefs öffnet. „Da ist sie ja. *La Grande Dame.*“

Der Chief schreitet aus ihrem Büro, und mir stockt der Atem, zusammen mit allen anderen auf dem Revier. Sie ist umwerfend in dem cremefarbenen Kostüm, das ihr wie auf den schlanken Leib geschneidert ist, und ihre Stilettos, ihr Markenzeichen, klacken in rascher Abfolge auf den Boden, während sie die kurze Distanz zwischen ihnen überwindet.

„Das geht in Ordnung“, sagt sie zu den Polizisten, die ihr dicht gefolgt sind. „Ich komme mit ihm klar.“

„Ma'am.“ Einer der Polizisten zögert.

Der Chief scheucht ihn mit einer Handbewegung fort. „Ich sagte, dass ich klarkomme. Er ist ein alter Freund von mir.“

„Charlene“, begrüßt Jack Saint sie, dessen Körper sich bei ihrem Anblick kaum merklich entspannt. Er ist so groß und dünn, dass seine Anmut überrascht. Er bewegt sich so elastisch wie ein Schatten, jede einzelne seiner Konturen so spitz, dass sie Glas zerschneiden könnte. Aber selbst von hier aus kann ich sehen, dass seine Augen warm und traurig sind, das sanfte Blau des Ozeans vor einem Strand in einer Zeitschrift. Er beugt sich hinunter, um den Chief auf die Wange zu küssen. Hellion verlagert leicht das Gewicht.

Inzwischen hat Bella sich gefährlich weit aus ihrem Stuhl vorgelehnt. Sie beobachtet die beiden mit gebanntem Interesse, hängt an jedem Wort.

„Du wirst noch umfallen", wispere ich ihr zu.

Sie winkt ab, als ob sie wegen meines Geredes etwas verpassen könnte, aber dann rutscht sie tatsächlich beinahe von ihrem Stuhl und richtet sich mit einem raschen Blick und dem Anflug eines Lächelns in meine Richtung wieder auf.

Und wir müssen tatsächlich etwas verpasst haben, denn jetzt setzen sie sich hin, und der Chief scheint eine Frage zu beantworten.

„Ich werde genau das tun, was ich immer tue", sagt sie. „Ich werde meinen Job machen."

Auf dem Revier herrscht Stille, alle Augen sind auf Jack Saint und den Chief gerichtet.

„Letzte Nacht ist Hellion ohne Mally nach Hause gekommen. Er war aufgebracht." Jack hält dem Chief sein Handy unter die Nase, und sie sieht es unbewegt an. „Sie ruft mich jeden Tag um Punkt Viertel vor drei Uhr an, um mir ihre Pläne mitzuteilen. Gestern hat sie nicht angerufen, und Hellion …" Seine Stimme bricht. „Sie ist *nie* ohne Hellion unterwegs." Er hält inne, nimmt sich zusammen. „Wir haben Abmachungen seit dem Tod ihrer Mutter. Sie hat diese Abmachungen noch nie gebrochen. Ich habe versucht, das auf dem offiziellen Weg zu regeln, habe um Hilfe gebeten, aber niemand hört mir zu. Irgendetwas ist meiner Tochter zugestoßen, und ich will, dass du sie findest und zurückbringst."

„Jack", sagt der Chief beruhigend und fährt ihm mit der Hand über den Rücken, „es ist erst ein Tag. Gib ihr Zeit. Sie ist ein Teenager. Alles wird wieder gut. Ich weiß, dass es nicht leicht ist, seit du Marion verloren hast."

„Sie ist alles, was mir noch geblieben ist", erwidert Jack, packt den Arm vom Chief und sieht ihr in die Augen. „Sie ist alles."

Hellion stößt ein leises Krächzen aus und knabbert Jack sanft am Ohr.

Für einen Augenblick scheint es, als wären Jack und der Chief an einem anderen Ort, allein und nicht mehr auf dem Revier. Kein Telefon klingelt. Niemand tippt etwas oder spricht. Das Revier ist vollkommen still. Als Jack endlich den Blickkontakt abbricht und den Kopf sinken lässt, wirkt er wie ein riesiger Flugsaurier und überhaupt nicht mehr wie ein Mann. „Was ist ihr zugestoßen, Charlene?“, fragt er. „Hält jemand sie gefangen? Monarch ist so unbändig und gefährlich geworden, und wir leben in Luxus, während so viele in Armut leben. Ihr Verhalten ist oft alles andere als ideal.“ Er zögert. „Sie hat sich Feinde gemacht. Was, wenn sie verletzt ist und niemand da ist, um ihr zu helfen? Was wird dann aus mir werden? Es ist erst ein Tag, das ist wahr, aber ich kenne meine Tochter, und sie würde das niemals tun. Es heißt, die ersten achtundvierzig Stunden wären entscheidend. Bitte, Charlene. Ich bin ein einsamer Mann, allein in seinem Turm, und ich habe nur eine Sache, die mir etwas bedeutet. Eine. Und sie ist in Gefahr.“

Hellion krächzt und starrt den Chief an, als wollte er sie warnen, Jacks Bitte nicht ernst zu nehmen.

Jack greift in seine Tasche und zieht ein Bild heraus. Er legt es auf den Tisch und schiebt es über das Holz zum Chief. „Mally“, sagt er und tippt auf das Bild. „Sie macht sich aus nichts so viel wie aus diesem Ort. Monarch. Sie würde ihn nicht freiwillig verlassen.“

Der Chief richtet sich auf, legt eine Hand an seine Wange. „Ich werde mein Bestes tun, um sie zu finden. Du hast mein Wort. Sie wird zurückkommen“, sagt sie mit fester Stimme.

Bei ihren Worten durchfährt mich ein Schauer der Begeisterung. In den Zeitungsartikeln, die ich gelesen habe, hieß es, dass sie wie ein Hund mit einem Knochen war, was den Mord an meinen Eltern anging. Dass sie nicht aufhörte zu graben, bis sie den Fall gelöst hatte, selbst als die Fährte kalt wurde und es so schien, als würde es nie eine Antwort geben.

Die Überzeugung in ihrer Stimme scheint auf Jack dieselbe Wirkung zu haben wie auf mich.

Zum ersten Mal, seit er in den Raum geplatzt ist, wirkt es, als würde Jack Saint sich beruhigen. Nur der Vogel auf seiner Schulter ist erregt. „Du glaubst, dass der Große Tod die Magie vernichtet hat und die Unruhen vorbei sind, aber es gibt immer noch jene, die einen Groll hegen."

Der Chief zuckt bei diesen Worten kaum wahrnehmbar zusammen, dann nickt sie einem der Polizisten zu, der in der Nähe gestanden und auf ein Zeichen gewartet hat. „Gute Nacht, Jack. Wir werden dich auf dem Laufenden halten. Bitte begleite Officer Henshaw. Er wird die nötigen Formalitäten mit dir erledigen."

Jack Saint lässt sich in Richtung Tür geleiten. Kurz bevor er sie erreicht, hält er inne und fixiert den Chief mit einem warnenden Blick. „Vergiss unsere Vergangenheit, Charlene. Vergiss die Unruhen. Nur hilf mir bitte, Mally zu finden."

„Natürlich, Jack", erwidert der Chief, dann erhebt sie sich und schwebt geradezu über den Boden in ihr Büro. Die Tür lässt sie offen.

Niemand bewegt sich, bis Mona, die Sekretärin vom Chief, die mit ihrem Klemmbrett am Rand des Geschehens gewartet hat, sagt: „In Ordnung, Leute. Alle zurück an die Arbeit." Anschließend verschwindet sie im Büro und zieht bestimmt die Tür hinter sich zu.

Kaum, dass sie verschwunden ist, hebt unter den Verbliebenen im Revier aufgeregtes Gemurmel an.

Ich versuche, nicht den Hals zu recken, aber ich würde zu gern sehen, was sich hinter den gläsernen Wänden im Büro des Chiefs abspielt. Bella und ich werfen uns einen Blick zu, dann schiebt sie ihre Brille wieder ein Stück die Nase hoch, schlägt eine Akte auf, kreuzt die Beine übereinander und wippt mit dem Fuß, als wäre sie nicht mindestens genauso neugierig wie ich.

Ich versuche, mich wieder auf den Verrückten Hutmacher zu konzentrieren – ohne Erfolg.

Mally wird vermisst.

Ich habe sie gestern noch in der Schule gesehen.

Es ging ihr gut.

Ich kann mir nicht vorstellen, dass irgendjemand sich ihr nähert oder sie einfach so von der Straße wegschnappt. Nach allem, was ich über Mally weiß, würde sie jeden in Stücke reißen, bevor sie zulässt, dass ihr jemals jemand etwas antut. Und Hellion? Wie konnte jemand an ihm vorbeikommen?

Ich rolle die Karte zusammen und lasse die Akte verstohlen auf Jeanettes Schreibtisch fallen, dann widme ich mich wieder meiner langweiligen Ablage. Zumindest können meine Gedanken über Mally dabei frei umherschweifen. Ich versuche, daran zu denken, wo ich sie für gewöhnlich sehe. Sie schlängelt sich häufig durchs Wonderland, ohne mit jemandem zu reden, tanzt niemals. Sie hängt in den Korridoren der Monarch High herum. Ansonsten sehe ich sie nie, außer wenn ihre Limousine wie eine riesige schwarze Schlange auf den Schulparkplatz fährt. Ich habe mich an sie gewöhnt und an den widerwilligen Respekt, den sie James, Ursula und mir entgegenbringt. Wenn ihr etwas Schreckliches zustoßen kann, warum dann nicht auch uns?

Würden Flora oder Fauna oder Merryweather sich an ihr rächen? Sie tragen Messer. Vielleicht sind sie gar nicht die pastellfarbenen Unschuldslämmer, die zu sein sie vorgeben. Vielleicht sind sie sogar zu Schlimmerem imstande als Mally.

Nach ein paar Minuten, in denen permanent Leute im Büro des Chiefs ein und aus gegangen sind, öffnet sich die Tür, und Mona stürmt heraus.

Mona stürmt überall hin. Sie ist immer in Eile und hat eine fürsorgliche Art, aber es mangelt ihr an Geduld. Manchmal vermittelt sie den Eindruck, als würde sie gerne dem ein oder anderen eins hinter die Ohren geben. Sie ist schon seit mehr als zwanzig Jahren hier und war bereits die Assistentin des vorherigen Chiefs. Schon wenige Tage nach Beginn meines Praktikums begriff ich, dass dieser ganze Ort ohne sie in sich zusammenbrechen würde. Ich kann mir nicht einmal vorstellen, wie es wäre, hier hereinzukommen und sie nicht in einem ihrer einfarbigen Outfits zu sehen. Heute trägt sie eine smaragdgrüne Bluse und einen waldgrünen Rock. Große grüne Perlen schlingen sich um ihren Hals, und ihre Ohren zieren zwei Jadereife. Sie fummelt an ihrem Klemmbrett herum, lässt den Blick durch den Raum streifen.

„Ah, gut", sagt sie, als sie Bella entdeckt. „Du. Der Chief möchte dich sprechen."

Mein Magen verknotet sich vor Eifersucht, und ich merke, wie ich erröte, während Bella sich erhebt. Sie blickt sich um und fragt: „Mich?"

Mona nickt zustimmend und sieht sich weiter um. „Und du." Sie streckt die Hand aus. Alle Blicke folgen ihrem Finger. „Ja. Du!" Sie schaut auf ihr Klemmbrett und dann wieder auf. „Mary Elizabeth Heart, richtig?"

Mich. Sie zeigt auf *mich.*

„Also, was sitzt du da herum wie ein Sack Kartoffeln? Los geht's!" Sie macht eine ungeduldige Handbewegung, und in meinen Eingeweiden setzt eine ganz andere Art innerer Aufruhr ein.

Ich versuche, mich selbst zu beschwören, ruhig zu bleiben, mich in den Griff zu bekommen, professionell zu sein, kompetent und emotionslos. Aber das ganze Blut in meinem Körper rauscht mir nur so durch die Adern, sodass ich das Gefühl habe, gleich zu explodieren.

Bella wartet auf mich. Gemeinsam gehen wir zum Büro des Chiefs. Als ich über die Türschwelle trete, tausche ich den Geruch nach Kaffee und Papier gegen den angenehmen Duft eines moschusartigen Parfums ein. Das Innere des Büros besteht nur aus harten Kanten, viel Weiß. Es gibt keine Pflanzen bis auf einen einsamen Kaktus neben dem einzigen Fenster mit Blick über die Dächer der Stadt. Regen prasselt gegen das Glas. Der Raum würde sich leer anfühlen, wenn da nicht die Wände wären, die über und über mit Fotos und Auszeichnungen bedeckt sind.

Bella, die sich bereits auf einen der Stühle gesetzt hat, zuckt leicht zusammen, als ich mich neben sie fallen lasse. Sie sitzt leicht nach vorne gelehnt, die Hände unruhig im Schoß. Ich versuche, mich anmutig zu bewegen, aber in diesem Raum komme ich mir unförmig und ungeschickt und schmutzig vor. Ich richte meine Aufmerksamkeit auf den Chief, die uns beide mustert, nutze die Gelegenheit, sie ebenfalls zu mustern. Seit meiner Kindheit bin ich ihr nicht mehr näher gekommen als an dem Tag, an dem ich den Brief mit der Zusage für mein Praktikum beim Monarch Murder Squad geöffnet habe.

Aus der Nähe betrachtet ist der Chief genauso majestätisch wie aus der Ferne, mit zarten Knochen wie ein Reh und glattem schwarzem Haar. Ihre Nägel sind rot lackiert, ihr Make-up ist tadellos und unterstreicht ihre japanischen Gesichtszüge auf eindrucksvolle Weise. Sie ist umwerfend und seltsam beängstigend zugleich.

Ich erwarte beinahe, ein Foto von uns an ihrer Wand zu sehen – das Bild, das an meiner hängt: wir beide auf dieser berühmten Pressekonferenz. Ich halte mich an ihrem Bein fest, während sie mein Gesicht vor den Reporten abschirmt. Aber ich entdecke es nicht. Sie hat so viele Mordfälle aufgeklärt, dass meine Geschichte ihr wahrscheinlich nichts bedeutet. Der Chief war an jeder Strafverfolgung der letzten zehn Jahre beteiligt. Nein, nicht beteiligt. Sie hatte das Kommando.

Bilder von ihr, wie sie dem Präsidenten die Hand schüttelt.

Von ihr mit Monarchs eigenem Preisboxer.

Mit dem Stadtrat.

Der Bürgermeisterin.

Mit dem beliebtesten Schauspieler.

Auf einer Pressekonferenz nach der anderen, vor den Mikrofonen.

„Nun“, sagt sie und reißt mich mit ihrer sanften, aber stählernen Stimme zurück in die Gegenwart. „Geister bewahre, dass mein Blutdruck jemals auf ein nicht lebensbedrohliches Niveau sinkt.“ Sie tippt leicht gegen das Glas, das vor ihr steht, und augenblicklich taucht Mona mit zwei weiteren

Gläsern und einem Krug Wasser neben ihr auf. Sie füllt alle drei auf und bietet mir und Bella jeweils eins an.

Ich nehme einen Schluck von dem Wasser. Es hat die perfekte Temperatur, kühl und verlockend. Ich bemerke erst jetzt, dass ich wie ausgedörrt bin.

Der Chief schiebt ein Bild von Mally Saint über den Tisch auf uns zu. Schulbilder wirken immer ein wenig unheimlich, selbst wenn sie gut sind, vor allem wenn sie auf einem Vermisstenplakat oder in den Nachrichten auftauchen. Aber dieses Bild weckt noch etwas anderes in mir. Die Grausamkeit, mit der Mally in die Kamera starrt, raubt mir in ihrer Intensität den Atem. Ihr großer Mund ist gerötet, und ihr schwarzes Haar läuft spitz nach unten zusammen. Aber vor allem ihre Augen erklären der Welt und allem darin den Krieg.

Chief Ito stößt den Atem aus und sieht von Bella zu mir. „Die Scar. Zehn mal zehn Häuserblocks. Man sollte meinen, dass sie einem nicht so viel Ärger machen, wie sie es tun. Und doch …“ Sie legt ihre Finger wie zu einem Turm zusammen. „Früher nannte man sie Wonder.“ Natürlich wissen wir das. Nach dem Midcity Riot wurde sie in Anerkennung der klaffenden Wunde, die all diese Tode hinterlassen hatten, in Scar umbenannt. „Manchmal denke ich, dass die Umbenennung der Ursprung unserer heutigen Probleme ist. Die Scar klingt so viel düsterer, nicht wahr?“

„Ma'am“, sage ich, weil sie offenbar irgendeine Reaktion erwartet.

„Wie viele in der Highschool dieser Tage?“

Ich brauche eine Sekunde, um zu begreifen, dass sie mit mir spricht.

„Ich glaube, um die fünfzehnhundert, Ma'am.“

Sie nickt. „Es waren einmal mehr, aber etliche Menschen haben die Scar inzwischen verlassen. Sie kennen Mally?“

„Nein, Ma'am“, erwidert Bella. „Obwohl ich von ihr gehört habe. Sie ist dafür bekannt, in einer Limousine herumzufahren. Damit fällt man in der Scar auf, Ma'am.“

„Da bin ich mir sicher. Mary Elizabeth?“, fragt der Chief. „Irgendetwas, das Sie noch zu Mally Saint hinzufügen möchten?“

„Nein, Ma'am. Ich kenne sie nur von der anderen Seite des Raumes … Wir sind häufig im selben Raum.“

„Ich hatte Jack Saint seit Jahren nicht mehr gesehen.“ Der Chief scheint mich überhaupt nicht gehört zu haben. „Es hat mich zurückversetzt, war … unerwartet. Ich bin auf die Monarch High gegangen, müssen Sie wissen, und ich hatte nicht … Nun, das war in einem anderen Leben, nicht wahr?“

„Sie waren auf der Monarch High?“, entfährt es mir. Ich hatte angenommen, dass man sie auf irgendein berühmtes Internat in der Schweiz oder so geschickt hätte, und kann mir nicht vorstellen, wie sie mit diesen langen Korridoren und dem langweiligen Unterricht klargekommen ist.

„Ja, ich bin auf die Monarch High gegangen, auch wenn ich mich kaum noch daran erinnern kann. Es ist schon so lange her.“ Der Chief sucht meinen Blick. „Und jetzt also das“, sagt sie. „Die Scar steht einmal mehr im Mittelpunkt von allem.“

„Ma'am?“, fragt Bella vorsichtig, als der Chief für einen Augenblick in Schweigen versinkt, offenbar tief in Gedanken verloren.

„Verzeihung.“ Chief Ito richtet ihre Aufmerksamkeit wieder auf uns, öffnet einen Aktenordner und dreht ihn so, dass wir hineinsehen können. Selbst von da, wo ich sitze, erkenne ich Merryweather Holidays Namen auf einer Liste. Sie haben also tatsächlich Anzeige erstattet. „Mally Saint ist verschwunden, und ich kenne die Namen von mindestens drei Menschen, die das als eine positive Entwicklung bezeichnen würden. Und Sie haben vollkommen recht, Bella. Die Leute in der Scar sind … missgünstig, sagen wir mal, gegenüber Menschen mit Vermögen. Auch das macht die Situation nicht gerade einfacher.“ Sie seufzt. „Der Punkt ist, unter normalen Umständen würde ich mich überhaupt nicht damit beschäftigen, aber mit allem, was hier im Moment vor sich geht, mit diesem Verrückten

Hutmacher und den ganzen Betrügereien, die diese Stadt trotz meiner bisherigen Bemühungen geradezu *infiltrieren* …“ Die Muskeln in ihrem Kiefer spannen sich an. „Kurzum: Das Letzte, was ich gebrauchen kann, ist ein Drama um ein Mädchen, das wahrscheinlich mit jemandem, den sie letzten Samstagabend in irgendeinem Club kennengelernt hat, in einem Hotelzimmer ist und sich Ungeziefer von der fragwürdigen Bettwäsche einfängt.“

Wir sitzen. Warten. Ich würde es nicht wagen, sie zu unterbrechen, obwohl die Wahrscheinlichkeit, dass Mally Saint sich lange genug erweichen lässt, um mit irgendjemandem irgendwohin zu gehen, gering bis ausgeschlossen ist, geschweige denn, dass sie jemanden küssen oder irgendetwas zwischen den Laken treiben würde. Ich kann mir nicht einmal vorstellen, dass sie lange genug auftaut, um zu schlafen.

„Also“, fährt der Chief fort, „ich habe gehört, dass Sie gut darin sind, Dinge zu finden, Mary Elizabeth.“

„Ich habe nur ein paar Schlüssel gefunden und mal ein vermisstes Mittagessen …“

„Widersprechen Sie nie jemandem, der auf eine Tatsache hindeutet. Bescheidenheit ist unnötig.“ Der Chief streicht sich über das Jackett, als ob meine Worte es zerknittert hätten. „Außerdem ist sie langweilig.“

„Ja, Ma'am, ich bin gut darin, Dinge zu finden.“

„Kein Wunder. Sie sind Legacy. Ich glaube an die Spur.“

Die Spur. Eine Ahnung dessen, was wir einmal waren oder hätten sein können, wenn die Magie nicht verschwunden wäre.

„Ja, Ma'am.“

Sie wendet Bella zu. „Und Sie, Bella, sind gut darin, Rätsel zu lösen. Mally wurde zuletzt gesehen im …“ Sie sieht Mona erwartungsvoll an.

„Wonderland“, hilft Mona ihr nach einem Blick auf ihr Klemmbrett aus.

„Richtig. Diese Absteige.“

Ich versuche, das nicht persönlich zu nehmen. Mal abgesehen von der

Tatsache, dass mein Freund und meine beste Freundin eindeutig glücklicher wären, wenn ich jetzt dort wäre, ist das Wonderland der Ort, wo ich den Großteil meiner Nächte und Wochenenden verbringe. Ich halte den Rekord am Flipper, und es ist der einzige Ort in der Scar, an dem wir einfach nur rumhängen und Musik hören können und so. Außerdem ist Dally Star, der Besitzer, ein Freund.

Meine Handflächen sind feucht.

„Um Mally Saint ausfindig zu machen, teile ich Sie einander zu." Der Chief ordnet die Papiere auf ihrem Schreibtisch, wie um ihre Aussage zu unterstreichen. „Danach sehen wir weiter. Ich glaube, dass Sie in diesem Fall von immenser Bedeutung sein werden, Mary Elizabeth."

Bella sieht erst mich an, dann den Chief. „Verzeihung, Ma'am, aber bedeutet das, dass ich nicht mehr mit Officer Gaston zusammenarbeiten werde?"

Chief Ito hält inne und sagt: „Das tut es."

Bellas Miene hellt sich auf. „Dann ist wohl nicht alles schlecht daran."

„Was soll das denn heißen?", entfährt es mir, bevor ich mich zurückhalten kann.

„Oh, Liebes!", sagt Mona.

„Ach nichts", erwidert Bella und tätschelt meine Hand. „War nicht böse gemeint. Es ist nur so, dass du Praktikantin bist – und du bist siebzehn."

„Und du bist was? Zweiundzwanzig, höchstens?"

„Ladys", fährt Chief Ito dazwischen.

Uns wird schlagartig bewusst, wo wir uns befinden, und wir hören auf zu streiten. Die Empörung raubt mir beinahe den Atem, aber ich tue alles, mich zu beruhigen.

Der Chief nagelt uns beide mit ihren Blicken fest. „Mary Elizabeth hat dieses Praktikum durch ihr Talent und ihre Einsicht bekommen, und Sie werden meinem Urteil vertrauen müssen. Ich denke, das habe ich mir verdient, oder nicht?"

Bella nickt. „Ja, Ma'am. Natürlich, Ma'am."

„Sie werden lernen müssen, miteinander klarzukommen. Das ist etwas, was ich schon seit einer Weile in Betracht gezogen habe, und jetzt bietet sich uns die perfekte Gelegenheit. Die Scar braucht mehr Unterstützung, als die Straßenpatrouillen ihr bieten können, und wir wissen alle, dass sie sie nicht von Außenseitern annehmen wird. Ich hoffe, dass sich uns mehr Bewohner der Scar anschließen und in ihrer geliebten Nachbarschaft dienen werden, wenn sie Ihren Einfluss spüren. Wir brauchen dort Detectives, die sich ihrer Bedürfnisse annehmen. Die Scar hat sich zu sehr abgeschottet und ein Klima der Selbstjustiz geschaffen. Das kann ich nicht zulassen. Sie sollten das als einmalige Gelegenheit betrachten. Ich muss Sie beide nicht daran erinnern, welche Türen sich Ihnen öffnen können, wenn dieses Unterfangen erfolgreich ist." Sie hebt die Hand, wie um jede weitere Diskussion zu unterbinden. „Es ist beschlossene Sache."

Sie wirft einen Blick auf ihre Uhr und dann auf uns.

„Sie sollten sich frisch machen. Besorgen Sie sich etwas zu essen. Gehen Sie duschen. Mary Elizabeth, kommen Sie morgen nach Ihrem Vormittagsunterricht wieder. In der Zwischenzeit steht als Erstes auf der Tagesordnung, ..."

„... die Schülerinnen zu befragen, deren Eltern bereits Anzeige gegen Mally erstattet haben", bringt Bella den Satz zu Ende. „Merryweather Holiday, Flora Honeydew und Fauna Redwood sind die Mädchen, um die es geht ..." Sie wirkt, als hätte ihr eigener Ausbruch sie überrascht. „Glaube ich."

„Ja", bestätigt der Chief und wirkt beeindruckt.

Ich verspüre einen weiteren eifersüchtigen Stich.

„Ich habe die Anzeigen vor Monaten gelesen, Ma'am", erklärt Bella mit einem bescheidenen, leicht verlegenen Lächeln. „So was wie ein fotografisches Gedächtnis, wissen Sie?"

„Sehr gut", erwidert der Chief. Sie lässt sich Zeit, bis sie weiterspricht, und tippt mit der Spitze ihres Stifts mehrmals auf den Schreibtisch. „Sie glauben vielleicht, dass ich von hier drin nicht viel mitbekomme, aber ich passe genau auf." Sie fixiert mich. „Ich weiß von Ihrem kleinen Abstecher in die vertraulichen Akten." Ihre Augen sind von einem so dunklen Braun, dass sie beinahe schwarz erscheinen. „Ich weiß alles. Vergessen Sie das nicht." Endlich bricht sie den Blickkontakt ab. „Mona, gib ihnen die Akte." Jetzt sieht der Chief Bella an. „Und unterdessen können Sie sich an die neue Partnerschaft gewöhnen. Ab jetzt will ich von nichts als glückseliger Einigkeit zwischen Ihnen hören. Sie werden selbstverständlich die Leitung innehaben, aber nicht zu Mary Elizabeths Nachteil."

Als wir aufstehen, reicht Mona Bella die Akte.

„Ich weiß, dass Sie mich nicht enttäuschen werden", sagt Chief Ito.

„Natürlich nicht, Ma'am", erwidert Bella, bevor ich es kann.

„Denn wenn doch …"

Sie muss ihren Satz nicht beenden, und sie tut es auch nicht. Denn wenn wir sie enttäuschen, werden wir nie wieder eine Chance wie diese bekommen. Bella wird wieder ganz unten in der Hackordnung stehen, und ich kann mich von meinem Traum verabschieden, dieses Praktikum nach meinem Abschluss in einen richtigen Job zu verwandeln.

„Sie können gehen", sagt sie.

Bella und ich stehen auf.

„Sie nicht, Mary Elizabeth. Auf ein Wort."

Bella zieht sich zurück, als der Chief sich dem Flirren ihres Computerbildschirms zuwendet und durch die zehntausend E-Mails scrollt, die wahrscheinlich in den Minuten aufgeploppt sind, die wir ihr gestohlen haben, während Mona auf einem kleinen Tisch in der Ecke ihre Unterlagen sortiert.

„Wie läuft Ihre Therapie?", fragt Chief Ito, ohne mich anzusehen. „Bei Dr. Tink?"

„Es läuft gut“, sage ich und versuche, meine Überraschung zu verbergen. Sie weiß wirklich alles.

„Das ist gut. Ich brauche Sie in Topform, wenn Sie richtige Polizeiarbeit leisten wollen. Also werden Sie diese Termine fortführen. Dieser Job ist nichts für schwache Nerven.“

„Ich weiß. Ich … ich möchte Ihnen danken für diese Gelegenheit. Ich werde Sie stolz machen, das verspreche ich.“ Ich stammele, kann es nicht kontrollieren. „Ich … ich weiß es wirklich zu schätzen, was Sie für diese Stadt getan haben … Sie sind … großartig. Meine Eltern.“ Ich höre mich die Worte sagen, die ich schon seit dem Tag sagen wollte, als ich das erste Mal den Fuß in dieses Gebäude gesetzt habe. Diese Worte könnten der eigentliche Grund sein, aus dem ich überhaupt hier bin. „Meine Schwester Mirana.“

„Ja.“ Sie versucht eindeutig, mich aus meinem Elend zu erlösen, indem sie mich unterbricht. „Ich weiß. Ich bin froh, dass wir den Fall lösen konnten.“

„Es gab kein wir. *Sie* haben ihn gelöst“, sage ich und hoffe, dass es mir gelungen ist, die Leidenschaft in meiner Stimme zu zügeln. „Überstunden auf eigene Faust. Alle anderen hatten ihn bereits vergessen.“

„Mein Boss war wirklich nicht glücklich …“ Sie lächelt, in Erinnerungen versunken.

„Aber Sie haben nicht aufgegeben, nicht einmal, als Sie von dem Fall abgezogen wurden.“

Sie nickt. „Ich mag keine Cold Cases. Sie stören mich einfach.“

„Nächte, Wochenenden. Sie haben sich selbst in Gefahr gebracht, um Jake Castor zu schnappen und ihn vor Gericht zu bringen. Sie sind mein Vorbild. Für alles im Leben. Ich … ich wollte nur, dass Sie das wissen. Ich verspreche Ihnen, dass ich Sie stolz machen werde.“

Ich warte ab, während die Sekunden sich zu einer langen Minute ausdehnen. Sie lehnt sich in ihrem Stuhl zurück. Ich sehe, dass sie einen freien

Tag braucht, eine Augenmaske und ein paar Oreos, vielleicht sechs Folgen *Love Island*, um zu vergessen, was auf ihren Schultern lastet.

„Ich habe eine Menge Zeit mit Ihrer Akte verbracht, Miss Heart." Sie faltet die Hände auf ihrer Schreibtischplatte zusammen, schweigt. Ich frage mich schon, ob ich die Stille durchbrechen soll. Aber dann fährt sie fort. „Ich will ehrlich sein, ich musste erst darüber nachdenken, ob ich einer Person wie Ihnen, mit Ihrem Maß an Trauma, vertrauen konnte. Ob ein Job wie dieser mit dem ständigen damit einhergehenden Druck ein Segen oder ein Fluch für Ihre Fähigkeiten sein würde. Ich weiß, dass es nach dem Verlust Ihrer Familie eine vollkommen natürliche Reaktion ist, die Leute auf Abstand zu halten und innerhalb der Grenzen der Scar zu bleiben, ihrer zehn mal zehn Häuserblocks. Niemand kennt Sie besser als ich. Sie sind ein Wunderkind, Mary Elizabeth, mit allen Voraussetzungen für einen guten Detective, sonst hätte ich Ihr Praktikum hier nie genehmigt, unabhängig von Ihren Testergebnissen und Ihren körperlichen Leistungen." Ruhig begegnet sie meinem Blick. „Das Problem mit Legacies ist, dass sie Legacies über alles andere stellen, immer. Legacy Loyalty, wie es so schön heißt. Sie sind unbändig, ungepflegt, und sie kümmern sich mehr um ihre persönliche Freiheit als um Gerechtigkeit. Ohne die Magie, die ihnen Halt gibt, sind sie ungezügeltes Chaos und ungehemmte Emotion. Und ich sage das als eine von ihnen … eine von *euch*." Sie zupft am Ärmel ihrer weißen Bluse, sodass ihr schwarzes Herz zum Vorschein kommt. Ich habe immer gewusst, dass der Chief Legacy ist, aber jetzt habe ich es zum ersten Mal gesehen. Meine Hand wandert automatisch zu meinem eigenen Zeichen und verweilt dort. „Sie werden sich Ihren Platz hier verdienen – oder ihn verlieren. Und dazu gehört auch zu verstehen, dass wir eine Familie sind. Sie werden mit anderen Leuten in den Gräben kämpfen, und sie müssen wissen, dass sie für Sie noch vor der Scar und der Magie und den Unruhen kommen … vor allem. Letzten Endes müssen wir füreinander da sein, weil es sonst niemand tun wird.

Die Frage ist, ob Sie das begreifen werden oder einfach in den Seitengassen der Scar verschwinden und ein unbedeutendes und erschöpftes Leben führen, gefangen in dem, was einmal war. Wonder ist nicht mehr. Sie können diesen zweiten Weg vermeiden, wenn Sie das wollen. Die ganze Welt könnte Ihnen gehören."

Ich schlucke und nicke. „Ma'am." Mehr bringe ich nicht heraus.

„Es tut mir leid wegen Ihrer Familie, Mary Elizabeth", sagt sie, während sie sich wieder ihrem Computer zuwendet und sich eine Lesebrille auf die Nase setzt. „Jetzt gehen Sie und finden Sie dieses Mädchen, vorzugsweise lebendig. Nutzen Sie Ihre unheimlichen Fähigkeiten, um mir meinen Gewinn zu bringen. Und vergessen Sie nicht, mit einem Job wie diesem bietet sich Ihnen die Gelegenheit zu verhindern, dass das, was Ihnen zugestoßen ist, auch anderen widerfährt."

Ich bin kurz davor, ihr erneut zu versichern, dass sie sich auf mich verlassen kann und ich lieber sterben würde, als sie zu enttäuschen, als Officer Laslo die Tür zum Büro aufstößt.

„Ja?", fragt der Chief, dann stockt ihr der Atem.

„Eine weitere Kiste, Ma'am. Wir haben sie bereits untersucht, aber wir dachten, dass wir sie besser gleich zu Ihnen bringen. Sie … sie ist an Sie adressiert."

Der Chief erhebt sich. „Abstellen und öffnen."

„Aber …"

„Jetzt."

Officer Laslo stellt die Kiste auf dem Tisch ab, schiebt die opulente rote Satinschleife beiseite und hebt den Deckel an.

Eine Hand ruht in ihrem Inneren. Nebel steigt rundherum auf, während das Trockeneis langsam verdampft. Die Fingernägel sind geschwärzt. Geronnenes Blut hat sich am Handgelenk zu einer Kruste verklumpt. Die Haut ist grau verfärbt, und der nach oben gereckte Mittelfinger zeigt dem Chief den Stinkefinger.

Sie erblasst, als Mona hinüberkommt, um mich hinauszubefördern. „Husch, husch, Liebes", sagt sie, schubst mich über die Schwelle und zur Tür hinaus, wo Bella bereits auf mich wartet, der die Fragen unter den Nägeln brennen.

VIER

ALS BELLA UND ICH AUF DIE STRASSE TRETEN, TREFFEN sich unsere Blicke. Bis auf ein paar wenige Straßenlampen ist es dunkel. Abgesehen von dem kathedralenartigen Bau der Polizeistation sind die Gebäude in dieser Gegend hoch und rechteckig und verbreiten in Ermangelung von Licht einen schwachen lilafarbenen Schein. Der Regen hat aufgehört, aber es ist immer noch kalt, und der Wind pfeift durch die Häuserschluchten. Ich fühle mich in dieser Umgebung nie so richtig wohl. Die Bäume sind gepflegt und stehen in exakt gleichem Abstand zueinander, mit leicht erhöhten Blumenbeeten an jeder zweiten Straßenecke. In der Scar haben wir Palmen, und die Blumen wuchern wild umher. Ohne die buchstäbliche Wärme der Scar und das ständige Summen von Menschen und Heiterkeit kommt mir jeder andere Ort irgendwie leer vor, seelenlos.

Ich ziehe den Reißverschluss meiner Jacke hoch und schiebe meinen Rucksack zurecht. Keine von uns weiß so recht, was sie sagen soll. Wahrscheinlich müssen wir beide in Richtung der Scar, aber ich gehe ins Wonderland und will nicht, dass sie mich dorthin begleitet. Zum einen macht Bella den Eindruck, als wäre sie dort nur eine Ablenkung. Vor allem aber will ich allein dorthin gehen und auf eigene Faust so viel über Mally herausbekommen, wie ich kann. Ich weiß, dass wir eigentlich Partner sein sollen und keine Konkurrentinnen, aber genau das sind wir. Besser, wenn ich mir das gleich eingestehe. Wenn ich Mally ganz ohne Hilfe ausfindig machen kann, habe ich die feste Anstellung nach meinem Praktikum bestimmt so gut wie sicher. Gut, dann wäre da noch die klitzekleine Sache, dass Bella nicht sehen soll, wie ich kreischend auf und ab hüpfe, weil ich es gar nicht erwarten kann, zu meinen Freunden zu kommen und ihnen zu sagen: ICH HABE EINEN RICHTIGEN FALL! Natürlich darf ich ihnen nicht erzählen, um welchen Fall es geht, aber das ist okay. ICH HABE TROTZDEM EINEN RICHTIGEN FALL!

„Nimmst du den Zug?", frage ich und lasse mir nichts von meinem inneren Freudentanz anmerken.

„Jep." Sie hält den braunen Aktenordner, den Mona ihr gegeben hat, fest gegen die Brust gepresst. Wie gerne ich ihn ihr weggeschnappt hätte. „Sollen wir das Stück zusammen gehen?"

„Klar."

„Hör mal", sagt Bella, während wir den Hügel zum Bahnhof hinuntergehen. „Ich wollte dir nur sagen, dass ich für dich da bin, falls du irgendwelche Fragen hast."

„Fragen?"

„Ja, über das Prozedere, Regeln, alles, was den Fall betrifft."

Ich versuche, einen lockeren Ton anzuschlagen, aber innerlich koche ich vor Wut über ihren Tonfall. „Ich komm schon klar. Kann es kaum erwarten, dass wir uns zusammensetzen und ein bisschen brainstormen. Ich habe da ein paar Ideen."

„Ich wollte nur sichergehen, dass du vorhast, dieses Mal nach den Regeln zu spielen."

„Was soll das denn heißen?"

„Na ja …", meint sie und legt in ihren entzückenden kleinen Oxford-Loafern ein beeindruckendes Tempo hin, „nach allem, was ich so beobachtet habe, hältst du dich nicht immer an die Vorschriften. Weil ich bei diesem Fall zum ersten Mal die Leitung habe, will ich sichergehen, dass niemand Grund hat, uns zu verwarnen."

„Okay."

„Also keine vertraulichen Berichte mehr mitgehen lassen …"

„Ich habe sie nicht mitgehen lassen. Und ich würde niemals den Chief oder sonst jemanden aus der Einheit verraten."

„Nein", sagt sie, „wahrscheinlich nicht. Trotzdem: Wir machen es genau nach Vorschrift. Und wie gesagt, ich gehe gerne noch einmal mit dir durch, was das bedeutet."

„Nein danke", erwidere ich. „Wie gesagt, ich komm klar." Mir ist bewusst, dass das angesichts der Gedanken, die ich noch vor einer Sekunde hatte, vielleicht ein bisschen scheinheilig ist. Aber ich will verflucht sein, wenn ich zulasse, dass sie mir ständig auf Schritt und Tritt folgt, mir über die Schulter sieht und sich dabei so überheblich aufführt. Das ist genau die Art von Verhalten, die mich ziemlich schnell auf die Palme bringt. Ich kann den Bahnhof bereits sehen und habe keine Lust, ihr noch mehr meiner Zeit zu schenken. „Bella", sage ich, „lass uns eine Sache hier und jetzt klarstellen. Ich bin vielleicht erst siebzehn, aber ich bin Scar-siebzehn, keine dämlichen Narrows-siebzehn. Wir sollten nicht vergessen, was das heißt."

Wir halten, bevor wir Mission Avenue erreichen, wo sich viel mehr Menschen tummeln. Bella stemmt eine Hand in die Hüfte und sieht mich an. „Ich höre", sagt sie.

„Es heißt, dass ich schon einmal alles verloren habe und mir keine Illusionen über das Leben mache. Es heißt, dass mir bis auf diesen Job alles andere scheißegal ist, damit ich nach der Highschool tatsächlich ein Leben habe und mich um meine Tante kümmern kann. Aber eine Sache musst du begreifen: Ich stehe nicht *unter* dir. Also lass uns zusammenarbeiten und uns einen Namen verdienen. Denn ich weiß ja nicht, wie es dir geht, aber ich habe es wahrscheinlich mindestens genauso satt, irgendwelche Akten zu sortieren, wie du es satthast, die Tussi in Tonys Schatten zu sein."

Bella denkt einen Augenblick darüber nach, dann nickt sie entschlossen.

„Okay, dann lass uns diesen Fall zerstören", sage ich.

„Zerstören?"

„Ja. Wir werden ihn lösen und dann noch einen und noch einen, bis sie uns sämtliche Preise und Auszeichnungen verliehen haben und niemand jemals wieder etwas anders als *Danke* sagen kann."

Ich bin nicht ganz sicher, ob ich das, was ich gerade gesagt habe, wirklich ernst meine, aber es fühlt sich gut an, ein wenig von meiner Begeisterung über diesen Fall an die Oberfläche sprudeln zu lassen.

„Ja!" Ihr Tonfall ähnelt meinem. „Die Vorstellung gefällt mir. Das machen wir. Kannst du dir vorstellen, was alle anderen sagen würden? Zwei Mädchen aus der Scar beherrschen die Truppe!"

„Der Chief wäre so stolz auf uns."

„Die Kerle in der Truppe müssten uns endlich respektieren!" Sie legt mir einen Arm um die Schultern.

„Vielleicht kommen wir sogar ins Fernsehen!"

„Vielleicht geben *wir* eine Pressekonferenz!"

„Ja!"

Als wir weitergehen, sind wir beide aufgekratzt, lächeln und verlieren uns in unseren Träumen. Ich laufe mit ihr im Gleichschritt.

Ihr Lachen ist kehliger und voller, als ich erwartet hätte, und ich verspüre dasselbe flaue Gefühl in der Magengrube, das ich jedes Mal habe, wenn ich finde, wonach ich gesucht habe.

FÜNF

HOME SWEET WONDERLAND. WAS HABE ICH DICH VERMISST.

Es sind so viele Leute aus der Schule hier, dass niemand, der zum ersten Mal hier wäre, auf den Gedanken kommen würde, dass es ein Abend unter der Woche ist. An jedem normalen Ort wären die Kids jetzt wahrscheinlich zu Hause und würden gesunde Sachen machen, die man in einem Zuhause eben so macht. Aber nicht hier. Das ist die Scar, wo jeder feiert, als wäre es das Ende der Welt, hauptsächlich weil wir es bereits überlebt haben. Was sollen wir sonst mit unseren rastlosen Knochen anfangen?

Ich suche automatisch nach Mally und sehe, dass sie nicht auf ihrem Stammplatz auf der Empore sitzt. Ein kleiner Teil von mir hatte gehofft, dass sie vielleicht wie eine Gewitterwolke dort oben über der Menge schwebt, mit Hellion auf der Schulter. Aber ein anderer Teil von mir ist auch erleichtert, dass sie nicht dort ist. Ich will nicht, dass sie tot ist oder so, aber ich will diejenige sein, die sie findet und nach Hause bringt.

Dort oben stehen nur drei Tische, und zwei davon sind zurzeit von Lucas und Katy besetzt. Katy steckt in einem pinken Minikleid, auch sie hat einem stylischen Bob. Lucas trägt sein gewöhnliches Jackett mit

Krawatte und Hemd, die braunen Haare hat er nach hinten gegelt. Sie bezahlen gut dafür, diese Tische zu haben, und ganz gleich, wie sehr Dally Star die Preise auch anhebt, damit sie verschwinden, sie bezahlen einfach weiter. Ich bin sicher, dass Lucas Attenborough sich niemals freiwillig unter den Pöbel hier unten mischen würde. Tatsächlich bin ich mir ziemlich sicher, dass er einzig und allein hierherkommt, um sich uns überlegen zu fühlen und uns aus der Sicherheit seines improvisierten Throns heraus zu verhöhnen. Er und Katy sind nicht die einzigen Narrow Kids hier, aber eindeutig die schlimmsten. Es hat einen guten Grund, dass alle einen weiten Bogen um ihren Tisch machen, obwohl das Wonderland zum Bersten voll ist. Lucas Attenborough und Katy Smith werden von Legacies so verabscheut, dass niemand auch nur in ihrer Nähe sein will, selbst dann nicht, wenn es bedeutet, dass man sich hinsetzen und die Menge beobachten könnte.

Ich sehe mich nach James und Ursula um, als Dally Star, illustrer Besitzer dieses kleinen Eckchens im Paradies, mich zu sich winkt. Ich schiebe mich durch die Menge und bedeute Dallys rechter Hand Gary, dass er mir einen Drink machen soll. Er fragt nicht, welchen. Ich nehme immer den Caterpillar, einen Cocktail aus Kräutern und Tonic Water. Selbst wenn das Wonderland Alkohol ausschenken würde und ich alt genug wäre, welchen zu trinken, würde ich es nicht tun. Ich habe schon früh gelernt, dass es am klügsten ist, seine Sinne jederzeit beieinanderzuhaben.

„Hi, Sweetheart." Dally schiebt mir meinen Drink rüber, und ich reiche ihm die drei Dollar. „Nein, nein, sei nicht albern. Der geht aufs Haus." Dally trägt einen weißen Anzug, so wie immer, dazu seinen schmalen Schnurrbart und ein weißes Handtuch um die Schultern. Das blonde Haar ist zu einer kleinen Tolle hochtoupiert, eine weiße Sonnenbrille mit pinken Gläsern verdeckt seine Augen. Er ist wahrscheinlich nicht älter als fünfundzwanzig, könnte aber genauso gut auch sechzig sein. Dally Star ist sprunghaft und unmöglich festzunageln: vom Alter, vom Aussehen, von der Persönlichkeit. Er ist eine Anomalie. Aber er ist auch mein Freund. Irgendwie.

„Danke, Dally.“ Ich nippe an meinem Drink, lasse mir die sanfte Note von Orange zwischen den Kräutern auf der Zunge zergehen.

„Soll ich den für dich wegstellen?“ Er deutet auf meinen Rucksack, der vollgestopft mit meinen Arbeitsklamotten, meinen Stiefeln und meinem Mantel ist.

Ich trage meine übliche schwarze Jeans, ein weißes Tanktop und meine Lederkette. Lederbänder winden sich meine Arme empor. Ich fühle mich wieder wie ich selbst. „Ja, bitte“, sage ich und reiche ihm den Rucksack.

Ich erhasche einen Blick auf Urs hinten bei der Bühne. Sie tanzt, den Kopf in den Nacken gelegt. Es gibt nichts Besseres als Ursula beim Tanzen. Sie tanzt so, wie sie auch alles andere im Leben macht, mit vollem Einsatz. Ihre Gliedmaßen wirbeln durch die Luft, bis es aussieht, als hätte sie mehr als nur vier. Die Augen sind geschlossen, als wäre nichts und niemand um sie herum, das, die oder der ihre Aufmerksamkeit verdient. Leute weichen ihr aus, damit sie nicht von ihr geschlagen werden. Sie bemerkt es nicht einmal.

Von meinem Platz an der Bar sehe ich James, der in einer Ecke Billard spielt. Mein erster Reflex ist, sofort zu ihm hinüberzulaufen und ihm meine Neuigkeiten zu berichten. Aber wie immer macht mich sein Anblick zu atemlos, um überhaupt irgendetwas zu tun. Ich liebe es, wie seine Haare ihm hinter den Ohren hervorrutschen, sodass seine Augen vor meinen Blicken verborgen sind, wie kleine Grübchen auf seinen Wangen auftauchen, wenn er über etwas lacht. Aber der größte Kick, den James mir versetzt, ist die Aura der Gefahr, die ihn ständig umgibt. Ganz gleich, wie viel er lächelt, wie warm seine Stimme klingt, James Bartholomew führt immer etwas im Schilde.

Wenn ich ihn aufmerksam genug beobachte, werde ich bemerken, dass das, was wie eine harmlose Partie Billard aussieht, in Wahrheit viel mehr ist. So, wie er das Spiel beherrscht, umgeben von seinen Jungs, schickt er seinem Gegner und dessen Jungs eine Botschaft. Wenn ich aufmerksam hinsehe, erkenne ich, dass Geld im Spiel ist. James wird sich damit noch früh genug die Taschen füllen, denn James verliert nie. Es hat etwas Krankhaftes, zuzugeben, dass seine Macht schon immer das war und auch immer das sein wird, was mich am meisten zu ihm hinzieht. Sie und das Wissen, dass ich auf der ganzen Welt die Einzige bin, die ihm etwas bedeutet.

„Also, was ist mit diesen Körperteilen, die überall in der Stadt auftauchen?“ Dally wedelt mit dem Hasenfuß, den er immer in der Tasche trägt.

Es sollte mich nicht überraschen, dass Dally davon gehört hat. Er weiß über alles Bescheid, hat seine Ohren überall.

„Kann ich nicht sagen, Dally.“

Meine Abfuhr scheint ihn nicht im Geringsten zu stören. „Alle haben die Kiste gesehen, die vor dem Ever Garden abgestellt wurde. Ich habe gehört, dass der kleine Chipper Lowry sie gefunden hat. Armes Ding. Drei Jahre alt, stell dir vor! Seiner Mutter dürfte es ziemlich schwergefallen sein, ihm zu erklären, warum ein Fuß in einer Box vor den Toren zum Park herumliegt. Angeblich …“, Dally lehnt sich vor, „… glaubte Chipper, es wäre ein Spielzeug. Er hat versucht, damit zu spielen. Soll gekreischt haben, als seine Mutter es ihm weggenommen hat.“ Er seufzt. „Was hätte ich nicht dafür gegeben, an dem Tag eine Fliege auf einer Ever Rose zu sein.“

Ich lächle ihn verschwörerisch an. „Ja. Eine Fliege auf einer Ever Rose.“

„Hör nicht auf die Leute, die meinen, du würdest die Scar verraten, weil du für die Regierung arbeitest, Sweetheart“, sagt Dally. „Schlag sie dir aus dem Kopf. Die sind bloß eifersüchtig.“

Dally macht so etwas gern. Er sucht nach einer Schwachstelle und wartet auf die Reaktion. So kommt er an seine Informationen. Obwohl ich mir solche Mühe gebe, mich nicht aus der Bahn werfen zu lassen, bin ich verunsichert. Die Scar bedeutet mir einfach zu viel, als dass ich zulassen könnte, als Verräterin bezeichnet zu werden, wo ich doch gerade versuche, das genaue Gegenteil zu sein. „Das sagen die Leute?"

„Mach dir nichts draus. Wir sollten stolz auf dich sein. Du hast es verdient. Du könntest auch zu Hause sitzen und dir den Kopf über deinen Social-Media-Account zerbrechen. Aber stattdessen dienst du deiner Gemeinschaft, und der Große Geist weiß, dass wir genau das brauchen."

„Dally …"

Er schenkt mir einen weiteren Drink ein, die Augen auf die Band gerichtet. „Hmmm?"

„Ich habe mich bloß gefragt, ob du etwas über Mally Saint weißt."

Dally horcht auf und lehnt sich über die Bar. „Ich habe gehört, dass sie vermisst wird. Ihr Vater war gestern hier und hat nach ihr gesucht, mit diesem grässlichen Vogel und so einem riesigen Security-Typen. Ich weiß gar nichts, Süße. Sie war am Montag hier. Hat sich seltsam und wie eine kleine Bitch aufgeführt, wie gewöhnlich, und dann war sie weg. Was mich angeht, war alles wie immer. Ich habe ihm die Aufzeichnungen der Überwachungskamera gezeigt, aber ich kann sie noch mal für dich rausholen, wenn du willst." Erkenntnis huscht über sein Gesicht. „Moment mal … Bist du an einem offiziellen Fall dran?"

Ich kann ein winziges Lächeln nicht unterdrücken.

„Müsstest du mir dann nicht deine Dienstmarke zeigen und mir mitteilen, dass dies ein offizielles Verhör ist?"

Ich will nicht zugeben, dass ich nur eine vorläufige Marke und eine Dose Pfefferspray habe.

„Das ist wundervoll, Mary", sagt er. „Ich freue mich so für dich. Und du wirst sie finden, da habe ich keine Zweifel." Er stützt sich auf den Ellenbogen ab. „Dieses Mädchen hat mehr Feinde als sonst wer in der Scar, den ich kenne. Du musst mit vielen Leuten reden, so viel ist sicher. Ich wünschte, ich könnte dir bei deinem ersten Erfolg helfen, aber ich bin nur ein armer kleiner Barkeeper."

Ein kleiner Teil von mir hatte gehofft, dass ich hier reinkommen, Dally den Fall für mich lösen würde und ich heute Abend, wenn ich aus der Tür gehe, schon auf dem Weg zu Ruhm und Ehre wäre. Aber ich lasse mir meine Enttäuschung nicht anmerken. „War irgendjemand bei ihr?"

„Soweit ich mich erinnern kann, ist sie allein gegangen. Sie ist immer allein, weißt du?"

„Aber ich habe sie schon tanzen gesehen."

„Ja, sie tanzt allein, immer allein. Ziemlich traurig, eigentlich. Gefährlich, so zu leben, wenn du mich fragst. Sicherheit in der Masse und so."

Ich lasse mir alles, was ich von Dally erfahren habe, durch den Kopf gehen. Irgendwo zwischen hier und dem Apartment ihres Vaters ist irgendetwas vorgefallen, das dazu geführt hat, dass Mally sich in Luft aufgelöst hat. Sie lebt in demselben Gebäude wie Ursula, etwa sechs Häuserblocks von hier entfernt, vier Blocks davon mit gut besuchten Geschäften und hellen Lichtern, bevor es in das Viertel mit den Lagerhäusern übergeht und viel dunkler wird. Vielleicht hat ihr dort jemand aufgelauert.

Eine Sache ist auf jeden Fall klar. Urs geht heute Abend nicht allein nach Hause.

Als hätte sie meine Gedanken gehört, kommt sie durch die Menge auf mich zu, verschwitzt und grinsend. Das blonde Haar klebt ihr an den Wangen, und ihre Brüste sprengen beinahe das Oberteil ihres engen schwarzen Kleides. „Na endlich!" Sie zieht mich am Arm. „Komm schon, lass uns tanzen!"

„Nicht tanzen. Bleib hier bei mir."

Ursula verdreht die Augen, lächelt aber und nimmt meinen Drink. Arme schlingen sich von hinten um meine Taille. Ich lehne mich zurück gegen James, und zum ersten Mal seit der Schule spüre ich, wie sich mein ganzer Körper entspannt. Er zieht mich fester an sich, und ich drehe mich auf meinem Barhocker um und küsse ihn.

James und ich haben uns nach dem Tod meiner Familie getroffen, als ich zu Gia gezogen bin. Sein Vater war im Gefängnis, und seine Mutter war zurück nach Michigan gezogen, um von allem wegzukommen. Sie hatte versprochen, James nachzuholen. Für ein paar Jahre lebten wir in einem Zustand der Angst, weil wir fürchteten, dass sie zurückkehren und ihn mitnehmen könnte. Er wollte sie sehen. Wollte vielleicht sogar bei ihr leben. Aber James ist ein Teil der Scar, und die Scar ist ein Teil von ihm. Die Vorstellung, nicht in der Scar zu leben, war bei Weitem schlimmer als die, ohne seine Mutter zu leben. Irgendwann kam sie tatsächlich einmal zu Besuch, aber sie und James hatten sich nicht viel zu sagen. Zu dem Zeitpunkt lebte er schon seit Jahren bei seiner Tante Della.

Und dann, eines Tages, als wir gerade dreizehn waren und von der Feuertreppe an meinem Apartment in den wolkenlosen blauen Himmel starrten, sagte er: „Ich glaube nicht, dass du nur meine Freundin bist."

Ich war in Gedanken darüber versunken, warum die Wolken in der Scar ihre Formen anders veränderten als an anderen Orten. Wie zum Beispiel die eine Wolke, die aussah wie ein Elefant, der begann, mit hocherhobenem Rüssel über den Himmel zu marschieren. Als ich mit Gia in die Midcity gefahren war, um Steuern zu bezahlen, hatten die Wolken ihre Form nicht geändert. Mit fragendem Blick wandte ich mich zu ihm um. „Du findest nicht, dass wir Freunde sind?"

Das war unmöglich. Wir taten alles zusammen. Ich konnte mich nicht mehr daran erinnern, wann ich zuletzt ohne James zu Abend gegessen hatte. Ich war entweder bei ihm zu Hause oder im Layer Cake, oder wir waren in meinem Apartment.

„Das habe ich nicht gesagt. Ich habe gesagt, ich glaube nicht, dass du *nur* meine Freundin bist. Ich habe gesagt" – er drehte sich auf die Seite, stützte den Kopf in eine Hand und streichelte mir mit der anderen über die Wange, als berührte er etwas Kostbares –, „dass du mein Ein und Alles sein wirst. In diesem Leben heißt es: du und ich gegen den Rest der Welt."

Danach erinnere ich mich vor allem daran, wie die Wolken über mir zu Blumen mit herzförmigen Blättern erblühten. Ich erinnere mich auch an das Gefühl, dass etwas repariert wurde. Etwas Zerfetztes fügte sich wieder zusammen, zerrissen zwar noch, aber nicht länger offen für die Welt. Und dann erinnere ich mich an das Entsetzen, das diesem Gefühl folgte, weil ich wusste, dass ich jetzt etwas besaß, was ich niemals verlieren wollte. Selbst damals hatte ich bereits lange genug gelebt, um zu wissen, dass nichts jemals wirklich sicher war.

„Ihr beide seid echt ekelhaft", unterbricht Ursula meine Gedanken. Sie wippt zum Takt der Musik auf ihren Absätzen und verschickt ein halbes Dutzend Nachrichten, dann schießt sie ein Selfie von sich, auf dem sie mit einer Limettenscheibe im Mund in die Kamera lächelt. „Im Ernst." Sie zieht sich die Limette mit einem anzüglichen Saugen aus dem Mund. „Ihr könntet euch wenigstens hin und wieder mal streiten."

„Warum sollten wir?", fragt James.

„James, der Loyale", spottet Ursula, zupft ihren Ausschnitt zurecht und richtet ihren Rock. „James, der Gutmütige. Nur gut, dass du auch noch ein bisschen Unfug im Kopf hast. Sonst wärst du nämlich echt zu langweilig, um mit dir herumzuhängen."

„Ach, Urs. Es ist so schön zu wissen, dass ich dein Vertrauen genieße. Da fühle ich mich doch glatt viel besser."

Dally schiebt ihnen ein paar Ravenwings zu, ein Mix aus Cola und Grenadine, und James reicht ihm etwas von dem Geld, das er den anderen Typen gerade beim Billard abgenommen hat. Ich halte mich an seinem Ärmel fest, einen Finger in seiner Manschette, wie ich es seit Beginn unserer Beziehung tue. Er schiebt sich hinter mich, sodass wir beide Ursula gegenüberstehen.

„Was gibt's Neues aus dem großen Land der Gesetzeshüter?", fragt Ursula.

„Es gibt *tatsächlich* etwas Neues."

„Spuck's aus!"

„Ich habe einen Fall."

„Was?" James dreht sich um, damit er mich ansehen kann.

„Jep." Ich habe keine Ahnung, warum ich auf einmal so verlegen bin. „Es ist Mally Saint. Sie ist verschwunden."

„Oh, sie betrachtet bestimmt schon die Radieschen von unten", sagt Ursula sofort. „Schade eigentlich. Ich hatte mich gerade an den Gedanken gewöhnt, dass wir eines Tages vielleicht Freundinnen sein könnten."

„Urs!"

„Na, sie war einfach furchtbar zu jedem. Es gibt Leute, die liebend gern mitansehen würden, wie ich untergehe, klar. Aber ich gebe ihnen keinen Grund, sich irgendwie an mir zu rächen. Ein Mädchen muss sich selbst beschützen, und ich glaube nicht, dass Mally dafür klug genug war. Sie hat einfach keine Selbstbeherrschung."

„Der Punkt ist, dass sie verschwunden ist und hoffentlich nicht die Radieschen von unten betrachtet. Und wenn sie das nicht tut, werde ich sie finden. Du solltest nicht so über sie reden."

„Ach, komm schon, Mary", sagt Ursula, „was kümmert es dich?"

„Ich weiß nicht … weil sie ein Mensch ist?" Nicht einmal ihnen kann ich die Wahrheit gestehen. Ich will, dass Mally gesund und munter nach Hause kommt, um meine eigenen Ziele zu erreichen.

„Dein erster richtiger Fall", sagt James. „Du wirst dich großartig schlagen. Du wirst sie finden."

„Wir helfen dir!", verspricht Ursula.

„Wir helfen dir, wenn du das möchtest", wendet James ein und wirft ihr einen mahnenden Blick zu.

„Ja, ich hatte gehofft, dass ihr mir einfach Bescheid gebt, wenn ihr auf der Straße oder in Gesprächen etwas aufschnappt, weil … na ja … ihr wisst schon …", druckse ich herum.

„Die Leute nicht mit dir reden wollen, weil sie denken, dass du die Scar hintergehst?", beendet Ursula meinen Satz in einem Tonfall, der nahelegt, dass diese Leute damit richtigliegen könnten.

Das ist heute Abend schon das zweite Mal, dass dieses Thema aufkommt. Ich hatte es eine Zeit lang schwer, nachdem ich das Praktikum begonnen habe, aber ich dachte, das hätte sich wieder gelegt. Mir fällt nichts ein, womit ich die Leute umstimmen könnte, außer ihnen zu beweisen, dass ich nur mit dem Ziel für die Regierung arbeite, die Scar aufzubauen und ihr wieder zu ihrem früheren Glanz zu verhelfen.

James sagt: „Du findest Mally und bringst sie zurück, dann fangen die Leute an, darauf zu vertrauen, dass du auf ihrer Seite bist. Auch wenn niemand sie leiden kann, ist sie immer noch eine von uns."

„Verdammt, die Leute nerven", sagt Ursula und hebt ihr Glas. „Aber ihr nicht!"

„Aber ihr nicht!", stimmen James und ich ein, und wir stoßen miteinander an.

„Was meint ihr?", fragt sie. „Lust auf eine Runde Pinball?"

„Klar." Ich rutsche von meinem Barhocker. „Muss ja dafür sorgen, dass mein Name ganz oben auf der Liste stehen bleibt."

„Auf meiner Liste stehst du immer ganz oben", sagt James.

„Sorry, ich musste kurz brechen", sagt Ursula und zupft die Vorderseite ihres Kleides zurecht, wobei die großen Ringe in ihren Ohrlöchern wackeln. „Ich weiß echt nicht, warum ich mit euch rumhänge."

Die beiden lachen und beleidigen sich weiter, aber mich beschleicht das seltsame Gefühl, dass sich ein Sturm über unseren Köpfen zusammenbraut. Ein Sturm, den ich von hier noch nicht einmal sehen kann. Ich denke, dass dies vielleicht der letzte Moment ist, den wir miteinander haben, bevor er losbricht. Ich will es ihnen sagen. Ich will uns alle in diesem Augenblick festhalten, sicher und glücklich. Ich will uns alle in eine undurchdringliche Blase stecken, die uns davonträgt. Aber das kann ich nicht, weil die Magie tot ist und Wünsche sich nicht mehr erfüllen.

Also schlinge ich meine Arme um meinen Freund und meine beste Freundin, und wir spielen im Dunkeln Pinball, und dann tanzen wir so lange, bis uns beinahe das Dach auf den Kopf fällt, weil es nichts anderes gibt, was wir tun können.

SECHS

GANZ GLEICH, WIE VEHEMENT DIE LEUTE AUCH LEUGNEN WOLLEN, dass es die Magie gibt oder jemals gegeben hat, wir Legacies wissen, dass Monarch nicht wie andere Orte ist. Zeichen überall um uns herum erinnern uns daran, dass wir nicht alles wissen und manche Dinge nicht erklärt werden können. Da sind das Wetter, die Wolken, Miracle Lake und die schwarzen Herzen, die wie Samenkörner darauf warten, wieder gegossen zu werden, damit sie erblühen können. Manche Menschen besitzen noch Spuren von magischen Fähigkeiten, die angeblich vor elf Jahren ausgestorben sind. So wie James zum Beispiel immer weiß, ob ich mich in einem Raum aufhalte, ob ich traurig oder in Gefahr bin. Oder so wie meine Träume, die sich manchmal anfühlen, als wollten sie mir etwas mitteilen. Und dann gibt es noch diesen unerklärlichen Ort, zu dem wir schon immer gegangen sind, um uns zu verstecken. Es ist der beste Platz, mein liebster Brotkrumenpfad aus Feenstaub in der ganzen Scar.

Der Ever Garden.

Es heißt, dass der Ever Garden zurückblieb, weil dort so viel Gutes geschehen ist und so viele Wünsche in Erfüllung gegangen sind, dass er selbst nach dem Großen Tod so blieb, wie er war. Der Park erstreckt sich über einen ganzen Block, genau in der Mitte der Scar, und ist über und über mit üppigen Blumen, Bäumen und Büschen bewachsen, die nirgendwo sonst zu finden sind. Menschen können verglichen mit Schmetterlingen oder Kolibris nur sehr unscharf sehen, aber wenn man einen Fuß in den Ever Garden setzt, fühlt es sich an, als ob ein Schleier vor den Augen gelüftet wird und man plötzlich alles so sieht, wie es wirklich ist. Die Farben hier können nur innerhalb der vergoldeten Tore wahrgenommen werden. Die Blüten des Flieders verbreiten ein opaleszierendes Schimmern. Dahlien ergießen sich wie glitzernde Diamanten in den exotischsten Farben von den Säulengängen. Schwarze Rosen, glänzend wie Öl, spannen Regenbögen von einer zur anderen. Mitten hindurch fließt ein Bach mit kristallklarem, silbrigem Wasser, auf dem Lotusblüten schwimmen.

Aber das Beste am Ever Garden sind seine unendlichen Ecken und Winkel, die sich verbiegen, um seine Besucher zu verstecken, sobald man über die Schwelle in den Ever Garden tritt. So ist man immer mit den Leuten allein, mit denen man gekommen ist. Wir finden jedes Mal ein perfektes Plätzchen grünen Rasen, auf dem wir uns für ein Picknick niederlassen oder von dem aus wir die Sterne beobachten können. Nichts Schlimmes ist jemals in diesem Garten geschehen. Sollte jemand etwas Böses versuchen, erwacht der Garten zum Leben und wirft den Täter hinaus. Das gilt auch für alle, die dumm genug sind, zu versuchen, einen Ast zu stutzen oder die Landschaft zu verändern. Einmal hat jemand versucht, Hotdogs von einem Wagen im Ever Garden zu verkaufen. Er wurde von einem Rotholz hinausgeschleudert. Der Ever Garden ist der einzige Ort in der Scar – und vielleicht auf der ganzen Welt –, wo nichts Böses geschieht und sich nichts verändert.

Darum kommen James und ich manchmal her, um Ruhe zu finden und allein zu sein.

Wir lassen uns hinter einem Beet aus Ringelblumen nieder, und zwei Trauerweiden schirmen uns mit ihren Ästen ab. Wir legen uns auf das Gras, die Erde unter uns ist warm wie eine Decke.

„James?“

„Hmm?“

„Glaubst du, Mally ist tot?“

„Du weißt wirklich, wie man ein Date sexy und besonders und nicht das kleinste bisschen mörderisch macht“, sagt er.

„Tut mir leid.“

„Muss es nicht. Es ist wichtig. Du könntest jemanden retten.“

„Nicht, wenn sie schon irgendwo in einem Müllcontainer liegt.“

„Nein.“ Er legt sich auf den Rücken und zieht mich nah an sich, bis sein Herzschlag ruhig in mein Ohr pocht. „Ich glaube nicht.“

Ich bin erleichtert, das zu hören. Auch wenn es nur seine Intuition ist, ist seine doch besonders gut. Sie ist es, die ihn beinahe unberührbar macht. James weiß es, wenn jemand ihn verrät, und er weiß auch, wenn jemand loyal ist. Er weiß auch, wann jemand ein hoffnungsloser Fall ist.

„Ich glaube auch nicht, dass sie tot ist“, sage ich. „Aber ich denke, dass sie vielleicht einfach nur die Stadt verlassen hat. Ihr Leben ist ein einziges Durcheinander. Sie ist zornig, ausgestoßen und gehässig. Sie hat nur das Geld von ihrem Vater und ihren Vogel. Vielleicht hat sie beschlossen, alles hinter sich zu lassen und sich irgendwo neu zu erfinden, wo nicht jeder sie hasst.“

„Nein. Mally würde diesen Vogel nicht zurücklassen. Niemals. Sie würde vielleicht ihren Vater und sein Geld abschreiben – und vielleicht sogar die Scar verlassen, aber sie würde Hellion nicht zurücklassen.“

„Woher weißt du das?“

„Weil sie ihn liebt, und er liebt sie, und weil sie ihn kurz nach dem Tod ihrer Mutter bekommen hat. So ticken die Leute nun mal, vor allem hier. Wir sind an irgendwelche willkürlichen Menschen gebunden und an Dinge, die das Schicksal uns zugewiesen hat. Dieser Vogel ist ihr Vertrauter, und sie würde nirgendwo ohne ihn hingehen.“

„Was bedeutet …“

„Was bedeutet, dass sie wahrscheinlich irgendwo gegen ihren Willen festgehalten wird oder dass sie verletzt ist. Aber ich glaube nicht, dass sie tot ist."

„Warum nicht?"

„Weil Menschen wie Landkarten sind. Auf ihnen sind Linien gezeichnet, genau wie die in ihren Handflächen. Diese Linien erzählen eine Geschichte, und Mallys Geschichte wird nun mal nicht so enden. Man muss sie nur richtig ansehen, um es zu erkennen. Mally Saint wird nicht einfach sterben. Das ist nicht ihr Schicksal. Mally Saint wird in einem rasenden Feuersturm untergehen." Er nimmt meine Hand, die auf seiner Brust gelegen hat, hebt sie an, bis das Licht von zwei sanft glühenden Büschen auf sie fällt, und betrachtet sie.

„Warum liest du mir aus der Hand? Du kennst meine Linien doch schon."

„Ich wollte nur sichergehen, dass sie sich nicht verändert haben."

„Und wie sehen sie aus?"

„Wie immer."

„Und wie wird unsere Geschichte ausgehen?"

Er zögert. Für den Bruchteil einer Sekunde verdunkelt sich seine Miene, bevor er seine Zweifel beiseiteschiebt und mich angrinst.

„Glücklich bis ans Lebensende, natürlich."

Es ist nicht so, dass er mich belügt. Ich bin mir sicher, dass er sich ein Happy End für uns wünscht, aber so verzackt und unvorhersehbar, wie die Dinge in der Scar laufen, kann er nicht ernsthaft glauben, dass von jetzt an alles nur noch Jubel, Trubel, Heiterkeit sein wird. So läuft das hier nicht. Für niemanden.

James presst seinen Daumen in die Mitte meiner Handfläche, und ich schließe die Augen und lasse alles davon schweben: Mally, Hellion, den Chief, Bella, Gia, all meine Sorgen, die Machtkämpfe in Monarch, alles, was ich nicht erklären kann, sogar meine Familie. Ich verliere mich in dem

Trommelschlag von James' Herzen, und für ein paar Minuten ist nichts anderes von Bedeutung.

„Ich wünsche mir nur …", setze ich an. Ich finde die Worte nicht, aber das Gefühl in meinem Inneren ist wie Zunder. Es wartet nur auf einen Funken, der groß genug ist, um ihn zu entfachen.

„Ich weiß", sagt er. „Du wünschst es dir. Ich wünsche es mir auch. Und eines Tages werden wir es uns nicht mehr wünschen, weil wir es *haben* werden. Dafür werde ich sorgen, Mary." Nach einer langen Zeit der Stille sagt er: „Es fühlt sich so an, als würde etwas geschehen, oder?"

„Was meinst du?"

„Ich weiß nicht. Als wären irgendwelche Kräfte am Werk. Der Fall, Miracle Lake, du bekommst dein Praktikum, Mally wird vermisst. Es kommt mir so vor, als wären wir auf einer Fahrt, von der uns niemand etwas erzählt hat. Wir sind angeschnallt und müssen an Bord bleiben und abwarten, wo wir am Ende landen."

Ein Mistelzweig hängt über unseren Köpfen und hüllt uns in einen seichten Nebel, der nach Weihnachten und Kaminfeuer riecht. Im Rest von Monarch nähern sich die Feiertage, das Wetter wird kalt und ungemütlich. Wir küssen uns.

James streichelt mir mit den Fingerspitzen über den Handrücken, meinen Ringfinger entlang. „Erinnerst du dich noch an unseren ersten Tanz?"

„Achte Klasse."

„Du bist die Stufen vor deinem Apartment hinuntergerannt, auf mich zu."

„Smee ist mit Ursula gegangen. Die beiden haben sich die ganze Zeit gestritten."

„Aber du … Du kamst in einer goldenen Wolke auf mich zu, deine Haare noch heller als sonst. Du hattest diese Halskette um."

„Die Perlenkette meiner Mutter …"

„Und du warst wunderschön."

Ich küsse ihn, bis er zu lachen anfängt. „Hör auf, mich abzulenken. Ich versuche hier, eine sehr wichtige und berührende Geschichte zu erzählen."

„Na schön", lenke ich ein, „mach weiter. Aber pass auf, dass du noch mehr darüber sagst, wie schön und perfekt ich bin. Lass ja keine Einzelheiten aus."

„Also", sagt er und zieht mich wieder ganz nah an sich, „als du diese Stufen hinunterkamst, habe ich nicht nur dieses wunderschöne Mädchen gesehen, das ernsthaft mit mir zu diesem Tanz gehen würde … mit mir, James Bartholomew. Ich habe jemanden gesehen, der schon einmal an meiner Seite gestanden hat. Du hast ihnen nicht zugehört, als sie dir erzählt haben, dass ich Abschaum sei, dir nur Probleme machen und es sowieso zu nichts bringen würde. Du hast dir von niemandem etwas sagen lassen, noch nie."

„An dem Abend habe ich dir die gegeben." Ich hauche einen Kuss auf sein Handgelenk, ein Stück über der Stelle, an der er immer noch die Uhr aus Krokodilleder trägt.

„Du hattest sie aus der Kiste deines Großvaters gestohlen. Gia hat am nächsten Tag versucht, sie zurückzubekommen."

„Du hattest etwas Schönes verdient. Sie meinte, die Uhr sei ein Familienerbstück, und ich habe ihr gesagt …"

„Du hast gesagt, ich *sei* Familie. Du hast mir das Gefühl gegeben, jemand zu sein", sagt er. „Du warst schon immer die Einzige, die in mir nicht jemanden gesehen hat, der ich nicht bin. Du verlangst nicht, dass ich besser bin, als ich bin, und du hältst mich auch nicht für schlechter. Du weißt alles über mich. Eines Tages …", sagt er und fährt mit zwei Fingern über meine Knöchel, „selbst, wenn es noch lange hin ist, hoffe ich, dass du mich heiratest."

Die Vorstellung, James zu heiraten, hat nichts Schockierendes für mich. Das ist etwas, wovon ich immer ausgegangen bin. James und ich werden niemals jemanden finden, der besser zu uns passt, und das wollen wir auch nicht. Seit dem Tag, an dem wir uns über den Dächern geküsst haben, weiß ich, dass wir Partner fürs Leben sind. Und wenn das bedeutet, seine Ehefrau zu sein, würde ich keine Sekunde zögern. Aber das ist nichts, worüber wir sprechen. Wir sind gerade mal siebzehn, darum ist es noch nicht von Bedeutung. Aber eines Tages wird es das sein, und es fühlt sich gut an, dass zumindest ein Teil meines Lebens sich dieser Gewissheit nähert. Für alles andere werde ich kämpfen müssen.

Er richtet sich plötzlich auf, kommt auf die Knie. Ich setze mich ebenfalls auf. „Mary Elizabeth", sagt er. „Ich weiß, dass wir noch nicht dazu bereit sind, aber wenn die Welt endlich aufhören sollte zu erzittern und sich dazu entschließt, ihr Licht ein für alle Mal zu dimmen, dann möchte ich bei dir sein. Als diese Gebäude eingestürzt sind, vor Miracle Lake, konnte ich an nichts anderes denken als daran, wie glücklich ich war, das Ende der Welt mit dir anzusehen. Wenn wir tatsächlich heiraten, wird es kein Gefängnis sein. Du wirst dir nicht wünschen, mit jemand anders zusammen zu sein, und du wirst dich nicht danach sehnen, mir zu entkommen. Wir beide werden genau das machen können, was wir wollen, weil wir zusammen sein werden und damit alles möglich ist. Das Leben wird ein riesiges Abenteuer sein."

„Ich verstehe nicht ganz, wo das alles auf einmal herkommt", erwidere ich beunruhigt. Hat James etwas ausgefressen? Ist er in Gefahr? Irgendetwas daran fühlt sich falsch an.

Es ist nicht so, als hätten wir diese Unterhaltung nicht schon früher geführt oder zumindest eine Version davon, aber heute scheint es ihm noch ernster als gewöhnlich.

„Ist irgendwas pas…?"

„Ich werde dich nie verlassen", unterbricht er mich. „Und du musst mir versprechen, dass du mich nicht verlassen wirst." Er vergräbt das Gesicht an meinem Hals.

„Wenn ich es dir verspreche“, sage ich und kämpfe darum, einen klaren Gedanken zu fassen. „Verrätst du mir dann dein Geheimnis?“

„Versprich es“, beharrt er.

„James.“ Jetzt habe ich Angst. Die ganze Sicherheit von Ever Garden ist wie weggefegt. „Wir sollten einander vertrauen. Wir sollten uns alles erzählen können. Also, was ist los?“

„Ich habe dich immer unterstützt“, sagt er.

„Ich weiß.“

„Obwohl dein Praktikum mich auf der Straße in eine heikle Lage bringt und obwohl wir auf gegenüberliegenden Seiten landen könnten, wenn ich so ende wie mein Vater.“

„Das wirst du nicht.“

„Aber es könnte sein.“ Im Mondlicht verdunkelt sich sein Gesicht, als einige Schwertlilien sich über uns beugen, um ihm Trost zu spenden. „Wir wissen nicht, was als Nächstes in der Scar passiert, und wir wissen nicht, wer dann an der Macht sein wird. Du weißt, dass ich nicht mitansehen werde, wie die Scar von den Narrows fertiggemacht wird. Aber was, wenn ich einen Weg gefunden habe, Vorkehrungen zu treffen?“

Das, hier und jetzt, genau das ist es, was sich zusammenbraut, was ich gespürt habe. Das ist es, was unter der Oberfläche zwischen uns gebrodelt hat. Ich weiß es.

„Vorkehrungen? Gegen was?“, will ich wissen.

„Gegen Schwäche.“ Er sieht mich an, sucht nach einer Reaktion, aber ich verstehe nicht, was er sagt. „Was, wenn ich dir etwas Besseres zeigen könnte, als diese Stadt von der Midcity aus zu kontrollieren? Besser, als ein Cop zu sein?“

„James.“ Das Wort rutscht mir von der Zunge, eine Bitte. Ich will, dass er aufhört. Aber genauso sehr will ich, dass er es mir zeigt, mir alles erzählt. „Ich *will* ein Cop sein. Ich *will* die Midcity kontrollieren.“

„Ich werde dafür sorgen, dass alle unsere Träume wahr werden, Mary

Elizabeth", spricht er weiter, als hätte er nicht ein Wort von dem gehört, was ich gesagt habe. „Glaubst du mir?"

Ich antworte ihm nicht, als er seine Handfläche öffnet und sie flach hinhält, sie zwischen uns anhebt. Meine Haut beginnt zu singen, mein Legacy-Zeichen pulsiert wie ein zweiter Herzschlag.

Ein blaues Licht schlängelt sich von seiner Hand in die Höhe, zwischen unseren Brustkörben, die sich wie im Takt eines Flügelschlages heben und senken, als ob wir jeden Moment abheben könnten. Beinahe stockt uns der Atem, als der Ball aus blauem Licht in der Luft zwischen uns zum Stillstand kommt. James sieht überirdisch aus, fremd, und strahlender und glücklicher, als ich ihn je erlebt habe.

Und dann erinnere ich mich an den Schock aus blauem Licht während des Falls, das Reißen in meinem Kopf, das aus dem Mittelpunkt der Erde aufstieg wie ein umgekehrter Blitz, wie wütende verästelte Adern. Das hier sieht ganz ähnlich aus, aber es ist sanfter, freundlicher. Es tut nicht weh, und es ist mir nicht fremd. Es ruft mich wie ein Freund. Es ist ein Teil von mir, und es ist warm und aufregend und besitzt seinen eigenen Geist, den es mit uns teilt.

„Wo hast du das her?"

„Das darf ich dir nicht sagen."

„Ich dachte, wir haben keine Geheimnisse voreinander."

„Bald", sagt er. „Vertrau mir."

„Vertrauen", murmele ich.

Vertrauen, wiederholt ein Flüstern. *Vertrau uns.*

„Aber, James", sage ich, als der Ball aus blauem Licht um uns herumtanzt. „Das ist …"

„Magie." Er starrt das blaue Licht voller Konzentration an – einer Konzentration, wie er sie für gewöhnlich nur mir schenkt.

„Ja", hauche ich.

Ein leises, prickelndes Surren erfüllt die Luft, als das Licht sich in Ranken verwandelt, sich auf die Größe einer Wassermelone ausdehnt und sein Schein noch blauer, noch intensiver wird.

„Es will, dass du es nimmst", sagt James.

Manchmal sehe ich schlechte Dinge nicht auf mich zukommen. Ich wusste nicht, dass der Fall passieren würde. Er erwischte mich vollkommen kalt. Manchmal sehe ich die guten Dinge auch nicht kommen, und sie können mich genauso unvorbereitet treffen wie die schlechten. Zum Beispiel hätte ich nach dem Tod meiner Familie nie geahnt, dass James und ich uns treffen und die Wunden des anderen schließen würden. Das Leben geht einfach weiter, manchmal zu schnell, um es begreifen zu können.

Aber jetzt, in diesem Moment, als ich in das blaue Licht vor mir starre und mein Magen sich windet wie ein Fisch auf dem Trockenen, da weiß ich, dass dieses blaue Licht der Anfang und das Ende von allem ist. Und ich weiß, dass ich James danach fragen sollte. Ich sollte ihn zwingen, mir zu erzählen, wo er es herhat, was es ist und was es bedeutet. Aber das tue ich nicht, denn ich habe das Gefühl, dass ich die Antworten überhaupt nicht hören will, dass sie mich zwingen würden zu handeln. Außerdem vertrauen James und ich einander genug, um Fehler zuzulassen. Wir vertrauen einander so sehr, dass wir uns nicht immer alles erzählen müssen. In diesem Vertrauen liegt eine Freiheit, die ich nicht verlieren will.

Darum starre ich weiter in dieses Licht, bis ich ein Teil davon bin. Bis ich selbst der Wirbel bin und erkennen kann, dass es überhaupt nicht einfach nur blau ist. In seinem Inneren schlängeln sich Ranken aus Lila und Grün, durchflochten mit Gold. Es ist lebendig und ruft nach mir, seine Finger strecken sich nach mir aus. Eine halbe Sekunde später schießt das Licht in meine Brust.

James, wispere ich, und wie von Zauberhand erkenne ich, dass dies das Ende von allem ist, was davor kam.

Das hier, in dieser Sekunde, ist der Anfang.

James hält mich fest, und jede Erinnerung, die wir je miteinander geteilt haben, blitzt vor meinem inneren Auge auf und verbindet uns.

Er legt zum ersten Mal einen Arm um mich.

Er erzählt mir von seinem Vater.

Ich erzähle ihm, was meiner Familie zugestoßen ist.

Wir versuchen so verzweifelt, uns nicht zu berühren, die Luft zwischen uns flirrt vor Elektrizität. Ich weiß immer, wo im Raum er sich aufhält, und er weiß auch immer, wo ich bin, als ob jedes einzelne Atom, das den Raum zwischen uns einnimmt, genau weiß, dass wir uns immer berühren sollten.

Und dann tun wir es. Unser erster Kuss lässt beinahe die Welt untergehen.

Aber wir fliehen nicht, keiner von uns.

Stattdessen rennen wir aufeinander zu.

Das ist Vertrauen, murmelt das blaue Licht. *Offen.*

Das tun wir. Ich öffne mich. Als James und ich uns wieder küssen, Lippen, die sich schon eintausendmal berührt haben, ist es, als hätten wir eine Million neuer Nerven, als würden wir den anderen verstehen, seine Bewegungen vorhersagen, bis es sich so anfühlt, als hätten wir überhaupt keine Körper mehr und bestünden aus nichts als diesem Licht.

Die Blumen um uns herum glühen hell auf, eine überirdische Kaskade aus Licht. Sie wiegen sich, tanzen für uns.

„Mary", stößt James hervor, seine Stimme ist heiser und gebrochen. „Das ist perfekt. Du bist perfekt."

So fühlt sich die Wahrheit an.

Sie fühlt sich an wie Liebe.

SIEBEN

MALLY SAINT IST IN MEINEM BETT. IHR MUND BEWEGT sich, formt Buchstaben, meinen Namen. Ihre Haut ist grün verfärbt, echsenartige gelbe Augen hinter einem weißen Schleier, Flammen verzehren ihren Körper. Sie kriecht näher auf mich zu. Sie wird mein Bett in Brand stecken. Sie wird alles verbrennen. Wenn sie noch näher kommt, werden wir beide sterben.

Sie kommt näher, und wir sterben nicht. Meine Temperatur steigt nur leicht an. Mally schiebt sich näher, bis ihr Atem heiß auf meiner Wange brennt. Ihre Flammen lecken an mir.

„Sie werden alles an sich reißen, und nichts wird mehr von dir übrig bleiben", sagt sie. „Von niemandem wird etwas übrig bleiben."

Sie sticht durch meine Haut. Jede Schicht aus Muskel, Faser und Knochen gibt ihrem brennenden Zeigefinger nach. Etwas lockert sich in meinem Inneren. Als sie ihren Arm zurückzieht, hält sie einen pulsierenden Klumpen in der Hand. Blut läuft in schwarzen Rinnsalen ihren Arm hinab.

Ich greife mir an die Brust, versuche, das klaffende Loch zu schließen, und sehe mich panisch nach etwas um, mit dem ich die Wunde versorgen kann.

„Mary Elizabeth“, sagt sie, mein Herz in ihrer Hand. „Du wirst dich entscheiden müssen zwischen deinem Kopf und deinem Herzen. Das müssen wir alle.“

Mir schwindet der Atem. Ich packe sie am Handgelenk. So fühlt es sich also an zu sterben. So viel ist noch nicht fertig, so viel, was ich nie mehr tun werde. Ich will nach James rufen, nach Ursula, aber ich habe nicht mehr die Kraft, auch nur einen einzigen Laut über die Lippen zu bringen. Je näher sie mir kommt, desto mehr muss ich um jeden Atemzug kämpfen. Ihr Parfum ist süß vor Fäulnis.

„Bist du tot?“, frage ich sie, glaube aber nicht, dass ich dazu meine Stimme nutze.

Sie legt sich einen Finger ans Kinn und richtet den Blick nach oben, als ob die Antwort an der Decke geschrieben steht. Dann bringt sie ihr Gesicht wieder ganz nah an meins.

„Ich vermisse meinen Vogel.“ Sie legt den Kopf schief. „Hast du Hellion gesehen, Mary Elizabeth?“

„Mary Elizabeth, kannst du mich hören?“

„Hörst du?“

„Mary Elizabeth?“

„Mary Elizabeth?“

„Mary Elizabeth! Wach auf.“

Ich öffne meine Augen und werde von einem weißen, grellen Licht geblendet. In meinem Kopf pocht es schmerzhaft, und für den Bruchteil einer Sekunde glaube ich, ich sei entführt worden und drauf und dran, im Schein einer einzelnen Glühbirne verhört zu werden. Dann begreife ich, dass ich in meinem Zimmer bin, und das Wesen im Schatten, das für die Folter verantwortlich ist, ist Bella … die in meinem Haus ist.

Ich taste nach dem Nachtschrank, meine Finger gleiten an dem halb vollen Wasserglas und dem Buch über Forensik entlang, und ich muss blinzeln, um das Display meines Handys erkennen zu können.

„Halb sieben? Was zur Hölle?" Ich habe keine Ahnung, wann ich letzte Nacht nach Hause gekommen bin … oder heute Morgen. Wahrscheinlich erst vor ein paar Stunden. Das Licht. James.

„Guten Morgen, Sonnenschein", sagt Bella. „Willkommen zurück in der Scar. Es ist ein weiterer wunderschöner Tag. Nicht eine einzige Wolke am Himmel."

„Bella, wie hast du überhaupt mein Haus gefunden?"

„Pipifax, meine Liebe."

Ich blinzle verschlafen zu ihr hoch, mein Handy noch in der Hand, und warte darauf, dass der Raum sich scharf stellt.

„Ich habe deine Adresse aus der Datenbank."

„Eingriff in die Privatsphäre."

„Deine Tante hat mich reingelassen. Sie ist noch wach."

Auf meinem Display leuchten mehrere Nachrichten von James.

Ich liebe dich.

Dann: *Ich muss heute etwas erledigen. Wir sehen uns danach.*

Dann: *Hab einen magischen Tag*, mit drei lachenden Emojis und mehreren Zauberstäben.

Der Geruch von Mally Saint hängt noch in der Luft, mir ist übel. Ich lege eine Hand auf meine Brust und lasse mich zurück in mein Kissen fallen, als ich spüre, dass ich keine offene Wunde bin. Kein fehlendes Herz und auch nicht alles voll blauem Licht. Nur mein gewöhnliches Ich: ausgelaugt, übellaunig und möglicherweise von einem Geist verfolgt.

Bella hingegen ist ein richtiger Sonnenschein.

„Wow!", ruft sie und stößt die Fensterläden ganz auf. „Das nenn ich mal einen Ausblick. Hast du eine Ahnung, wie viel Glück du hast? Du kannst direkt auf Miracle Lake sehen. Von meinem Fenster aus sieht man nur die Leute von nebenan, und glaub mir, das ist wirklich kein schöner Anblick."

„Mach die Fensterläden wieder zu, du Monster!"

Bella ignoriert mich einfach. Es ist, als hätte ich überhaupt nichts gesagt. Sie ist viel zu beschäftigt damit, in ihrem bezaubernden Outfit aus T-Shirt und High-Waist-Hose den Ausblick auf Miracle Lake zu bestaunen. Ihr Make-up ist dezent, makellos, ihre Haare hat sie zu einem unordentlichen Knoten gedreht. Ich wette, dass sie mindestens eine Stunde gebraucht hat, um diesen Look hinzubekommen, und trotzdem ist sie jetzt hier, in meinem Schlafzimmer, frisch und entzückend, und das noch vor sieben Uhr morgens.

„Warst du während des Falls hier? Das muss ja direkt vor deinem Fenster passiert sein." Sie steckt voller Neugier und Enthusiasmus. Ich muss irgendetwas wirklich Schlimmes angestellt haben, um dieses Schicksal zu verdienen. „Hast du ihn gesehen?", fragt sie.

„Ja, ich hab's gesehen", murmele ich, und dann muss ich die Erinnerung abschütteln. „Bella, im Ernst, was machst du in meinem Apartment?"

„Na ja, wir sind Partner, und wir haben einen Fall. Du hast auf keine meiner Nachrichten reagiert. Da blieb mir keine andere Wahl, als herzukommen. Und laut deiner Personalakte hast du den Großteil des Tages frei, was großartig ist, weil wir keine Zeit verschwenden dürfen. Wir müssen Mally finden, am besten heute noch. Also komm schon! Lass uns loslegen!"

„Richtig", sage ich langsam. „Aber ich dachte, wir treffen uns nach der Schule. *Auf dem Revier.*"

„Schon, aber ..." Sie hüpft auf mein Bett und schlägt die Beine übereinander. „Ich wollte mal sehen, ob ich mit diesen drei Mädchen aus deinem Mathekurs reden kann. Wo wir grade davon sprechen ..." Sie kramt in ihrem Lederrucksack und zieht eine Handvoll Papiere heraus. „Ich hab deine Mathehausaufgaben gemacht. Dann musst du dir darüber keine Gedanken machen, und wir können uns auf das Wesentliche konzentrieren."

„Du hast meine ..."

„Ich bin ganz gut am Computer, weißt du? Ich habe sie im Schulportal gefunden. Diese Aufgaben sind ein Kinderspiel. War kein Problem."

„Danke schön."

„Also?" Sie lächelt mich erwartungsvoll an. „Ich weiß ja nicht, wie du das siehst, aber Mally wird seit drei Tagen vermisst. Ich bin sicher, dass sie sich nicht von alleine finden wird und jede Minute zählt."

„Ich will Flora, Fauna und Merryweather mit dir verhören."

Bella schüttelt den Kopf. „Das halte ich für keine gute Idee. Du bist eine Mitschülerin. Bei mir werden sie sich nicht zurückhalten."

„Ich habe schon überprüft, dass Mally ihre Kreditkarten nirgendwo benutzt hat", fährt sie dann fort. „Nicht einmal ihre City Card. Offensichtlich ist sie nirgendwo aufgetaucht, wo man sie vermuten würde, und sie ist auch nicht zu Besuch bei irgendwelchen Verwandten außerhalb der Stadt. Was ich damit sagen will, ist, dass ein Leben auf dem Spiel steht, also sollten wir reinhauen! Wir müssen alle Möglichkeiten durchgehen und unsere Strategie besprechen. Und falls sie schon tot ist …"

„Sie ist am Leben."

Bellas Nase zuckt leicht, als sie ihren Redeschwall gerade mal lange genug unterbricht, um mir einen Blick zuzuwerfen. „Ich habe nie gesagt, dass sie das nicht ist, aber wir müssen die Möglichkeit in Betracht ziehen. Wir kennen beide die Statistiken, wie die Chancen nach den ersten achtundvierzig Stunden stehen, und die Zahlen sind nicht gerade zu unseren Gunsten."

„Ich hatte einen Traum", erzähle ich.

„Einen Traum?"

„Ja, ich habe von Mally geträumt. Träume sind meine Spur. Ich weiß also, dass sie am Leben ist, weil sie es mir gesagt hat."

„Huh. Dann bist du also Magicalist?"

Die Dreistigkeit ihrer Frage überrascht mich mindestens genauso wie die nüchterne Art, auf die Bella sie gestellt hat. Es gibt wohl kaum etwas Intimeres, als eine Legacy nach ihrer Meinung über Magie zu fragen, und es ist eine heikle Angelegenheit, sich mit einer der verschiedenen Fraktionen zu assoziieren. Die Magicalisten sind Extremisten, Amagicalisten sind unmoralische Magieleugner und nicht weniger extrem, und Naturalisten werden als lächerliche, töffelige Hausfrauen in den Wechseljahren abgetan. Wie man es auch dreht und wendet, sich für eine der Gruppierungen auszusprechen, ist etwas, das man einfach nicht tut. Aber da sitzt meine Partnerin mit ihrer Unschuldsmiene und stellt mir die persönlichste aller Fragen.

„Ich bin kein Fan von solchen Schubladen", fauche ich. „Und ich finde, die Methoden der Magicalisten sind ein bisschen zu offensichtlich." Sie randalieren, verbreiten öffentlich Unruhe und untergraben die Führung der Stadt, weil sie überzeugt sind, dass der Stadtrat die Magie vor dem Rest von uns verborgen hält und dass er irgendwie für den Großen Tod verantwortlich ist.

„Was ist mit dir?" Wenn wir diese Unterhaltung schon führen, kann ich den Spieß auch umdrehen.

Bella zuckt mit den Schultern. „Ich weiß nicht. Ich glaube das, was ich sehen kann. Und ich sehe keinen Sinn darin, Amagicalist zu sein. Wir wissen, dass es sie gegeben hat. Es kommt mir aber schon wie ein schlechter Witz vor, dass das Westküstenwetter und leicht zu beeinflussende Wolken alles sein sollen, was uns als Erinnerung geblieben ist."

Aber das ist nicht die ganze Wahrheit, oder? Uns ist auch noch das geblieben, was auch immer James mir da gestern Abend gezeigt hat. Ich muss an das blaue Licht denken, das Surren, an das Gefühl, als wäre ich zum ersten Mal in meinem Leben richtig lebendig. Ich verstehe, warum Menschen, die dieses Gefühl einmal gespürt haben, alles dafür geben würden, es wieder und wieder zu spüren. Vor allem, wenn sie der Ansicht sind, dass es sich dabei um ihr Geburtsrecht handelt. Plötzlich ergibt es einen Sinn, dass die Magicalisten so aufgebracht sind. „Also, ob du an Spuren glaubst oder nicht, letzte Nacht hatte ich eine. Es passiert nicht oft, aber manchmal habe ich einen Traum, der gar kein richtiger Traum ist, und auch wenn es meistens überhaupt keinen Sinn ergibt, steckt am Ende doch immer ein wahrer Kern darin."

„Okay, ich beiße an. Nehmen wir mal an, dass dein Traum real war oder dir irgendwie eine Nachricht schicken sollte. Hat sie dir sonst noch irgendwas gesagt?" Bella hebt eine Augenbraue, ein Gesichtsausdruck, in dem ich allmählich ihr Markenzeichen erkenne. Bis jetzt habe ich beobachtet, wie diese hochgezogene Augenbraue bedeutete, dass Bella aufsässig war, verwirrt oder sie etwas gesagt hat, was sie selbst nicht ganz glaubt. „Irgendwas?"

„Nein." In meinen Ohren dröhnt das ekelhafte Knacken, mit dem Mally mir das Herz aus der Brust gerissen hat, und ich muss mich zwingen, mich auf das Hier und Jetzt zu konzentrieren, um keine Panikattacke zu bekommen. „Sie hat mir erzählt, dass sie ihren Vogel vermisst."

Du wirst dich entscheiden müssen zwischen deinem Kopf und deinem Herzen, Mary Elizabeth. Ich erschaudere.

„Das war jetzt nicht gerade hilfreich, oder?"

„Weißt du was, Bella? Kannst du nicht einfach ...?"

Bella legt ihren Kopf neben meinen auf das Kissen, als wären wir auf einer Übernachtungsparty. Es ist, als hätte sie überhaupt keine Grenzen. „Dann vielleicht etwas anderes? Irgendwelche Ideen?"

Ich betrachte ihr Profil und spiele mit dem Gedanken, wie einfach es wäre, sie mit meinem Kissen zu ersticken. Dann seufze ich und gebe nach. Ob es mir gefällt oder nicht, wir stecken gemeinsam in dieser Sache drin. Ich werde schon noch lernen, dem Funkeln in ihren Augen zu widerstehen. Irgendwann.

Mit viel Mühe.

„Ich habe gestern Abend mit Dally Star gesprochen", sage ich. „Du weißt schon, dem Besitzer vom Wonderland."

„Ich weiß, wer das ist. Kann allerdings nicht behaupten, dass ich jemals im Wonderland gewesen wäre. Nicht wirklich meine Welt."

Ich versuche, mir Bella beim Pinballspielen vorzustellen oder wie sie an einem Freitagabend zu alternativem Rock abfeiert. Es gelingt mir nicht. „Nein, wohl eher nicht."

„Was hat er gesagt?"

„Er hat mir erzählt, dass Mally das Wonderland letzte Woche allein verlassen hat."

„Alles klar, dann sollten wir uns die Aufzeichnungen der Überwachungskamera besorgen und seine Aussage beweisen."

„Ja, ich wollte fragen …"

„Das mache ich heute!", sagt sie und hüpft von meinem Bett. „Na komm schon!"

Der Geruch des Kaffees, den Gia jeden Morgen kocht, zieht in mein Zimmer. Ich werfe mir ein schwarzes T-Shirt über, und Bella wird rot und wendet den Blick ab. Danach schnappe ich mir meine Marke und stecke sie außer Sicht, schlüpfe in eine Jans … und als ich mir gerade meine Stiefel anziehen will, klingelt mein Wecker. Vermutlich ist das alles doch nicht so schlimm. Spätestens jetzt müsste ich sowieso aufstehen, und tatsächlich ist heute der erste Tag, an dem ich mich wie ein richtiger Cop fühle. Okay, ich muss mich noch durch Mathe und Geschichte quälen, aber dann werde ich meinen ersten Nachmittag als echter Detective an einem echten Fall arbeiten.

Auf Bellas Augenhöhe hängt ein Bild von meinen Eltern, Mirana und mir bei einem Besuch von dem, was früher einmal der Zauberwald war.

„Deine Familie?", fragt sie.

„Ja. Das waren sie."

Sie fragt nicht weiter, sondern nickt nur. Fast jeder in der Scar hat jemanden verloren, der ihm nahestand. Besser, nicht jedes Mal darüber zu sprechen. Wir haben alle gelernt, damit zu leben.

Während ich meine Jacke und einen Schal aus dem Schrank hole, huscht Bellas Blick durch mein Zimmer und über meine Sachen. Sie saugt jedes Detail in sich auf und speichert es ab. Eine Legacy-Flagge mit einem schwarzen Herzen hängt über meinem Bett, auf dem schwarzes Bettzeug und ein schwarzer Überwurf liegen. Bis auf ein paar Bilder von meiner Familie schmückt nur eine Karte der Scar meine Wände, zusammen mit dem größeren, gerahmten Foto von mir mit dem Chief und Mayor Triton bei der Pressekonferenz, als ich sieben Jahre alt war. Meine Klamotten, ohnehin nicht allzu viele, hängen ordentlich in einem kleinen Schrank, und mein Schmuck liegt in einer Schale auf einer Kommode. Ein kümmerlicher Spiegel, den meine Mutter in den Tagen der Zauberspiegel erstanden hat, gibt ein leicht verzerrtes Bild des Zimmers wieder, und auf dem Boden liegt ein grober schwarzer Wollteppich. Neben der Tür stehen aufgereiht fünf Paar schwarze Stiefel, jedes in einer anderen Größe und in unterschiedlichen Stadien der Abnutzung.

„Ich geb dir mal eine Minute", murmelt Bella, während ich meine Sachen zusammensuche.

Obwohl die Scar voll von Skatern ist und sich auf den Straßen irgendwelche Faulenzer tummeln, oben ohne und in Flipflops, bleibe ich jeden Tag bei dem gleichen Outfit, einem, das es mir erlaubt, mich jederzeit und überall dem Wetter anzupassen und mein Apartment schnell zu verlassen, egal aus welchem Grund: ein T-Shirt, schwarze Jeans, Stiefel und der Choker, den ich immer um den Hals trage, mit fünf silbernen Herzen daran. Ich schiebe meine Hände durch die Lederarmbänder, greife nach meinem Rucksack und stopfe meine Jacke und einen Regenschirm hinein. Dann schreibe ich James, dass er mich heute Morgen nicht abholen kommen soll. Ich bin noch nicht bereit, ihm Bella vorzustellen, und ich habe keine Ahnung, was passieren würde, wenn Bella mit Smee und Ursula zur Schule fahren müsste.

„Ich habe deine Partnerin kennengelernt", begrüßt Gia mich, als ich aus meinem Schlafzimmer komme. Sie trägt einen orangeroten Pyjama und ist schon bettfertig, die Haare zu zwei losen Zöpfen gebunden.

„Wie schön“, sage ich und halte ihr auffordernd meinen Becher hin. Kaum, dass er voll ist, nehme ich einen Schluck von der bitteren Flüssigkeit.

„Kaffee, Süße?“, fragt Gia und schenkt auch Bella einen Becher ein, die sich Sahne und Zucker und einen kleinen Löffel nimmt. Gia gähnt laut. „Entschuldigt. Es war eine ziemlich lange Nacht auf der anderen Seite der Welt. Und du …“, fügt sie an mich gewandt hinzu, „… wenn du weiter so spät nach Hause kommst, müssen wir vielleicht wieder strengere Regeln einführen.“

Ich kann mich nicht daran erinnern, wann und wie ich gestern nach Hause gekommen bin, habe aber Angst, ihr irgendwelche Fragen zu stellen. Wenn sie erfährt, dass ich mich an nichts erinnern kann, werden ihre Alarmglocken so laut losgehen, dass ich nie wieder das Haus verlassen darf. „James und ich haben nicht auf die Zeit geachtet. Wir waren im Ever Garden.“

Gia nickt und lässt sich an dem kleinen hölzernen Küchentisch auf einen Stuhl sinken. „Wenigstens wart ihr in Sicherheit.“

Mit der Zeit ist sie entspannter geworden, was James betrifft, vor allem, seit sie verstanden hat, dass James nicht wie sein Vater ist und dass meine Sicherheit immer seine oberste Priorität sein wird. Doch sobald sie von Mallys Verschwinden erfährt, wird ihre Paranoia wieder mit voller Wucht zuschlagen. Die eigene Zwillingsschwester durch einen Mord zu verlieren, verändert einen Menschen eben.

Bella trinkt einen Schluck von ihrem Kaffee und schnuppert anerkennend. „Der ist köstlich. Danke.“

„Nichts zu danken, Liebes.“ Gia wendet sich an mich. „Und du, denk dran, dass du Mathehausaufgaben hast. Und wir beide haben eine Abmachung: Schule geht vor!“

Hinter Gias Rücken zwinkert Bella mir verschwörerisch zu. Ich muss mich zusammenreißen, um nicht laut aufzustöhnen.

„Und wir haben heute Abend ein Treffen", erzählt Gia Bella stolz. „Naturalisten."

„Ah", sagt Bella.

„Wie auch immer, wir werden unsere Beschwörungen sprechen und so. Also kannst du einfach in dein Zimmer gehen, wenn du dich der Runde nicht anschließen möchtest."

Aus dem Augenwinkel werfe ich Bella einen Blick zu, die amüsiert wirkt.

„Ja, Ma'am. Was würde ich nur ohne dich tun, G?" Ich weiß genau, was ich tun würde. An irgendeiner Straßenecke verrecken, wie so viele andere. Gia ist meine Familie, und ich liebe sie, auch wenn sie ihr Geld damit verdient, Leuten auf der anderen Seite der Erde Scar-Make-up über das Telefon zu verkaufen, was mehr als dubios klingt. Darum ist sie auch die ganze Nacht wach und geht immer erst ins Bett, wenn ich mich morgens zur Schule aufmache.

Ich schnappe mir einen Pancake von einem Teller auf dem Tisch, klappe ihn zusammen und stopfe ihn mir in den Mund, während ich mit der anderen Hand meinen To-go-Becher aus dem Schrank nehme und ihn mit einem weiteren großzügigen Schwung heißen schwarzen Kaffees fülle. „Alles klar. Dann lass uns mal los. Und du kannst mit mir bis zur Schule kommen, aber sobald wir durch die Türen sind, bist du auf dich allein gestellt. Wir treffen uns heute Nachmittag bei Mallys Apartment. Kapiert?"

Bella hebt beschwichtigend die Hände. „Sicher! Ich werde deine Existenz überhaupt nicht zur Kenntnis nehmen."

„Perfekt. Bitte tu das."

„Es war schön, dich zu sehen, Süße!", ruft Gia uns hinterher, während Bella sich mit stummen Blicken entschuldigt und die Tür hinter uns ins Schloss fällt. „Und schön, dich kennenzulernen, Bella!"

ACHT

ALS OB ICH EINEN WEITEREN BEWEIS BRÄUCHTE, DASS das Universum mich hasst, hat es mich von den ungefähr fünfzehnhundert Schülern der Monarch Highschool nicht nur zusammen mit Lucas und Katy in einen Kurs namens *Die Geschichte der Magie in Monarch* gezwungen, nein, es ist sogar so weit gegangen, mich auch noch in eine Diskussionsgruppe mit den beiden zu stecken.

Es ist schon schlimm genug, dass die Narrows sich in der Scar vermehren und sich mehr denn je von ihnen hier einschreiben, während ihre Eltern in die schicken, neuen Apartments mit Blick auf den See ziehen. Es reicht bei Weitem, von einem Haufen reicher, elitärer Angeber überrannt zu werden, doch zu allem Überfluss machen sie auch den Mund auf – und heraus kommt nichts als Müll. Und als wäre das nicht genug, sind sie außerdem noch richtige Tyrannen. Es ist wirklich beeindruckend, wie bescheuert sie sind. Ich nehme an, ein paar von ihnen sind ganz in Ordnung, aber die, die erträglich sind, wünschen sich so sehr, Legacies zu sein, dass sie sich anziehen wie wir und sich manchmal sogar gefakte Legacy-Tattoos stechen lassen, die sie dann vor ihren Eltern verstecken. Aber sie sind keine Legacies. Sie sind Narrows aus der Uptown und werden immer Narrows bleiben.

Immerhin ist Ursula zusammen mit mir in diesem Kurs, und sie hat ihren Stuhl in ihrer eigenen Gruppe so gestellt, dass sie sofort bereit sein kann, sollte ich Unterstützung brauchen. Sie steckt gerade mitten in einem Deal und reicht einer armen Seele in Not unauffällig einen vollständigen Geschichtsaufsatz. Sie kann alles für jeden besorgen, und obwohl die Narrows ihr genauso auf die Nerven gehen wie mir, ist sie sich nicht zu schade, sich bei ihnen beliebt zu machen, vorausgesetzt, der Preis stimmt. Da die Narrows von allen Schülern das meiste Geld haben – abgesehen von Mally natürlich –, steht sie häufiger mit ihnen in Kontakt als ich. Außerdem hat sie sich auf diese Weise ein gewisses Maß an Respekt von ihnen verdient.

Wir verbringen die Stunde damit, uns unter dem Tisch Nachrichten zu schreiben und Memes auszutauschen. Hin und wieder beschenkt Ursula mich mit Schnappschüssen von irgendeinem Skandal, den sie beobachtet hat. Mr. Iago ist so verliebt in den Kurs, den er unterrichtet, dass er nichts davon mitbekommt.

„Leute, Leute, Leute“, sagt er und schlägt die Hände zusammen. „Heute werden wir uns mit den Midcity Riots befassen.“

Es entsteht eine kurze Unruhe, als die Legacy Kids anfangen, sich aufgeregt miteinander zu unterhalten.

„Warum muss sich eigentlich buchstäblich alles um die Magie und eure ach so wertvollen Kräfte drehen, die ihr sowieso nicht mehr habt? Also wen interessiert's?“, fragt Katy, und ihr blonder Pferdeschwanz schwingt umher wie der einer bissigen Stute.

Lucas Attenborough verschränkt demonstrativ die Arme vor der Brust und lehnt sich in seinem Stuhl zurück. „Hört, hört.“

„Dieser Kurs heißt *Die Geschichte der Magie in Monarch.* Legacies sind die Nachfahren von Menschen mit besonderen Kräften. Also, was *meinst* du, worüber dieser Kurs sonst sein sollte?“ Ursula ist mit Abstand die eitelste Person, die ich je getroffen habe. Sie ist groß, sie ist üppig, und wenn ihr etwas ernst ist, dann steht sie auf, so wie jetzt gerade.

„Ursula, dürfen wir um deine Aufmerksamkeit bitten?", fragt Mr. Iago.

„Aber sicher doch." Sie klimpert mit den Wimpern und setzt sich wieder.

„Großartig!" Er klatscht erneut in die Hände. „Wie ihr alle wisst, steht der dreizehnte Jahrestag des March on Midcity vor der Tür, und ziemlich viele Leute werden dazu ziemlich viel zu sagen haben. Aber deren Meinungen interessieren mich nicht. Mich interessiert, was *ihr* darüber denkt. War es eine gute Entscheidung, diesen March zu veranstalten? Hat er etwas bewirkt, hat er die Ansichten in Uptown verändert?"

Alle starren ihn an. Niemand sagt etwas. Beinahe tut der Typ mir leid. Wahrscheinlich geht er jeden Abend nach Hause und gießt seinen Feigenbaum und weint in sein Kissen, weil er sich den ganzen Tag lang mit uns herumschlagen muss.

„Miss Heart?"

Verdammt. Er muss gespürt haben, dass ich etwas Nettes über ihn gedacht habe.

„Ähm …" Ich sehe zu ihm, dann zu Ursula, die mit den Schultern zuckt. „Er war schon in Ordnung, oder?"

Ich weiß ein paar Dinge über den March. Ich weiß, dass Tante Gia mit meiner Mom und meinem Dad und Mirana hingegangen ist, während ich mit Mimi und Grandpa zu Hause geblieben bin. Das war, noch bevor die beiden genug hatten und nach Kalifornien gezogen sind. Ich weiß, dass Gia den March für wichtig hält und ständig von den großartigen Musikern redet, die dort gespielt haben, und dass sie versucht haben, die Magie zurückzuholen oder so. Aber wo ich jetzt gerade so darüber nachdenke, wird mir klar, dass ich nicht wirklich weiß, worum es bei dem March ging. Teilweise, weil ich letzte Nacht mit James unterwegs war und nicht mal im Traum daran gedacht habe, meine Hausaufgaben zu machen, und teilweise, weil ich mir kaum vorstellen kann, dass die Leute für überhaupt irgendetwas auf der Straße gekämpft haben.

„Ich kann die Frage beantworten. Der March war nicht in Ordnung.“ Lucas richtet sich auf. Dieses Anti-Legacy-Gelaber ist sein Lieblingshobby. „Die Legacy-Demonstranten haben Monarch ein Vermögen gekostet. Wie von Legacies zu erwarten, haben sie randaliert und geplündert und alles durcheinandergebracht. Und was haben sie damit erreicht? Gar nichts. Die Magie ist immer noch tot, und ihre dummen Verschwörungstheorien über die Regierung sind vollkommen haltlos.“

„Nun …“ Ich merke, wie Mr. Iago seine nächsten Worte sorgfältig abwägt. „Ich kann deinen Standpunkt verstehen, Lucas, obwohl ich den Demonstranten zugutehalten würde, dass sie gute Absichten hatten und zu Recht verärgert über die Behandlung waren, die die Bewohner der Scar nach dem Großen Tod im Allgemeinen erfahren haben. Die Tatsache, dass die Magie verschwunden war, machte dieses Region auf einen Schlag regelrecht unbedeutend, und die Regierung hat das Viertel einfach verwahrlosen lassen. Uns fehlte die nötige Infrastruktur. Zum Beispiel konnte man seinen Müll nicht mehr einfach verschwinden lassen. Auf einmal brauchte man eine Müllabfuhr, die kommt und den Müll mitnimmt.“ Er schiebt sich die Brille höher auf die Nase, und sie rutscht sofort wieder hinunter. Er schwitzt. Wahrscheinlich ist das auch für ihn ein schwieriges Thema, weil er selbst Legacy ist. Es ist so kontrovers, und die Schule soll eigentlich neutral bleiben. „Sie mussten etwas unternehmen, um die Leute auf ihre Umstände aufmerksam zu machen, versteht ihr?“

„Legacy hat sich nach dem Großen Tod wie der letzte Dreck aufgeführt. Sie haben gestohlen und gelogen. Meine Mutter sagt immer: *Benimm dich wie Abschaum, werd behandelt wie Abschaum.*“ Katy verschränkt die Arme vor der Brust.

„Ach, ist das so, ja?“ Ursula sieht aus, als ob sie gleich wieder aufsteht. „Ich bin neugierig. Was macht deine Mutter noch gleich, um ihren Lebensunterhalt zu verdienen?“ Sie tippt sich nachdenklich ans Kinn. „Ach, richtig. Nichts. Sie lässt sich die Nägel machen und fährt übers Wochenende in ein Spa, während diese Nachbarschaft wegen all der neuen Geschäfte, die ihr hier hochzieht, am Hungertuch nagt. Ihr seid nichts als kleine verwöhnte Gören."

„Loser", flüstert Lucas. „Die Magie ist tot. Kommt. Damit. Klar."

Ursula lächelt. „Es gibt mehr als nur einen Weg, eine Katze zu häuten, Lucas." Sie rupft ihm ein einzelnes Haar vom Kopf und verstaut es in ihrem Ausschnitt. Lucas erbleicht. „Pass auf, sonst landest du auf meiner Liste."

„Verrückte Hexe", murmelt Lucas gerade laut genug, dass wir ihn hören können.

„Du weckst wirklich gewalttätige Triebe in mir, Lucas", sage ich.

Er sieht mich an, als ob er meine Anwesenheit zum ersten Mal seit Unterrichtsbeginn bemerkt.

„Bist du nicht ein Cop?", fragt er.

„Stimmt", plappert Katy ihm nach dem Mund. „Müsstest du also nicht Zivilisten eigentlich beschützen?"

„Ich bin Praktikantin, das bedeutet, ich kann tun und lassen was ich will." Das sage ich, aber es ist nicht wahr. Wenn ich tatsächlich in eine körperliche Auseinandersetzung verwickelt werden sollte, käme mein Praktikum zu einem sehr abrupten Ende.

„Okay, also gut", sagt Mr. Iago. „Mary Elizabeth, Lucas und Freunde, ich würde euch gerne daran erinnern, dass dies ein sicherer Raum ist und wir alle Blickwinkel betrachten wollen. Genau darum geht es uns, wenn wir unsere reiche und komplexe Geschichte studieren. Welche Fehler wurden gemacht, und wie können sie in Zukunft vermieden werden … ähm … mit Zukunft meine ich natürlich heute." Er räuspert sich. „Wir sind uns alle einig, dass der March for Magic nicht so verlaufen ist wie geplant. Nichtsdestotrotz war der Grund, sein ursprüngliches Ziel, von Bedeutung."

„Wie das?", fragt Lucas. „Wie sollte ein Haufen Idioten, die Fernseher stehlen, irgendwem nutzen?"

„Das kam danach“, wirft Ursula ein. „Nachdem die Stadt angefangen hatte, Tränengas einzusetzen. Außerdem war das aus einem der großen Läden. Es war ein politisches Statement. Ursprünglich wollte niemand, dass das passiert. Meine Mom war dort. Sie sagt, es war das reine Chaos, und die Leute sind einfach durchgedreht.“

Lucas lässt sich nicht von Ursula einschüchtern. Sie hat ihm nichts zu bieten, und er hat mehr Geld als irgendwer sonst.

„Die Grundidee …“, sagt Mr. Iago mit erhobener Stimme, um das Gemurmel, das im Klassenraum ausgebrochen ist, zu übertönen, „und der Auslöser für den March waren ziemlich simpel. Selbst nach dem Großen Tod wurden weiter Kinder mit dem Legacy-Zeichen geboren. Für die Einwohner der Scar war das monumental. Für sie bedeuteten diese Zeichen, dass in ihren Kindern noch ein Vermächtnis der Magie schlummerte – und damit vielleicht eine Möglichkeit ihrer Rückkehr. Ihr müsst verstehen, die Einwohner der Scar waren im Stich gelassen worden. Von der einst blühenden Gemeinschaft waren nur Trümmer geblieben – verrammelte Schaufenster. Ihr kennt den Rest der Geschichte. Es wurde angenommen, dass die Legacies aus einem bestimmten Grund existierten. Für die früheren Generationen war es die Überschneidung von Magie und ihrem Vermächtnis, das ihnen eine Bestimmung gab. Und nun waren die Legacies zurückgeblieben. Ohne die Magie blieb ihre Bestimmung jedoch ein Rätsel.“

„Sie brauchen nur etwas, das ihnen wieder Kraft gibt“, sage ich und wiederhole damit etwas, das ich schon häufig von Tante Gia und ihren Naturalisten gehört habe. Ich lege meine Hand über das schwarze Herz meines Legacy-Zeichens auf dem Handgelenk. Im Raum ist es mit einem Mal still geworden, und ich kapiere, dass ich diesen Gedanken besser für mich behalten hätte. Denn jetzt starren mich alle an, als ob sie erwarten, dass ich noch mehr sage. „Wenn die Legacy-Zeichen noch da sind, ist auch das Potenzial zur Magie noch da. Es braucht nur … einen Funken oder so.“ Ich denke an das blaue Licht.

„Das ist doch hoffnungslos“, widerspricht Katy. „Wenn das wahr wäre, hätten wir es längst gesehen.“

„Das Ganze war eh bloß Verarschung“, fügt Lucas hinzu.

„Lucas“, sage ich ruhig, „es ist deine ganz persönliche Entscheidung, ein Idiot zu sein. Aber du beleidigst Leute in diesem Raum, deren Familien in den Unruhen nach dem Tod der Magie viele Opfer bringen mussten.“

„Okay, okay“, geht Mr. Iago dazwischen. „Sicherer Raum, sicherer Raum. Mir gefällt der sokratische Dialog, aber lasst es uns nicht übertreiben.“

„Ich glaube, was Mr. Iago damit sagen will, ist, dass dein Bedürfnis, dich auf Konfrontationen mit mir einzulassen, sich auf Anziehung und sexuelle Spannung zurückführen lässt.“ Lucas setzt sich ein wenig breitbeiniger hin und gähnt.

„Äh, nein, nein! Das habe ich damit nicht gemeint“, stottert Mr. Iago.

Lucas lehnt sich zu mir hinüber. „Und wenn du nicht dieses hässliche Geburtsmal hättest und flach wie ein Brett wärst, würde ich dir vielleicht sogar anbieten, diese Spannung für dich abzubauen.“

„Das reicht!“ Ursula springt auf. „Du und ich, Arschloch. Lass uns rausfinden, wie viel Ähnlichkeiten mit einer Qualle du tatsächlich hast.“

„Das wird nicht nötig sein.“ Die Stimme, die von der offenen Tür ertönt, ist wie Butter und Donnergrollen, und wir alle sind wie erstarrt angesichts der unmöglichen Gestalt, die dort steht. „Ich fürchte, Lucas wird anderswo gebraucht.“

Lucas’ Gesicht verliert jegliche Farbe und wird vollkommen ausdruckslos.

Ursula lässt von ihm ab, stemmt die Hände in die Hüften und starrt voller Faszination auf Kyle Attenborough, Lucas’ Vater und Business-Mogul, der hinter jedem neuen Gebäude in Monarch steht, insbesondere den glänzenden neuen Hochhäusern, die in der Scar wie Pilze aus dem Boden schießen.

Wir sind alle daran gewöhnt, dass uns sein Gesicht von Plakatwänden,

Busfenstern und in Bahnhöfen anspringt und uns von neuen Bauvorhaben und einer Vielzahl von Jobs für die Scar berichtet. Aber es ist etwas ganz anderes, ihn in Fleisch und Blut vor sich zu haben. Er ist imposant, aber er wirkt ... gefährlich. Außerdem etwas kleiner als auf den Bildern. Lucas wird immer von einer Limousine vor der Schule abgesetzt, sodass Kyle nie viel mehr als ein Schatten war. Ich habe ihn noch nie persönlich getroffen, und ich muss zugeben, dass er eine beeindruckende Gestalt ist.

„Oh, gut“, sagt Ursula, ohne den Blick von ihm abzuwenden. „Lucas, Daddy ist hier. Vielleicht kann er dir ja ein paar Manieren beibringen.“

Kyle trägt eine Miene unerschütterlicher Selbstsicherheit zur Schau und lässt seinen Blick einen Moment zu lange auf Ursulas Legacy-Zeichen verweilen, bevor er sagt: „Lucas, willst du mich deiner Freundin nicht vorstellen? Ich habe euch anscheinend gerade bei etwas unterbrochen.“

„Ihr?“ Lucas deutet auf Ursula. „Nope. Ist sie nicht wert.“

„Bist du sicher?“

„Absolut sicher.“

Mr. Iago versucht verzweifelt, zur Tür zu gelangen. Seine Klamotten bleiben an den Tischen hängen, und er stolpert beinahe über ihre Beine. Er streckt seine Hand aus, die Kyle Attenborough eine Sekunde zu lange betrachtet, bevor er sie ergreift. Er ist so dünn, dass man die körperliche Kraft, die er ausstrahlt, beinahe übersehen könnte, aber unter seinen Hosenbeinen zeichnen sich stählerne Muskeln ab, und sein Oberkörper ist drahtig und an Brust und Armen überentwickelt.

„Es ist etwas vorgefallen.“ Kyle fährt mit der Hand durch die Luft. „Eine Familienangelegenheit. Lucas wird auf der Stelle zu Hause gebraucht.“

Mr. Iago verlagert sein Gewicht zurück auf die Fersen. „Sie müssen sich natürlich vorne im Büro abmelden.“

Kyle Attenborough bedenkt ihn mit einem nachsichtigen Lächeln. „Selbstverständlich“, erwidert er und zieht eine Karte aus der Innentasche seines Mantels. „Es war mir eine große Freude, einen von Lucas' Lehrern kennenzulernen. Hier ist meine private Handynummer. Bitte zögern Sie nicht, mich anzurufen, wenn es um meinen Jungen geht. Er kann manchmal ein bisschen unbändig sein, also gebe ich mein Bestes, ihn an der kurzen Leine zu halten."

„Dad", murmelt Lucas.

Ursula schnaubt verächtlich, und Lucas zeigt ihr hinter dem Rücken der Erwachsenen den Mittelfinger.

Kyle Attenborough wirft den raschen Ansatz eines Lächelns in die Runde aus sprachlosen Kids und sagt: „Ich entschuldige mich für die Unterbrechung."

Er wendet sich zum Gehen, aber dann bleibt sein Blick noch einmal an Ursula hängen. Der Ausdruck in seinen Augen ist beunruhigend, aber Ursula begegnet ihm vollkommen gelassen.

„Ich vertraue darauf, dass hier alles reibungslos weiterläuft", sagt er, „und dass es keinen weiteren Grund für die Vergeltungsmaßnahme gibt, die du meinem Sohn zukommen lassen wolltest, der sie mit Sicherhcit verdient hatte."

Ursula hebt einen Mundwinkel zu dem Schatten eines Lächelns.

Im nächsten Moment ist Kyle Attenborough fort und Lucas mit ihm.

„Ich kann nicht glauben, dass Mr. Attenborough in unsere Schule gekommen ist", schwärmt Katy, kaum, dass sich die Tür hinter ihnen geschlossen hat. „Er ist so beeindruckend. Er wird Monarch zurückbringen! Ich war schon ganz oft bei ihm zu Hause. Er hat mich sogar für die Feiertage eingeladen."

„Das ist das Arschloch, das meine Nanna aus ihrem Haus getrieben hat", sagt Stone. „Wir sollten ihm in den Hintern treten, anstatt ihn zu küssen."

„Ich finde ihn faszinierend", sagt Ursula. „Ich meine, wer sonst hätte in die Scar kommen und so das Ruder übernehmen können?"

Mr. Iago räuspert sich und hebt einen Finger, um uns zum Schweigen zu bringen. Im Klassenzimmer breitet sich Stille aus, und alle starren nach vorne.

„Also … ähm", sagt er, „ich denke, das reicht für heute, findet ihr nicht? Eure Hausaufgabe zu morgen ist, eure Familien zu fragen, wo sie während der Midcity Riots waren, egal ob Legacies oder nicht. Sie werden sich an den Tag erinnern."

Ich muss nicht fragen. Ich weiß es schon. Gia war mittendrin. Mit einem Plakat in der Hand hat sie protestiert und jedem ihre Meinung gesagt, der sie hören wollte. Die Scar sollte die Scar bleiben, bis die Magie zurückkehrt und sie wieder ihren richtigen Namen annehmen kann: Wonder. Und in der Zwischenzeit, nach Jahren, in denen sie Gutes getan und Wünsche erfüllt hatten, verdienten ihre Bewohner ein wenig Unterstützung von der Regierung, die sie zuerst benutzt und dann fallen gelassen hatte.

„Hey, Peace Officer Heart, musst du dich nicht verkrümeln und die Welt retten oder so?", fragt Urs.

Ich schiele auf mein Handy. Sie hat recht. Ich muss los.

„Kommst du klar?", frage ich.

„Weißt du was?" Ursula sieht sich um. „Ich bin heute nicht in der Stimmung, mit den Idioten zu spielen. Ich hab die Nase voll von diesem Ort. Ich muss eh nach Hause und nach Ma sehen." Ursulas Mutter ist ständig krank und liegt nur im Bett. Urs hat eine kleine Schwester, die sie über alles liebt und die zu Hause bei ihrer Mutter bleibt. Das ganze Arrangement ist alles andere als ideal, und Urs weiß das. Darum sagt sie auch immer, dass sie einen Haufen Kohle machen muss. Sie spart, damit Morgana zur Schule gehen kann und ihre Mutter die medizinische Betreuung bekommt, die sie braucht.

„Du hast heute Nachmittag noch Mathe", erinnere ich sie.

„Ja, und?" Sie zeigt mir ihr schwarzes Notizbuch. „Ich kann Mathe … zumindest alles, was ich brauche."

Manchmal mache ich mir Sorgen um Ursula. So wie jetzt.

Draußen vor der U-Bahn-Station herrschen 23 Grad, und es ist sonnig wie immer. Nicht unbedingt heiß genug, um sich zu sonnen, aber ausreichend, um die Menschen in die Scar zu locken und sie um einen Platz darin kämpfen zu lassen. Nicht eine Wolke am Himmel. Der tiefgelbe Sonnenball strahlt fröhlich auf unsere zehn mal zehn Blocks hinab.

„Bah." Ursula streicht sich die blonden Haare aus der Stirn und sieht nach oben. „Kann ich bitte eine leichte Brise bekommen? Fallende Blätter? Schnee? Oder noch besser, lass es so heiß werden, dass ich in Miracle Lake springen kann."

„Ursula", grolle ich.

Miracle Lake ist tödlich. In den ersten Tagen nach dem Fall wussten die Leute das noch nicht. Obwohl das Wasser in Miracle Lake so dunkel ist, dass es beinahe schwarz wirkt, und der See in den ersten Tagen nach dem Fall in Wonder wie aus dem Nichts aufgetaucht war, glaubten die Leute zuerst, dass es sich vielleicht trotzdem um einen Segen handeln könnte. Erst, als ein halbes Dutzend Leute in den See gingen und nie wieder hinauskamen, wurde dem Stadtrat und den Einwohnern klar, dass Miracle Lake ein Gift ist, so tödlich, dass es nicht einmal getestet werden kann. Jetzt stehen überall Schilder.

Und was das Wetter betrifft, ist es wahrscheinlich das Beste, nicht allzu viel darüber nachzudenken und einfach dankbar zu sein, dass die Tatsache, dass es sich in den letzten elf Jahren nicht verändert hat, das Ökosystem nicht vollkommen zerstört hat. Zur absoluten Fassungslosigkeit der wissenschaftlichen Gemeinschaft gedeihen die Pflanzen hier prächtig, und unsere Wasservorräte trocknen auch nicht aus.

Ein Flyer für eine geplante Magie-Selbsthilfegruppe liegt zu meinen Füßen, zertrampelt und schmuddelig.

Der erste Schritt ist, sich einzugestehen, dass man süchtig nach der Magie ist.

Der zweite Schritt ist, sich einzugestehen, dass die Magie tot ist.

Schließ dich uns an! Die Freiheit ist nah.

Amagicalisten-Treffen: Merrypetal Church, dienstags um 19:00 Uhr

Meine Tante Gia hasst die Amagicalisten. Das Wort klingt aus ihrem Mund wie Gift und Spucke. Wer die Magie leugnet, leugnet in ihren Augen das Leben selbst. Einmal im Monat treffen sich die Anführer der Naturalisten in meinem Apartment, um Mittel und Wege zu diskutieren, die Schwingungen so zu verstärken, dass sie die Magie aus ihrem Versteck locken. Anschließend gehen alle in ihre eigenen Sektoren und halten simultane Treffen ab, in der Hoffnung, irgendeine permanente Veränderung hervorzurufen. Sie glauben, dass wir die Magie zurückbringen können, wenn nur genügend Menschen sich gleichzeitig dasselbe Ziel vor Augen halten. Sie sind nicht wie die Magicalisten, die alles in Kauf nehmen würden, um die Magie zurückzuholen, um jeden Preis.

„Holt euch jetzt eure Blumenkrone", ruft ein Mann vom Gehweg. Bänder flattern über seine Brust. „Werdet zu der Prinzessin, die ihr schon immer sein wolltet." In seiner Stimme liegt so wenig Begeisterung, dass er genauso gut Wattestäbchen verkaufen könnte. „Gläserne Schuhe, zwei Dollar", fährt er fort. „Nur heute im Angebot."

Wir kommen an einem Schaufenster vorbei, auf dem immer noch steht: TRITT EIN UND LASS DEINE WÜNSCHE WAHR WERDEN. Die Buchstaben sind verblasst. Jetzt hat dieser Laden nur noch Milch und halb vergammeltes Obst und Gemüse im Angebot. Das ältere, gebeugte Ehepaar, dem der Laden gehört, kann man immer durch das Fenster sehen. Sie hocken auf ihren Stühlen und tragen ausladende, paillettenbesetzte Roben, die früher einmal beeindruckend ausgesehen haben, aber jetzt nur noch billig und kitschig wirken. Sie winken uns zu, als wir vorbeigehen.

Ursula schnaubt. „Eines Tages kaufe ich den beiden ein Pony. Das ist einfach nicht gerecht."

„Ein bisschen Kleingeld?“, fragt ein Mann mit einem Stab. „Ich habe mein Haus verloren, meinen Job, meine Frau. Ein paar Dollar? Alles hilft.“

Er stolpert in unsere Richtung.

„Du kannst schön da stehen bleiben, Hase“, sagt Ursula und wedelt mit ihrem Pfefferspray. „Keine weitere Bewegung.“

„Er will nur Geld, Urs. Er wird uns nichts tun.“ Ich drücke ihm einen Dollar in die Hand. Ursula hält die ganze Zeit das Pfefferspray auf ihn gerichtet.

Als wir zu dem Gebäude mit meinem Apartment kommen, drückt Gia oben den Türsummer. Kaum, dass wir die Sicherheit des Innenhofes betreten haben, blitzt ihr orangefarbenes Haar auch schon über uns auf wie eine Sirene. Ihr roter Kaftan flattert wie Schmetterlingsflügel um ihre Beine. „Morgen!“, ruft sie vergnügt zu uns hinunter.

Ursula strahlt zu ihr hinauf. „Tante G, es ist nicht morgen.“

„Morgen für mich!“ Sie kneift die Augen zusammen. „Ich trinke gerade meinen Tee. Ursula, müsstest du nicht in der Schule sein? Du bist doch nicht im Halbtagsprogramm, oder?“

„Nein“, gesteht Ursula ohne schlechtes Gewissen. „Aber wenn ich M. E. nicht auf Schritt und Tritt verfolge, bekomme ich sie gar nicht mehr zu sehen, jetzt, wo sie ihr Praktikum macht.“

Im zweiten Stock wird ein Fenster aufgestoßen, und mein Nachbar Art streckt seinen Kopf hinaus. Er wirft uns einen missmutigen Blick zu. „Ach, ihr seid das.“

„Hey, Art!“, ruft Ursula. „Sie sehen heute aber flott aus.“

Er sieht an sich hinunter, bemerkt sein schmuddeliges weißes T-Shirt und winkt ab. „Komplimente sind was für Narren. Würdet ihr wohl leise sein und einem alten Mann sein Nickerchen gönnen?“ Früher war Art der beste Landschaftsgärtner weit und breit. Als er noch jünger war, konnte er mit einer bloßen Berührung seiner Hand ein ganzes Blumenbeet bepflanzen oder einen Obstgarten herbeizaubern: Beeren und Kletterpflanzen, Rosen und kleine Hügel, große Weidenbäume und glänzende Espen. Egal, was man sich erträumte, er konnte es erschaffen und schöner noch, als man es sich vorgestellt hatte. Jetzt schläft er meistens und beschwert sich manchmal, während er trübselig auf seine nutzlosen Hände starrt. Viel mehr ist ihm nicht geblieben.

Es war Mayor Triton, die nach dem March die Idee hatte, Legacies einen Unterhalt zu bezahlen. Um den Frieden zu wahren. Um Legacies mundtot zu machen. Schließlich war ein weiterer Aufstand das Letzte, was sie wollte. Das Geld reicht kaum zum Überleben, aber für Menschen wie Art ist es besser als nichts.

„Psst." Tante Gia legt einen Finger an die Lippen und bedeutet uns mit einer Handbewegung, nach oben zu kommen. „Seid nicht so laut. Art versucht zu schlafen!"

Er winkt ab und murmelt in sich hinein, während er in sein Apartment verschwindet und das Fenster hinter sich zuschlägt.

Wir zwängen uns in den alten Fahrstuhl aus Glas und Messing, der viel länger braucht, als es dauert, die Treppen zu nehmen. Der Fahrstuhl ist so alt wie das Gebäude, das sich seinem 150. Geburtstag nähert. Als das Haus gebaut wurde, ahnte noch niemand, dass es eines Tages zum Seegrundstück werden würde. Es war einfach ein vierstöckiges Gebäude. Jetzt gibt es einen nicht enden wollenden Strom von Leuten, die versuchen, an eines der Apartments zu kommen, und die davon reden, das Gebäude abzureißen und neu zu bauen, damit sie in ihren Liegestühlen am See herumliegen können.

Tante Gia hat unser Apartment von meinen Großeltern geerbt, die nur wenige Tage voneinander getrennt kurz vor dem Großen Tod gestorben sind. Meine Mutter hatte als Kind hier gelebt. Hierher kamen wir immer in den Ferien, hierher kam die ganze Familie, um gemeinsam zu feiern, und hier habe ich den Fall miterlebt. Hier bin ich eingezogen, nachdem meine Eltern und meine Schwester ermordet wurden.

„Bitte mach die Tür auf, Süße", stöhnt Ursula. „Ich brauche etwas zu trinken." Sie schnuppert. „Himmel, Gia hat gebacken. Ich glaube, ich rieche Gewürzkuchen."

Als wir durch die Tür in den Flur treten, lege ich eine Hand auf das Bild meiner toten Familie. Meine Mutter mit ihren dunklen Augen wie aus geschmolzener Schokolade und dem orangefarbenen Schopf, genau wie Tante Gia, und mein Vater mit seinem verträumten Lächeln und den dichten Wimpern. Ich lasse meine Finger etwas länger auf dem Gesicht meiner Schwester verweilen. Mirana mit ihren zarten Zügen und dem dunklen Haar meines Vaters, die hoffnungsvoll in die Kamera schaut.

Es hält die Toten in Sicherheit, sie zu würdigen.

Gia kommt mit zwei Tassen Tee in den Händen aus unserer winzigen Küche.

„Ooooh, Tee!", ruft Ursula glücklich, rauscht auf Gia zu, haucht ihr einen Kuss auf die Wange und nimmt ihr den Tee ab.

„Möchtest du Honig?", fragt Gia und reicht mir die zweite Tasse.

„Ich hol ihn", sagt Ursula und verschwindet in der kleinen Küche. „Der ist so lecker, G! Rieche ich Kuchen?"

„Der braucht noch zehn Minuten!", erwidert Gia.

Ursula kommt zurück, lässt sich auf die Couch fallen und schlürft mit einem zufriedenen Seufzen an ihrem Tee.

„Was steht bei dir heute noch an?", fragt Gia. „Waffen? Bomben? Zehn-Meilen-Lauf?"

„Nein, G. Der Teil ist vorbei. Jetzt sind wir an richtigen Fällen dran. Ich habe gerade einen zugeteilt bekommen."

„Ich wusste doch, dass sie früher oder später dein Talent erkennen werden", sagt Gia strahlend.

Das alte rote Telefon an der Wand klingelt, und ich gehe ran, weil ich am nächsten stehe.

„Hallo."

„Hallo.“ Es ist Cindy, Gias Naturalisten-Freundin. „Kann ich mit Gia sprechen?“

„Klar.“

Gia ist schon da, um mir das Telefon abzunehmen. Sie weiß, dass ich ohnehin keine Anrufe unter dieser Nummer bekomme. „Ja“, meldet sie sich. „Ja, ich habe die Kristalle. Hast du die Klangschalen besorgt? Gut.“

Ich lasse Gia allein, um ihre Naturalisten-Pläne zu besprechen, und finde Ursula schlafend auf der Couch vor. Ihr Handy ist neben ihr auf den Boden gefallen und liegt neben ihrer leeren Teetasse. Viele Leute fürchten sich vor ihr, weil sie groß und laut ist und sich nicht dafür rechtfertigt, was sie tut – und auch, weil sie in schwarzen Schnürstiefeln herumläuft, die aussehen, als ob sie damit ernsthaften Schaden anrichten könnte. Aber wenn sie sie so sehen könnten wie jetzt, zusammengerollt und leise schnarchend, dann würden sie begreifen, dass sie auch nur ein Mensch ist. Die Wahrheit ist, dass sie fix und fertig ist, weil sie sich bis auf die Knochen abrackert, um ihre Mutter und ihre Schwester über Wasser zu halten.

Ich lege eine dünne Decke über sie, als Gia um die Ecke kommt.

„Das arme Ding“, flüstert sie – und tätschelt meinen Rücken. „Geh schon.“

Ich stecke mir meine Marke an den Gürtel. „Bist du sicher?“

„Ich gebe ihr ein Stück Gewürzkuchen, wenn sie aufwacht. Wir kommen klar.“ Gia ist eine gute Seele. Obwohl ich weiß, dass sie im Lauf der Jahre oft genug meinetwegen besorgt war – über meinen Freund und die Leute, mit denen ich abhänge, und die vielen, vielen Anrufe aus der Schule, wenn ich mal wieder meine Beherrschung verloren hatte –, habe ich doch nie vergessen, dass sie nicht eine Sekunde gezögert hat, als meine Familie getötet wurde. Sie hat mich auf der Stelle aufgenommen, ist schnurstracks aufs Polizeirevier marschiert und hat verhindert, dass ich auch nur eine Nacht ohne ein Zuhause verbringen musste. Seitdem war sie immer für mich da, und auf gewisse Weise ist sie das auch für Ursula, für James und manchmal sogar für Smee, wenn auch leicht widerwillig.

Gia drückt mich sanft. „Du kommst noch zu spät, Kleine." Sie deutet auf die Uhr an der Wand.

„Bin schon weg, bin schon weg." Ich schlüpfe in meinen zweiten Stiefel, stopfe mein Handy und meine City Card hinten in meine Hosentasche und stürme aus der Tür.

Während ich zum Bahnhof laufe, fühle ich mich innerlich zerrissen. Halb Scar, halb Midcity, halb Cop, halb Gangster, halb hoffnungsvoll und halb überzeugt, dass wir alle auf den sicheren Untergang zusteuern.

VERHÖRPROTOKOLL
MONARCH HIGHSCHOOL

Durchgeführt von Officer Isabella Loyola (Legacy)

Befragte Personen: Flora (Legacy), Fauna (Legacy), Merryweather (Legacy)

Merryweather: Ist es wegen der Dämonin und ihrem Verschwinden?

Officer Loyola: Ähm, wenn Sie damit Mally Saint meinen …

Flora: Ja, wie M gesagt hat … die Dämonin.

Officer Loyola: Ich würde es vorziehen, wenn wir sie im Rahmen dieses Verhörs bei ihrem richtigen Namen nennen könnten.

Fauna: Können wir uns auf Mally Saint Dämonin einigen?

Officer Loyola (räuspert sich): Wann haben Sie Mally zuletzt gesehen?

Flora: Sie war am Montag nach der Schule im Wonderland.

Officer Loyola: Und Sie waren auch dort?

Flora: Ja, jeder geht da nach der Schule hin, jeden Tag. Gibt sonst nicht viel zu tun in der Scar, wenn man nicht grade auf Vintage-Läden steht oder auf dem Strip nach Platten sucht.

Officer Loyola: Hatte eine von Ihnen im Wonderland Kontakt mit ihr?

Merryweather: Bei allen Geistern, nein! Warum sollten wir?

Officer Loyola: Aber Sie waren einmal miteinander befreundet, nicht wahr?

Fauna: Könnte man wohl so sagen, aber es war megatoxisch.

Flora: Sie war superherrisch. „Tut dies, lasst das sein."

Merryweather: „Schmink dich nicht so. Deine Haare sind echt peinlich."

Flora: Na ja, du drehst dir Locken in den Pony, M.

Merryweather: Das ist VOLL IN. Steht in allen Zeitschriften.

Fauna: Wir konnten es ihr einfach nie recht machen. Und obwohl wir sie schon unser Leben lang kennen, hatten wir irgendwann einfach genug und haben sie aus unserem Leben verbannt. Bye-bye.

Flora: Jetzt müssen wir uns nicht mehr die Ohren vollheulen lassen, dass ihre Mommy die Feenkönigin war und unsere Mütter bloß irgendwelche Möchtegern-Bitches und dass wir nicht den richtigen Look für Feen-Legacies haben. Hallo, das ist kein Wettbewerb.

Officer Loyola (seufzt): Also hat keine von Ihnen am Montag mit ihr gesprochen oder hatte ansonsten Kontakt zu ihr?

Merryweather: Nope. Strenge Anti-Hexen-Regel in unserer Clique. Und überhaupt, wenn jemand einem den Rasen gebleicht hat, bleibt man besser auf Abstand.

Flora: Genau … und ein totes Eichhörnchen auf der Türschwelle. Das ist ein richtiges Trauma. Mich würde es jedenfalls nicht überraschen, wenn ihr jemand den Garaus gemacht hat. Alle hassen sie und ihren blöden Vogel.

Officer Loyola: Na schön. Ich hoffe, Sie drei bleiben erreichbar, falls weitere Fragen aufkommen.

Merryweather: Wir haben noch eine halbe Stunde Sport. Können wir vielleicht einfach hier drin bleiben?

Flora: Echt, du willst dir doch nur nicht den Pony versauen!

(schnaubendes Gelächter)

Officer Loyola: Dies ist Officer Isabella Loyola, und dieses Verhör ist hiermit beendet.

NEUN

DA WIR WARTEN MÜSSEN, BIS DAS VIDEOMATERIAL AUS dem Wonderland beschlagnahmt und gesichtet worden ist, und Bellas Verhör mit Flora, Fauna und Merryweather nichts zutage gefördert hat außer einer Schimpftirade von Bella, wie froh sie ist, aus dieser Schule raus und weg von diesen Teenagern zu sein *(nicht böse gemeint, Mary Elizabeth)*, steigen Bella und ich schweigend die Treppen zu Mallys Apartment hinauf.

Obwohl Mally nicht hier ist, fühlt sich das Gebäude kalt und wie verflucht an, still auf eine Art, die ungewöhnlich ist für die Scar. Es liegt im Viertel mit den Lagerhäusern, wo früher all die magischen Klamotten hergestellt wurden: Zauberhüte und Mäntel, Zauberstäbe und diese wunderschönen Kleider, die die guten Feen verschenkt haben, wenn sie Wünsche in Erfüllung gehen ließen, und noch etliches mehr. Heute ist das ganze Viertel so gut wie verlassen. Ich will gar nicht wissen, was sich jetzt in diesen leeren Lagerhäusern befindet. In ein paar von ihnen werden noch T-Shirts produziert, auf denen Dinge wie I SURVIVED THE SCAR und RIP MAGIC stehen. Außerdem ist das hier Ursulas Block, darum kenne ich ihn ziemlich gut. Ich habe Stunden damit zugebracht, auf Ursulas Türschwelle zu sitzen und zu dem Gebäude mit dem riesigen eisernen

Raben auf dem Dach zu starren, aus dessen Dachfenster manchmal mehr als zwanzig lebendige Raben ein und aus flogen.

Auf unser Klingeln hin betätigt eine Frau mit deutsch klingendem Akzent den Türsummer und weist uns an, ins oberste Stockwerk zu kommen. Wir gehen die Stufen hinauf, entlang der vergoldeten Treppengeländer, und tauschen dabei mit Blicken wortlose Kommentare über die vielen Vogeldekorationen aus. Jedes Geräusch hallt von den Wänden wider, daher wagen wir es nicht, uns zu unterhalten, nur für den Fall, dass die Dame uns oben erwartet und jedem unserer Worte lauscht. Die Raben sind allgegenwärtig, eingraviert in jeden Gegenstand, von den Kronleuchtern über unseren Köpfen bis hin zu den eisernen Gitterstäben vor den Fenstern zur Straße. Ein großes Oberlicht erhellt das Treppenhaus, sodass selbst die Staubfäden in dem Bewusstsein zu tanzen scheinen, dass dieses Haus in Trauer ist, weil es seine Tochter vermisst. Ich wusste, dass Mallys Dad reich ist, aber das hier ist etwas anderes. Es ist glamourös. Ich kenne niemand sonst in der Scar, der in diese Art von Wohlstand hineingeboren wurde. Ihre Mutter war die mächtigste Fee in ganz Wonder, und dieser Ort strotzt nur so vor den Geschenken, die die Leute ihr im Gegenzug für ihre Aufmerksamkeit überreicht haben. Kein Wunder, dass Mally sich aufführt, als wäre sie etwas Besseres. Wenn ich inmitten all dieses Reichtums aufgewachsen wäre, würde ich mich wahrscheinlich auch für etwas Besseres halten.

Ich bin so damit beschäftigt, mir einen Reim auf diese Erkenntnis zu machen, dass Bella mich zurückhalten muss, als wir den Treppenabsatz im obersten Stock erreichen.

„Heilige Scheiße!", entfährt es ihr. „Was ist das?"

Das versuche ich selbst gerade herauszufinden. Ich denke nach, bevor ich spreche, und taxiere den Mann, der den Großteil der Eingangstür versperrt. Mir will dazu einfach nichts einfallen, darum sage ich: „Heilige Scheiße trifft es. Das ist der größte Mann, den ich je gesehen habe."

Ich gehe einen Schritt auf ihn zu, aber Bella hält mich zurück. „Warte! Gibt es nicht so ein Sprichwort, dass man keine schlafenden Riesen wecken soll?"

„Mein Arm stirbt gleich ab. Außerdem geht es in dem Sprichwort um Drachen, glaube ich."

Sie lässt mich los. „Stimmt."

„Komm schon!" Ich stupse sie die letzten beiden Marmorstufen hoch.

Ein kleiner, gut gepflegter Baum steht in einem Topf auf dem Treppenabsatz. Daneben liegt eine grüne, unbeschriftete Fußmatte. Aber noch viel beeindruckender als der entzückende kleine Eingang zu dem Penthouse ist der Mann, der zusammengesunken in einem Stuhl vor der Tür sitzt. Er ist nicht gerade ein Riese, wie man ihn aus den Geschichten kennt, aber er ist gigantisch im Vergleich zu … sagen wir mal mir. Er muss weit über zwei Meter groß sein, mit Händen wie Schaufelkellen. Ich hege den Verdacht, dass er eigentlich nicht schlafen sollte, denn an seinem Gürtel hängt ein Walkie-Talkie, und in der Hand hält er noch ein Handy. Unter seiner Jacke zeichnen sich die Umrisse einer Waffe ab. Er muss eine Art Bodyguard sein.

Bella räuspert sich, aber der Mann zuckt nur leicht und schnarcht weiter.

Die Tür zum Penthouse schwingt auf, und eine Frau steckt ihren Kopf hinaus. Das weiße Haar trägt sie zu einem strengen Knoten gebunden.

„Anton!", faucht die Frau.

Der Mann blinzelt und reibt sich verschlafen mit den Knöcheln über die Augen, dann richtet er sich abrupt auf. „Magda! Menschenskind! Magda, tut mir leid." Er sieht zu uns auf. „Bringen Sie den Kaviar?"

„Kaviar?" Magda mustert uns von Kopf bis Fuß. „Sie sagten, Sie sind von der Monarch Police. Detectives?" Sie stemmt eine Hand in die Hüfte und setzt eine ernste Miene auf. „Ich müsste einen Blick auf Ihre Marken werfen, bitte." Sie versetzt Anton einen Klaps auf die Schulter. „Und du! Du solltest dich schämen, wirklich."

„Was? Er hat mich die ganze Nacht wach gehalten, Magda. Die ganze Nacht!“

Ihre Miene wird weicher. „Es stimmt, dass er die letzten Tage nicht viel Schlaf bekommen hat, ohne Miss Mally zu Hause. Schlimme Zeiten.“ Wir gehen einen Schritt auf sie zu, damit sie einen Blick auf unsere Marken werfen kann. „Verzeihung. Sie sehen jung aus für Polizisten.“

„Ich muss die Zeit aus dem Blick verloren haben“, murmelt Anton an niemanden gerichtet. Dann scheint ihm etwas einzufallen, und er reibt sich mit den Händen über das Gesicht. „Ich vergesse das mit unserer kleinen Mally immer wieder. Ich schlafe ein, und es ist wie weggewischt, aber das ist jetzt schon der dritte Morgen, an dem ich aufwache und sie nicht hier ist. Es ist furchtbar. Einfach furchtbar. Und wer würde es wagen? Wer würde diesem armen, süßen Mädchen etwas antun?“

Bella und ich tauschen einen kurzen Blick. Das ist eine Überraschung, aber es ist schön, dass es Menschen gibt, denen Mally etwas bedeutet.

„Ich gehe mal nachsehen, ob er bereit ist“, sagt Magda. „Bin gleich zurück.“ Der Klang von altmodischer Musik und dem Gesang einer Frau dringt ins Treppenhaus.

„Während sie weg ist, sollten wir die Regeln besprechen“, meint Anton. „Er hat zwei. Keine Aufnahmen oder Fotos von ihm und keine Waffen im Haus.“

Bella zögert. „Unsere Waffen bleiben in unserem Besitz, so lautet die Vorschrift.“

Ich erwähne nicht, dass ich sowieso nur eine Dose Pfefferspray in der Tasche habe, es ist also kein großer Verlust. Und überhaupt, wenn ich an Jack Saint auf dem Revier zurückdenke, erinnere ich mich an seine traurige, ruhige Ausstrahlung, die nicht im mindesten bedrohlich wirkte.

„Ich sage Ihnen, wenn Sie ihn sehen wollen, dann legen Sie Ihre Waffen in diese Kiste, zusammen mit Ihren Handys. Ich bewahre die Sachen für Sie auf, bis Sie zurückkommen.“

Ich ziehe mein Pfefferspray aus der Tasche und lege es auf den Tisch.

Bella wirft mir einen vorwurfsvollen Blick zu.

„Wir umgehen die Vorschriften aus einem guten Grund", sage ich.

Bella legt ihre Pistole neben meinen Sachen ab. „Ich hoffe, du hast recht."

„Der Master wird Sie jetzt empfangen", sagt Magda, die zurückgekommen ist.

„Viel Glück." Anton setzt sich wieder auf seinen Posten.

„Und du", fährt Magda fort. „Nicht einschlafen."

„Ja, Ma'am. Euer Wunsch ist mir Befehl."

Wir treten über die Türschwelle. Magda nimmt uns unsere Jacken ab und führt uns in einen dämmrigen Raum, der zum großen Teil mit Samt ausstaffiert ist. Jack Saint sitzt in einem großen braunen Ledersessel und starrt aus einem Fenster auf die Dächer der Scar. Die Gebäude sind hoch, aber keines ragt höher auf als dieses, sodass man bis zum Miracle Lake sehen kann. Es ist ein unbestreitbar schöner Ausblick. Ich hätte mich vielleicht in seinen Bann ziehen lassen, wenn Jack Saint nicht von Vögeln umgeben wäre. Raben, um genau zu sein. Sie sind riesig, glänzend und schwarz. Drei von ihnen sitzen krächzend auf der Fensterbank. Sie flattern davon und kehren zurück. Insgesamt müssen es mehr als ein Dutzend sein, und die verlassene Straße weit unten ist so still, dass bis auf die Musik nur ihr Flügelschlagen und unablässiges Geplapper zu hören ist.

Jack wiegt seinen Kopf zur Musik. „Wunderschön, nicht wahr?", fragt er in den Raum hinein, vielleicht an uns gerichtet, obwohl er noch überhaupt nicht in unsere Richtung geblickt hat. Es ist schwer zu sagen, ob er von den Vögeln, der Straße, seinem Apartment oder dem Lied spricht. Hellion hockt neben ihm auf einer Stange. Ich kann ihn von den anderen Vögeln unterscheiden, weil er größer ist und um den Hals einen Kragen aus aufgeplusterten Federn hat. Hellion entdeckt uns und stößt ein angriffslustiges Krächzen aus.

„Nein, nein, Liebling", beruhigt Jack ihn. „Sie sind keine Gefahr." Endlich richtet er seinen Blick auf uns, und ich muss ein Keuchen unterdrücken. Die vergangenen zwanzig Stunden haben einen schockierenden Tribut von Jack Saint gefordert. Er trägt noch dieselbe Kleidung wie auf dem Revier. Dichte Stoppeln bedecken seine Wangen. Seine Augen, die gestern noch so gütig und lebendig gewirkt haben, sind abgestumpft und blutunterlaufen.

„Kinder?" Er verzieht die Lippen zu einem kläglichen Lächeln. „Meine liebste Ito schickt Kinder, um meine Mally zu finden?"

„Bei allem Respekt, Sir, wir sind keine Kinder", entgegnet Bella. „Wir arbeiten an diesem Fall, weil wir Legacies sind." Sie zeigt Jack Saint ihr Zeichen. „Nur Legacies können Legacies in der Scar aufspüren."

„Ich bitte um Verzeihung. Der Kummer hat mich ungnädig gemacht."

„Ich kenne Mally", sage ich, „oder zumindest weiß ich schon seit langer Zeit, wer sie ist." Ich mache einen Schritt auf ihn zu. „Sie kommt mir vor wie jemand, der seine eigenen Regeln macht."

Er nickt. „Ja. So ist sie. Sie ist so missverstanden. Die Leute fürchten ihre Macht. Das macht die ganze Situation so schwierig. Sie ist bekannt dafür, andere Leute hin und wieder vor den Kopf zu stoßen. Ohne die Führung ihrer Mutter gibt es Dinge, die ich ihr nicht geben kann. Dinge, die sie braucht. Die Feen mögen zwar nicht mehr unter uns weilen, aber das Blut einer Feenkönigin fließt in ihren Adern, und das verändert einen Menschen."

Wie, es lässt einen ungemein feindselig, unvernünftig, selbstsüchtig und gemein werden?

„Ich ermutige sie zu fliegen. Aber genau wie die Vögel weiß sie immer, wo ihr Zuhause ist."

Bella tritt vor. „Sir, es tut mir sehr leid, dass ich Ihnen ein paar Fragen zu Mally stellen muss, aber wir würden uns gern weiter der Suche nach Ihrer Tochter widmen."

Er scheucht zwei Raben von einem mit goldenem Brokat besetzten Stuhl. „Bitte, setzen Sie sich."

Es sieht fast komisch aus, wie Bella von dem riesigen Stuhl verschluckt wird. Sie holt ihr Notizbuch aus der Tasche, schiebt sich die Brille zurecht und sucht nach der richtigen Seite. Als sie sie endlich gefunden hat, sieht sie auf. „Ich habe eine detaillierte Analyse erstellt, basierend auf Mallys Kontoauszügen der vergangenen sechs Monate. Sie dürfen gern einen Blick darauf werfen."

Jack Saint schüttelt den Kopf. „Nicht nötig. Ich bin mit den Finanzen meiner Tochter bestens vertraut."

„Nun, Sir, sie mag vielleicht ein freier Geist sein, aber sie scheint beinahe jeden Tag dem gleichen Muster zu folgen, zumindest laut ihrer Kreditkarte."

„Ja, ich glaube, das ist richtig."

Bella liest aus einer Liste vor. „Sie ist jeden Morgen zum Kaffee in der Tea Party. Dann weiter zum Buchladen."

„Ja", bestätigt er. „Sie liebt Philosophie. Die Materialisten."

„Danach Schule, kein Mittagessen, soweit ich sehen konnte, danach ins Wonderland. Ich habe für fast jeden Tag Rechnungen über einen Tisch dort gefunden. Sie bleibt etwa bis Mitternacht, und am nächsten Tag geht alles wieder von vorne los. Am Wochenende geht sie gerne auf dem Strip shoppen. Das ist alles." Bella sieht erwartungsvoll auf, als hätte sie eine Frage gestellt und würde nun gespannt auf die Antwort warten.

Jack Saint streicht einem seiner Vögel über das Gefieder. „Ich wünschte, ich wäre strenger mit ihr gewesen. Aber Sie müssen verstehen, sie war immer so traurig. Ich habe ihr jede Hilfe besorgt, die mir in den Sinn gekommen ist."

Plötzlich fällt mir wieder etwas ein, das James in Ever Garden zu mir gesagt hat. Ich hatte noch keine Gelegenheit, mir ihre Akte anzusehen, sonst hätte ich es nachgelesen. „Ihre Mutter ist beim Fall gestorben?"

„Das ist sie, und manchmal bin ich froh darüber. Meine Frau wäre in einer Welt ohne Magie nicht zurechtgekommen.“ Er sieht uns an. „Ich habe alles getan, was ich konnte. Nach dem Tod von Mallys Mutter habe ich mir geschworen, dass ich Mally beschützen würde. Sie ist alles, was mir noch geblieben ist. Ich habe dafür gesorgt, dass Mallys Zähne geputzt waren und ihre Kleidung sauber. Ich habe darauf geachtet, dass sie ihr Gemüse isst. Es hat nichts genützt. Ich konnte ihre Mutter nie ersetzen. Sie hat mich immer geschätzt, aber ich war nicht genug. Was sie wirklich wollte, war etwas, das ich ihr nicht geben konnte, ein Frieden, ein Gefühl, dass alles wieder gut werden würde. Das konnte ich ihr nie versprechen, weil das nun mal nicht die Welt ist, in der wir leben. Und ich wollte sie nicht belügen, sei es über Dinge, die ich kontrollieren kann oder nicht. Aber Mally hat immer angerufen. Sie hat immer Nachrichten geschickt. Sie ist umhergewandert, aber niemals weit weg, und sie hatte Hellion immer an ihrer Seite und hat nie unsere vereinbarten Zeiten verpasst. Wegen ihres Traumas ist sie nah an ihrem Zuhause geblieben und hat sich ihre Routine zurechtgelegt.“

Mally. Trauma. Ich habe sie immer als seelenlos gesehen, undurchlässig für die Dinge, die das Leben schwer machen … wie Gefühle. Aber vielleicht ist Mally genauso eine verletzte Seele wie wir anderen.

„Kommen Sie“, sagt Jack, als Bella sich ihre Notizen gemacht und ihr Notizbuch wieder in ihrer Tasche verstaut hat. „Ich zeige Ihnen ihr Zimmer.“

Es gibt nur ein einziges Foto. Es zeigt Mally zwischen ihren Eltern, beide schlank und groß und dünn und in Schwarz gekleidet. Ihre Mutter hat hohe Wangenknochen und einen schmalen, grausamen Mund mit einer überraschend zierlichen Nase. Die Arroganz steht ihr ins Gesicht geschrieben. Ich stelle das Bild ab und sehe mich um. Der Teppich ist in einem warmen Beige gehalten, die Wände in einem passenden Cremeton. Sie hat einen Schminktisch mit einer Platte aus Marmor, auf dem mehrere Schmuckkästchen und Parfümflaschen stehen, und neben ihrem

Bett hängt eine hohe hölzerne Stange. Das Einzige, was in ihrem Zimmer sonst noch von Bedeutung ist, ist das riesige Wandgemälde aus schwarzen Vögeln hinter ihrem Bett.

„Darf ich?", frage ich.

Bella steckt schon halb in Mallys Kleiderschrank. Jack nickt.

Ich öffne die Schublade ihres Schminktisches und finde ihr Make-up sorgfältig aufgereiht vor, saubere Pinsel in einem Satintuch. Alles hier schreit geradezu nach Überfluss, Komfort und Fürsorge.

Bella hält einen silbernen Laptop hoch. „Macht es Ihnen etwas aus, wenn wir einen Blick hineinwerfen? Vielleicht finden wir etwas. Bekanntschaften, von denen sie Ihnen nichts erzählt hat?"

„Bitte", erwidert Jack. „Ich kenne ihr Passwort nicht."

„Das ist kein Problem", meint Bella. „Ich habe ein Talent für so etwas."

„Haben Sie das Zimmer putzen lassen, seit sie verschwunden ist?", frage ich. „Oder etwas berührt?"

„Hellion kommt hier rein und sitzt auf der Fensterbank, darum lasse ich manchmal das Fenster offen, aber ansonsten war nur Magda hier, um Staub zu wischen und zu saugen, wie gewöhnlich."

„Alles ist so, wie es sein sollte? Sie haben nicht bemerkt, dass etwas fehlt, richtig?"

„Habe ich nicht", bestätigt Jack.

Es stimmt, alles, was dieser Raum uns erzählt, ist, dass Jack eine exzellente Haushälterin beschäftigt. Vielleicht finden wir noch etwas auf Mallys Computer, aber alles in allem war dieser Ausflug reine Zeitverschwendung.

Magda taucht im Türrahmen auf. „Entschuldigen Sie, Mr. Saint, aber Ihr Kaviar ist eingetroffen."

„Danke, Magda", erwidert er. „Sag Anton, er soll von diesem verfluchten Treppenabsatz verschwinden und reinkommen. Würdest du uns etwas Suppe und Sandwiches zubereiten?"

„Ja, Sir", sagt sie und verschwindet sofort wieder.

„Wir werden Sie nicht länger belästigen", sage ich.

„Es sei denn, Sie möchten uns noch etwas mitteilen", ergänzt Bella. „Irgendetwas, von dem Sie denken, dass es von Bedeutung sein könnte."

Jack zögert. Bella bemerkt es auch.

„Mr. Saint?", frage ich.

Hellion klappert neben seinem Ohr mit dem Schnabel.

„Es heißt, dass man bei einem Verbrechen immer der Spur des Geldes folgen soll", sagt Jack langsam. „Wer hat es? Wer will es? Sie wissen das."

Ich nicke.

„Hier ist ein Verbrechen geschehen, und ich habe die Erfahrung gemacht, dass alles, was wir tun, auf dieselbe Art von Gier hinausläuft. Denn mit Geld geht Macht einher, und für manche Menschen ist das alles, was zählt. Vielleicht werden Sie Mally finden, wenn Sie der Spur des Geldes folgen. Das ist es, was ich zu tun versuche. Aber behalten Sie Ihre Waffen immer nah bei sich, denn wenn Sie anfangen, Ihre Nase in anderer Leute Finanzen zu stecken, spielen Sie mit Ihrer Sicherheit."

„Wir kommen schon klar, Sir", sagt Bella und wirft einen Blick auf ihr Handy. „Wir müssen jetzt zurück aufs Revier."

Bevor ich richtig darüber nachdenken kann, schnappe ich mir ein silbernes Armband vom Schminktisch und lasse es in meiner Tasche verschwinden. Irgendetwas daran zieht mich an, als wäre es ein richtiges Stück von Mally Saint, filigran, mit kleinen silbernen Messern, die von den Kettengliedern baumeln.

Als wir die Treppe hinuntergehen, klingelt mein Handy. Es ist eine Nummer, die ich nicht kenne, aber ich gehe trotzdem ran.

„Ja?"

„Mary Elizabeth", sagt eine leise Stimme. „Hier ist Morgana." Ursulas kleine Schwester.

„Morgie?"

„Ja."

„Was ist los? Ist alles in Ordnung?"

„Nein", flüstert sie. „Weißt du, wo Ursula ist? Ma hatte einen Arzttermin, und Ursula ist nicht gekommen, um sie hinzubringen. Die Termine verpasst sie nie. Ich habe versucht, sie anzurufen, aber ihr Handy springt gleich zur Voicemail. Das macht es sonst auch nie. Mary, ich glaube, irgendwas ist passiert."

Obwohl ich Ursula gerade eben noch auf meiner Couch habe schlafen sehen und es bestimmt mehrere logische Erklärungen dafür gibt, dass sie sich nicht bei ihrer Familie gemeldet hat, rutscht mir das Herz in die Hose.

„Bella", sage ich, „ich muss gehen. Sofort."

ZEHN

NACHDEM ICH MORGIE SO WEIT BERUHIGT HABE, DASS sie das Telefon auflegt, rufe ich Ursula an. Ihr Handy springt direkt zur Voicemail. Das macht mir noch keine allzu großen Sorgen. Ich rufe Gia an. Von ihr erfahre ich, dass Urs schon vor Stunden gegangen ist, also rufe ich James an, aber er hat sie auch nicht gesehen. Er versucht, mich zu überzeugen, dass ich mir nicht allzu große Sorgen machen muss, und beteuert, dass Ursula schon auf sich selbst aufpassen kann. Aber Tatsache ist, dass sie sich immer an einem von vier Orten aufhält: ihrem Haus, meinem Haus, der Schule oder Wonderland, und normalerweise ist sie mit einem von uns unterwegs.

Ich schaue im Wonderland vorbei, entdecke sie dort aber nirgends, also gehe ich wieder. Ich bin so erschöpft, dass ich sofort einschlafe, kaum, dass ich nach Hause gekommen bin.

Als ich am nächsten Morgen aufwache, versuche ich es wieder bei Ursula, aber es geht immer noch niemand ran. Ich werde heute auf keinen Fall zur Schule gehen und gebe mir Mühe, die Fassung zu bewahren, damit Gia sich keine Sorgen macht. Aber es klappt nicht. Ich rufe Morgana an und erfahre, dass Ursula gestern Abend nicht nach Hause gekommen ist. Mir wird kurz schwarz vor Augen, und ich schwanke zwischen Panik und Wut, während ich wieder und wieder jeden Fehler durchgehe, den ich gemacht habe. Ich hätte nicht zulassen sollen, dass sie die Schule schwänzt, sie nicht in meinem Haus zurücklassen dürfen oder so viele Stunden verstreichen lassen, bevor ich mich bei ihr melde. Ich rufe Dally Star an, um herauszufinden, ob sie vielleicht inzwischen im Wonderland aufgetaucht ist.

„Ursula?", fragt er. „Ja, sie war gestern Abend hier."

„War irgendjemand bei ihr?"

„Keine Ahnung, Sweetheart, es war rappelvoll. Aber ich weiß noch, dass ich ihr einen Caterpillar gemacht habe, und ich kann mich nicht erinnern, sie danach noch mal gesehen zu haben."

„Okay, Dally, wenn du sie siehst, sag ihr, sie soll ihr Handy aufladen. Und ich brauche die Überwachungsvideos von gestern Abend."

„Sicher, sicher. Mehr Überwachungsvideos. Stets zu Diensten."

Die Verbindung wird unterbrochen. Ich versuche es noch mal bei Ursula.

Sie haben Ursula erreicht. Wenn Sie nichts Interessantes zu sagen haben, sagen Sie bitte nichts. Falls doch, faszinieren Sie mich nach dem Piep.

„Ich weiß, dass du dir Sorgen machst", sagt Bella, während der Zug langsam in Richtung Uptown rollt. Wir haben beide unsere Mäntel übergezogen, das Wetter in Uptown soll heute schlecht sein. „Meinst du nicht, es ist ein bisschen voreilig, zu vermuten, dass Mallys und Ursulas Verschwinden irgendwie in Verbindung stehen und dass Ursula tatsächlich vermisst wird? Ich meine, vermisst wie in *gekidnappt*?"

„Nein, das finde ich nicht", sage ich und lege meine Hände im Schoß zusammen, damit ich Bella nicht erwürge. Ihr Gerede stört meine Überlegungen. Irgendetwas entgeht mir hier, etwas, das ich nicht richtig zu fassen bekomme. „Entgegen der allgemeinen Überzeugung reißen Scar Kids nicht ständig von zu Hause aus und hauen einfach ohne Begründung ab."

„Okay, also willst du damit sagen, Ursula ist wie Mally? Keine Freunde und tut jeden Tag dasselbe? Kann jederzeit verlässlich gefunden werden?"

„Nein! Sie hat einen Haufen Freunde. Sie ist laut und geht auch ständig Leuten auf den Sack, okay? Aber sie hat gegen jeden von denen etwas in der Hand, also würden die es sich gut überlegen, bevor sie ihr etwas antun."

„Also haben beide Feinde? Das ist es, was sie verbindet?"

„Äh ... nein! Was sie verbindet, ist, dass sie beide auf die Monarch High gehen. Sie sind beide siebzehn, keine von beiden hört auf irgendwen sonst, und – was am wichtigsten ist sie sind beide Legacies."

Erst als ich die Worte ausspreche, wird mir klar, dass es die Wahrheit ist. Die Tatsache, dass sie beide Legacies sind, ist von Bedeutung. Der Zug rumpelt weiter, nimmt langsam an Fahrt auf, und Bella und ich unterbrechen unsere Unterhaltung, hauptsächlich wegen des Mannes, der sich uns gegenüber hingesetzt hat und uns interessiert anstarrt. Wenn es um Magie geht, ist es manchmal schwer, sich daran zu erinnern, dass man vorsichtig sein muss. Er steigt eine Station vor uns aus und wirft jeder von uns einen steinernen Blick zu.

„Was bedeutet es, Legacy zu sein?", fragt Bella nach einer Minute.

„Was? Warum fragst du mich das? Woher soll ich das wissen!"

„Ich meine es ernst. Die Magie ist seit beinahe dreizehn Jahren tot. Also, was bedeutet es heute überhaupt noch? Nicht alle von uns sind die Nachfahren von irgendwelchen wichtigen Persönlichkeiten. Einige Legacies konnten nur ihre Gestalt wandeln oder teleportieren."

„Legacies waren eine Macht für das Gute. Bei der Magie in der Scar ging es fast immer darum, Wünsche und Träume in Erfüllung gehen zu lassen, den Menschen zu helfen. Legacies haben den Menschen ein gutes Gefühl vermittelt und ihnen etwas gegeben, auf das sie sich verlassen konnten wie ein Sicherheitsnetz, das den Fall abgebremst hat, wenn die Dinge mal richtig schlecht liefen. Heute gibt es kein Sicherheitsnetz mehr." Ich lasse diese Worte einen Moment wirken. „Legacies waren diejenigen, denen es gestattet war, Magie zu nutzen und sie weiterzugeben, um den Menschen zu helfen, die sich nicht selbst helfen konnten und keinen Zugang zu ihr hatten. Es verlangt den Menschen eine Menge ab, sich damit zu arrangieren, dass sie für immer verschwunden ist. Keine Zauberstäbe oder Flügel oder Wunderlampen mehr. Wir sollen uns mit irgendwelchen seltsamen Wetterphänomenen und einem See abfinden, der einen umbringen kann, wenn man einen Zeh hineinhält? Ich weiß nicht, Bella. Ich weiß nicht, ob das je geschehen wird."

„Vielleicht hatten wir dieses Geschenk oder diese Verantwortung nicht verdient. Vielleicht ist das der Grund, aus dem sie uns genommen wurde." Sie senkt die Stimme. „Vielleicht sollten die Leute in der Scar nicht so verzweifelt versuchen, sie zurückzuholen."

„Was hat das alles mit Ursula und Mally zu tun?"

„Vielleicht gar nichts. Es ist nur das, was Jack Saint über die Gier gesagt hat und darüber, dem Geld zu folgen. Ich hoffe, dass du mit allem vollkommen unrecht hast und Ursula quietschvergnügt bei sich zu Hause reinspaziert, es ihr gut geht und sich herausstellt, dass sie einfach nur die Nacht bei einer Freundin verbracht hat."

„Hat sie nicht", erwidere ich mit absoluter Sicherheit. „Ich kenne alle ihre richtigen Freunde. Es gibt nur James und Smee und mich, und von uns dreien bin ich die Einzige, bei der Urs je über Nacht bleiben würde. Und sie ist völlig süchtig nach ihrem Handy. Alle zehn Minuten checkt sie ihren Social-Media-Account und macht mindestens ein Selfie. Sie ist verschwunden." Die Verzweiflung droht, mich zu ersticken. Ich versuche, tief durchzuatmen. Jetzt nur nicht die Nerven verlieren. Verzweiflung ist der Feind vom Handeln. Sie darf mich nicht überwältigen. Ich muss einen klaren Kopf bewahren.

„Du glaubst also, Geld und Magie sind die Gründe, aus denen zwei Teenager vermisst werden?", frage ich.

Bella schüttelt nachdenklich den Kopf. „Ehrlich, ich weiß es noch nicht. Aber ich werde es herausfinden."

Auf dem Revier herrscht die übliche hektische Betriebsamkeit, aber heute ist es mir gleichgültig. Ich werde Mona über den Haufen rennen, falls sie versuchen sollte, mich davon abzuhalten, an den Chief heranzukommen. Bella hält mich am Ärmel fest und redet, seit wir aus dem Zug in den Schnee getreten sind, ununterbrochen auf mich ein, dass ich mich beruhigen soll. Und nun, wo die Tür zum Büro des Chiefs bereits in Sichtweite ist, blockiert Bellas alter Partner Tony unseren Weg.

Sein schwarzes Haar hat er mit viel Gel zu einem Pferdeschwanz fri siert, und er lässt die Muskeln übertrieben spielen, während er zwischen Chief Ito und uns steht.

„Na hallo, die Damen!", sagt er.

„Tony", presst Bella zwischen den Zähnen hervor.

„Habt ihr die Neuigkeiten schon gehört? Sie haben die Körperteile zusammengesetzt und wissen jetzt, wer es ist … war. Armer Kerl. Tatsächlich habe ich das letzte Teil eigenhändig gefunden, im Pendlerzug zwischen der Scar und Midcity. Ziemlich beeindruckend, findest du nicht?" Bella holt Luft, um etwas zu erwidern, aber er brabbelt schon weiter. „Man könnte natürlich behaupten, dass es reiner Zufall war, weil ich ohnehin in die Scar fahren musste, um dieses Kind zu vernehmen, das die Kiste bei der Tea Party gefunden hat. Aber es war genial, als ich die eingepackte Kiste entdeckt habe und als Erster an Ort und Stelle war."

„Klingt beeindruckend, Tony", sagt Bella. „Wenn du uns jetzt entschuldigen …"

„Also, ich hab nachgedacht …", redet er einfach weiter und wirft mir einen kurzen Seitenblick zu, „vielleicht können du und ich uns nachher zu einem schönen Dinner verdrücken, wo du schon mal hier bist."

„Ich muss arbeiten, Tony", erwidert sie. „Es hat sich etwas ergeben, und ich …"

„Klar, klar", unterbricht er sie. „Ihr jagt dieser Scar-Erbin hinterher. Wie läuft's? Schon Glück gehabt?"

Nach dem selbstgefälligen Ausdruck auf seinem dämlichen Gesicht zu urteilen weiß er ganz genau, dass wir noch kein Glück hatten.

„Also, Tony", mische ich mich ein.

„Ja, Kleine?"

„Wir müssen in das Büro vom Chief, und du stehst uns im Weg."

„Ach?" Er sieht mich ausdruckslos an.

„Und so, wie ich das sehe, versuchst du nun schon seit einer halben Ewigkeit, Bella anzugraben, und sie hat absolut null Interesse, jemals mit dir auszugehen. Nur, dass das anscheinend nicht in deinen dicken Schädel will, wenn sie es dir freundlich sagt, weil du schlicht nicht imstande bist, zu begreifen, dass eine Frau nicht mit dir ausgehen will. Und weil sie viel zu nett zu dir ist, lass es mich dir erklären. Bella will nicht mit dir ausgehen. Sie will sich nicht einmal mit dir unterhalten. Sie wird nie mit dir essen gehen, und die Tatsache, dass du es trotzdem immer wieder versuchst, ist Belästigung." Bei diesem Wort wird er blass. „Also geh. Aus. Dem. Weg."

„Wisst ihr was?", sagt er und geht mehrere Schritte zurück. „Ich wollte nur nett sein, aber ihr beide seid ein Witz. Ihr werdet nie irgendwas erreichen, und zu sehen, wie ihr krampfhaft versucht, ernst genommen zu werden, ist erbärmlich."

„Vielen Dank für deine Einschätzung unserer Fähigkeiten, Tony. Sehr aufschlussreich", erwidert Bella zuckersüß, dann zieht sie mich am Ärmel und schiebt mich in die Ecke bei unseren verlassenen Schreibtischen. „Danke dafür." Sie schnieft einmal, dann reckt sie entschlossen die Nase in die Luft. „Also, komm schon, genug getrödelt. Wir müssen aufpassen, wie wir auf den Chief zugehen. Sie verlangt Respekt, und sie wird es nicht gut aufnehmen, wenn wir einfach in ihr Büro stürmen und …"

„Bella", sage ich, während mir noch das Blut in den Ohren rauscht von der Anstrengung, Tony nicht an Ort und Stelle den Hals umzudrehen. „Ich habe jetzt keine Zeit, mich zu unterhalten. Ich muss Ursula finden. Der Chief muss uns mehr Mittel zur Verfügung stellen. Sie muss verstehen, dass hier etwas Größeres im Gang ist als nur eine Person, die in der Scar vermisst wird oder von zu Hause abgehauen ist."

„Okay", erwidert Bella. „Ich sage ja nur, dass wir uns einen Plan überlegen sollten."

„Ich hab keine Zeit für Pläne", brumme ich, schiebe mich an ihr vorbei und stoße die Tür zum Büro des Chiefs auf.

Ich platze in ein Meeting mit zwei Typen, die ich nicht persönlich kenne, von denen ich aber weiß, dass sie erfahrene Detectives sind. Der Chief wirkt frischer als letzte Nacht. Weniger müde, aber nicht im Geringsten erfreut, mich zu sehen.

„Ja?", fragt sie.

„Oh guter Gott, nein!" Mona kommt hinter ihrem Schreibtisch hervor und versucht, uns aus dem Raum zu scheuchen.

„Ich muss nur eine Minute mit Ihnen reden", sage ich.

„Ich bin gerade in einem Meeting, und alle anderen müssen auch nur eine Minute mit mir reden. Sie können warten, bis Sie dran sind."

„Kann ich nicht." Ich zwänge mich an Mona vorbei.

Der Chief presst die Lippen aufeinander. Bevor sie mich rauswerfen kann, sage ich schnell: „Meine beste Freundin wird vermisst. Sie geht auch auf die Monarch High. Ihr Name ist Ursula. Sie hat eine kranke Mutter und eine kleine Schwester, die von ihr abhängig sind, und jetzt wird sie vermisst. Sie darf nicht vermisst werden, verstehen Sie?"

„Mary", sagt Bella in warnendem Tonfall neben mir. Ich höre sie kaum. Ihre Worte erreichen mich nicht. Alles, was ich sehen und spüren kann, ist, dass Ursula nicht dort ist, wo sie sein sollte, und das bedeutet, dass es ihr nicht gut geht. Was, wenn sie verletzt ist? Was, wenn jemand sie in dieser Sekunde foltert?

„Wir brauchen Verstärkung", sage ich. „Schicken Sie mehr Officers in die Scar. Veranstalten Sie eine Suchaktion, Tür zu Tür. Es gibt so viele Orte, an denen Ursula und Mally sein könnten …"

Der Chief hebt eine Hand und bedeutet den Detectives zu gehen. Meine Brust hebt und senkt sich in raschen, flachen Zügen.

„Miss Heart, erteilen Sie mir gerade Befehle?"

„Ich will doch nur sagen, dass meine Freundin genauso viel Aufmerksamkeit verdient wie Mally Saint. Nur, weil Mally reich ist, heißt das noch lange nicht, dass alle sich nur um sie kümmern müssen, während Ursula einfach so *verschwindet* und niemand sich darum kümmert!"

Bella zwickt mich leicht in den Arm. Der kurze Schmerz reicht gerade so aus, um mich kurz innehalten zu lassen und nach Luft zu schnappen.

„Nein, Ma'am", sagt Bella schnell. „Mary Elizabeth hat Ihnen selbstverständlich keine Befehle erteilt, Ma'am. Sie hat eine Anfrage gestellt. Sie ist heute nur ein bisschen durch den Wind."

Mona schließt unauffällig die Tür hinter uns, sodass wir einmal mehr im Büro des Chiefs allein sind. Erst jetzt wird mir allmählich klar, wie sehr ich mich im Ton vergriffen habe.

„Das ist schön zu hören, Officer Loyola, denn Ihnen ist hoffentlich klar, wie wenig ich es leiden kann, herumkommandiert zu werden."

„Das kann sie überhaupt nicht leiden", sagt Mona.

„Also, Miss Heart, wenn Sie bitte einmal tief Luft holen und sich beruhigen würden, können Sie noch mal ganz von vorn anfangen."

„Reiß dich zusammen", murmelt Bella kaum hörbar.

„Ich glaube, dass ein Serienkidnapper in der Scar sein Unwesen treibt", erkläre ich. „Meine beste Freundin Ursula ist letzte Nacht verschwunden. Sie lebt in derselben Gegend wie Mally Saint. Sie sind im selben Alter und gehen beide auf die Monarch High."

„Ist das alles?", fragt der Chief und wirkt auf einmal noch gereizter als vor ein paar Minuten.

„Also …"

„Verstehe ich das richtig – und bitte entschuldigen Sie meine Verwirrung, weil ich bis gerade eben noch in einem Strategietreffen saß, um unser

Vorgehen gegen den Ring des Organisierten Verbrechens zu diskutieren, der sich in diesen Augenblicken anschickt, ganz Monarch zu übernehmen –, Sie wollen, dass ich meine besten Officers darauf ansetze, eine Freundin ausfindig zu machen, die sich nicht bei ihren Eltern gemeldet hat, während ich *so* kurz davorstehe, den Fall des Verrückten Hutmachers zu knacken, und dafür jeden Mann brauche, den ich kriegen kann."

„Aber …"

„Und Sie wollen, dass ich das alles auf den Verdacht hin unternehme, dass Ihre Freundin entführt wurde. Eine Freundin, die sicherlich von makellosem Charakter ist und seit wann genau vermisst wird?"

„Mitternacht", antworte ich kleinlaut, als ich all die Lücken in meiner Theorie erkenne, die sie aus ihrem Blickwinkel entdeckt hat.

„Mitternacht", wiederholt sie. „Nicht einmal vierundzwanzig Stunden. Um das zusammenzufassen: Sie wollen, dass ich meine gesamten beträchtlichen Ressourcen als Chief darauf verwende, ein Mädchen ausfindig zu machen, das womöglich überhaupt nicht vermisst wird."

Ich kann nichts erwidern. Ich weiß, dass ich recht habe, aber ich weiß auch, dass ich keine Chance habe, den Chief von meiner Sichtweise zu überzeugen.

Sie seufzt. „Mary Elizabeth, ich verstehe, dass Sie unter enormem Stress stehen. Ich verstehe sogar, wie Sie sich diese fehlgeleitete Verbindung zwischen Mally Saint und Ihrer Freundin einreden konnten, aber ich bin sicher, dass sie schon wieder gesund und munter zu Hause sein wird, bevor Sie es zurück in die Scar geschafft haben."

Ich wünschte mir von ganzem Herzen, dass es genau so wäre, aber ich *weiß* einfach, dass es nicht so ist, und die stählerne Überzeugung des Chiefs ist gefährlich. Ich weiß nicht, was ich erwartet hatte, vielleicht, dass der Chief und ich so durch das Schicksal und unsere geteilten Erfahrungen mit dem Leben in der Scar und dem Verlust und ihrer Beteiligung an der Aufklärung des Todes meiner Eltern miteinander verbunden sind, dass sie mehr in mir sehen würde als die blutige Anfängerin, die ich bin. Ich bin töricht, aber ich habe trotzdem recht, und ich kann nicht zulassen, dass Ursula den Preis dafür bezahlt, mit welcher Dummheit ich dem Chief gegenübergetreten bin.

„Bitte lassen Sie mich einfach nur nach ihr suchen", sage ich ruhig.

Chief Itos Miene verrät keine Regung.

„Bitte lassen Sie mich untersuchen, ob es eine Verbindung gibt … falls sie nicht schon wieder zu Hause ist, wenn ich in die Scar zurückkehre. Ich wäre Ihnen so dankbar … erneut."

Für den Bruchteil einer Sekunde sehe ich Verständnis über ihr Gesicht huschen, aber es ist so schnell wieder verschwunden, wie es gekommen ist. „Bedauerlicherweise kann ich Ihnen nicht gestatten, in einem Fall zu ermitteln, der Ihnen so nahegeht. Es besteht ein Interessenkonflikt, und das wäre eine Verschwendung von Steuergeldern."

Jetzt ist wahrscheinlich ein schlechter Augenblick, um sie daran zu erinnern, dass mein Praktikum nicht vergütet wird.

„Sie müssen sich weiter darauf konzentrieren, Mally Saint zu finden. Bitte richten Sie der Mutter Ihrer Freundin aus, dass sie sich an den offiziellen Ablauf halten und eine Vermisstenanzeige aufgeben soll, falls ihre Tochter nach Ablauf der vierundzwanzig Stunden nicht nach Hause gekommen ist. Und ich wünsche, dass Sie einen Termin bei Dr. Tink vereinbaren. Sie wird entscheiden, ob Sie stabil genug sind, um weiterhin an diesem Fall zu arbeiten."

Großartig. Mein ganzes Leben hängt jetzt davon ab, ob meine unglaublich verschrobene Therapeutin mich richtig einschätzt. Die Sache ist die, ich bin stabil genug, um damit klarzukommen. Ich muss Ursula finden. Es ist mir völlig egal, was der Chief dazu sagt.

„Ja, Ma'am."

Sie taxiert mich, als ob sie die Lüge in meiner Stimme bemerkt, aber ich verziehe keine Miene.

„Und eine Sache noch, Miss Heart.“

„Ma’am?“

„Wenn Sie noch einmal unangekündigt in mein Büro kommen oder die Frechheit besitzen, in diesem Tonfall mit mir zu sprechen, werde ich Sie aus dem Gebäude werfen lassen, und Sie werden nie wieder durch diese Türen treten. Haben wir uns verstanden?“

„Ja, Ma’am“, sage ich. Aber im Stillen denke ich: *Sie können sagen, was Sie wollen, und ich werde tun und lassen, was ich will, und so wird es ab jetzt laufen.*

Ein neues Gefühl bricht sich in mir Bahn, und ich weiß nicht, ob ich schon bereit bin, mich dem zu stellen. Aber in diesem Moment kann ich den Chief überhaupt nicht leiden, und da ist diese leise Stimme in meinem Kopf, die mir zuflüstert, dass ich überhaupt nicht weiß, wer ich bin, wenn ich nicht die Mary Elizabeth Heart bin, die Chief Ito vergöttert.

Sie wendet sich an Bella, in ihren schwarzen Augen glitzert eine Warnung. „Officer Loyola, halten Sie sie an der kurzen Leine. Ich erwarte bis Montag einen Bericht über Ihre Fortschritte, also wünsche ich Ihnen einen erfolgreichen Rest der Woche.“

„Ma’am“, sagen wir im Chor.

Als wir das Büro des Chiefs verlassen, streicht Bella mir über den Rücken. Ich schüttele sie ab. „Bitte nicht“, sage ich.

Ich könnte mir immer noch in den Hintern beißen, weil ich so die Kontrolle und damit meine einzige Chance vertan habe herauszufinden, was Ursula zugestoßen ist.

„Ich muss heute nur noch ein paar Berichte schreiben. Dann kann ich mitkommen und dir helfen, nach ihr zu suchen. Wir werden sie finden … zusammen.“ Bella geht an ihren Schreibtisch, setzt sich auf ihren Stuhl, fährt den Laptop hoch und holt ihre Notizen aus der Tasche. Sie wirft mir einen Blick zu und schenkt mir ein besorgtes Lächeln, dann wendet sie sich ihrer Arbeit zu.

Ich verabschiede mich nicht von ihr, sondern schlüpfe aus dem Revier, sobald sie in ihre Berichte vertieft ist.

Dann bin ich frei. Ich renne zum Zug und lasse Bella und die Midcity hinter mir zurück. Ich weiß, dass dieses Praktikum meine Fahrkarte zu den Dingen ist, die ich mir immer gewünscht habe. Aber diese Leute werden mir jetzt nicht helfen, und ich will nicht, dass Bella in diesen Teil meines Lebens verstrickt wird.

Ich muss James treffen und meine beste Freundin finden.

ELF

DIE NACHT VERLÄUFT OHNE ERFOLG. ICH WÄHLE WIEDER UND WIEDER URSULAS NUMMER, nur, um den Klang ihrer Stimme zu hören.

Wenn Sie nichts Interessantes zu sagen haben, sagen Sie bitte nichts. Falls doch, faszinieren Sie mich nach dem Piep.

James und ich gehen ins Wonderland, sitzen dort stundenlang herum und warten auf Ursula, weil wir nicht wissen, was wir sonst tun sollen. Ich ertrage die Vorstellung nicht, zu ihr nach Hause zu gehen. Wir haben schon die ganze Nachbarschaft durchkämmt, und James hat seine Ohren überall. Er dealt mit der Situation, indem er Billard spielt und die Kugeln so hart gegeneinanderschießt, dass ich schon befürchte, dass sie jeden Augenblick auseinanderbrechen. Wir sehen beide jedes Mal zur Tür, wenn sie sich öffnet, in der Hoffnung, dass es Ursula ist. Ich würde sie schmutzig, verletzt und halb zu Tode gehungert nehmen, wenn sie nur durch diese Tür kommt.

Smee und der Rest von James' Jungs sind die ganze Nacht auf den Straßen unterwegs und suchen nach Ursula. James hat ihnen sogar sein Auto überlassen, und als das Wonderland schließt, laufen wir noch stundenlang durch die Gegend, überprüfen jede Gasse und jeden dunklen Winkel.

James hält jeden an, der uns über den Weg läuft. Die Scar zeigt sich genau wie immer: Die Luft ist mild, Palmen wiegen sich leicht im Wind, die Leute tragen Tops und kurze Röcke und High Heels, umgeben von toter Magie. Wir kommen so spät nach Hause, dass Gia schon fast wieder Feierabend hat. James setzt sich noch eine Weile zu ihr. Mein Blick wandert immer wieder zu der Couch, auf der Ursula gestern noch gelegen und geschlafen hat. Ich hätte sie dort behalten sollen. Ich hätte besser aufpassen sollen. Ich kann mich nicht mehr an unsere letzte Unterhaltung erinnern. Irgendetwas über Gewürzkuchen, glaube ich, aber ich bin mir nicht sicher. Ich war so aufgeregt über meinen Fall mit Mally, dass ich nicht darauf geachtet habe, was in Ursulas Leben gerade los war.

Ich war eine schlechte Freundin und ein schlechter Mensch, über alle Maßen egoistisch. Ich habe alles als selbstverständlich angesehen, und jetzt wurde es mir genommen. Immer wieder ertappe ich mich dabei, wie ich Ursula davon erzählen will, dass Ursula vermisst wird. Ich weiß nicht, ob ich das überlebe.

Irgendwann gehe ich zur Couch und lege meinen Kopf genau dorthin, wo ihrer gelegen hat, in der Hoffnung, dass ein Überbleibsel ihres Geistes noch da ist und mir sagen wird, wo sie ist. Ich kann nicht aufhören, darüber nachzudenken, was ihr in diesem Moment alles Schreckliches zustoßen könnte. James sackt neben mir zusammen und zieht mich an seine Brust. Nach einer Weile schlafe ich ein, während ich mich so fest an ihn klammere, dass ich keine Ahnung habe, wie er überhaupt noch Luft bekommt. Ich will nie wieder etwas als selbstverständlich betrachten, und ich hoffe, dass James nicht auch noch verschwindet, wenn ich ihn nur fest genug halte.

Als ich am nächsten Morgen bei Dr. Tink im Sessel sitze, weil ich nicht weiß, was ich sonst tun soll, befürchte ich, dass ich allmählich den Verstand verliere.

Ich versuche, mich auf Dr. Tink zu konzentrieren, die mir in einem braunen Lehnstuhl gegenübersitzt, der sie wie eine Pflanze aussehen lässt. Sie hat kurzes blondes Haar und fein geschnittene Züge in einem herzförmigen Gesicht, und sie trägt eine taillierte Jacke und eine enge grüne Hose. Sie hat ein Bein übergeschlagen und wippt mit dem Fuß, während sie darauf wartet, dass ich eine Frage beantworte. Nur habe ich keine Ahnung, welche. Ich weiß, dass ich mich so enthusiastisch und engagiert wie möglich präsentieren sollte, um gesund zu erscheinen.

„Mary Elizabeth."

„Ja?"

„Ich weiß, dass Sie nicht genug geschlafen …"

„Hab ich." Ich spüre, wie die Wut in mir aufsteigt. „Ich schlafe quasi die ganze Zeit. Sie haben überhaupt keine Ahnung und denken, bloß weil ich ein paar mickrige Ringe unter den Augen habe …"

Dr. Tink fällt mir ins Wort. „Zorn ist ein Verteidigungsmechanismus, Mary Elizabeth. Ich habe Zugriff auf die Daten aus der Health App auf ihrem Handy. Sie kommen in den letzten drei Nächten auf eine Gesamtsumme von zehn Stunden Schlaf und nur anderthalb davon innerhalb der letzten vierundzwanzig Stunden."

Ich hatte vergessen, dass sie diese Informationen bekommt, lasse mich in meinen Sessel zurückfallen und warte auf die Predigt, die sie mir bestimmt gleich halten wird. Über die letzten zwei Monate, seit ich mein Praktikum begonnen habe, gehe ich einmal pro Woche zu ihr. Und obwohl sie eigentlich nur als Unterstützung gedacht ist, falls ich hier auf dem Revier in eine belastende Situation gerate, versucht sie ständig, mich dazu zu bringen, über meine Vergangenheit zu sprechen. Als wäre sie überzeugt, dass sie irgendwie der Schlüssel zu etwas sei.

„Haben Sie noch einmal darüber nachgedacht, was wir letzte Woche besprochen haben?", fragt sie.

Letzte Woche fühlt sich an wie ein anderes Leben, und ich kann mich nicht mehr daran erinnern.

„Über was?“

„Über Ihre Familie? Haben Sie noch einmal darüber nachgedacht, ob Sie bereit sind, darüber zu sprechen, was an jenem Tag passiert ist?“

„Ich meine … Entschuldigung, aber was hat das mit dem Rest zu tun?“, frage ich. „Jeder verliert Menschen.“ Ich weiß wirklich nicht, warum sie so erpicht darauf ist, meine Erfahrungen als besonders traumatisch einzustufen. Sie ist Legacy, und jeder weiß, dass sie bei dem Fall einen Bruder verloren hat.

Sie blickt wie überrascht zu mir auf, und ein Anflug von Schmerz blitzt hinter ihrer fröhlichen Fassade hervor. Dann fasst sie sich wieder. „Mary Elizabeth, es mag ja sein, dass Sie die Umstände nicht für sonderlich bedeutsam halten, aber es ist nun mal so: Wenn Sie nicht endlich anfangen, sich mit Ihren eigenen Erfahrungen auseinanderzusetzen, werden diese Erfahrungen Sie auch in Zukunft weiter kontrollieren. Denn ob Sie sich dessen bewusst sind oder nicht, genau das ist es, was hier gerade geschieht. Ihr Leben ist eine einzige Aneinanderreihung von Reaktionen. Würde es Ihnen nicht gefallen, etwas mehr Kontrolle über die Dinge zu haben, die Ihnen zustoßen?“

Ich schnaube verächtlich. „Warum sollte ich auf das Unmögliche hoffen? Dinge geschehen einfach. Sie geschehen uns, und wir müssen damit leben. Dinge werden uns geschenkt, und Dinge werden uns wieder genommen, und alles, was wir tun können, ist, den Sturm möglichst unbeschadet zu überstehen. Also ja, ich reagiere einfach, weil das Leben weitergeht und es nichts anderes gibt, was ich tun kann.“

In diesem Augenblick wirkt Dr. Tink ziemlich verloren in ihrem braunen Sessel, als ob er sie verschlingt. „Ich glaube, Sie wollen sich diesem Schmerz nicht stellen.“

Ich lehne mich vor. „Ich stelle mich diesem Schmerz *die ganze Zeit.* Er ist immer bei mir.“ Bei den letzten Worten bricht meine Stimme. Ich versuche, den Kloß in meinem Hals herunterzuschlucken.

Dr. Tink scheint die Spannung zwischen uns nicht zu stören. Sie wartet ab, dass ich weiterspreche. Als klar wird, dass ich das nicht tun werde, sagt sie: „Ich werde empfehlen, dass Sie eine Auszeit von Ihrem Praktikum nehmen. Ich glaube nicht, dass es Ihnen im Moment guttut. Sie brauchen Ruhe, ein wenig Zeit, um sich um Sie selbst zu kümmern."

„Nein, nein, bitte nicht!" Ich setze mich aufrecht hin und zwinge mich, ihren Worten Beachtung zu schenken. „Sie verstehen das nicht."

Dann dämmert es mir. Ich muss tun, was sie von mir verlangt, oder ich kann meinen Traum, eines Tages Detective zu werden, hier und jetzt an den Nagel hängen. Und obwohl ich gerade ziemlich schlecht auf den Chief zu sprechen bin und mich sowieso schrecklich nutzlos fühle, würde ich es morgen früh bereuen, wenn ich jetzt aus der Praxis stürme. „Okay", gebe ich mich geschlagen. „Ich werde Ihnen erzählen, was passiert ist, auch wenn ich nicht glaube, dass es irgendeinen Unterschied machen wird."

„Okay, Mary Elizabeth", sagt Dr. Tink. „Wann immer Sie bereit sind."

Ich schließe meine Augen. Ich erinnere mich an meine Mutter. Sie hatte schlechte Laune und trug etwas Rotes. Ihre Hand war kalt in meiner.

„Gut", sagt Dr. Tink. „Jetzt erzählen Sie es mir."

Ich lasse meine Augen geschlossen, weil es sich richtig anfühlt. Wenn ich die Augen öffne, verliere ich dieses Bild von meiner Mutter, das Gefühl von jenem Tag auf meiner Haut. Ich glaube nicht, dass ich dieser Erinnerung, die mir immer so verzerrt und wie in weiter Ferne vorgekommen ist, jemals so nahe war. Aber jetzt ist sie genau hier. *Es ist das blaue Licht*, flüstert eine Stimme. *Es hat dich so viel näher an deinen Kern gebracht.*

„Meine Mutter war sauer oder zumindest genervt. Sie trug ein rotes Sommerkleid mit kleinen weißen Herzen."

„Warum war sie sauer?"

„Weil mein Dad krank war und Mirana auch, und sie hatte andere Sachen zu erledigen. Das konnte sie jetzt nicht, weil sie den ganzen Tag damit verbringen musste, sich um die beiden zu kümmern. Sie hat meine

Hand gehalten. Wir sind zusammen zur Schule gegangen, und die ganze Zeit hat sie gesagt, wie froh sie ist, dass ich nicht auch noch krank bin, zumindest noch nicht, und dass ich es bestimmt auch bald werde und dass dann ihre ganze Woche ruiniert ist."

„Erinnern Sie sich noch an etwas anderes von diesem Weg zur Schule?"

„Nur, dass die Sonne geschienen hat und die Wolken die Form von Cookies hatten."

„Und dann?"

„Sie hat sich hingekniet und mir über den Kopf gestreichelt, und ihre Augen waren so blau und ihre Haare so rot, und die Herzen auf ihrem Kleid sahen aus, als würden sie tanzen." Ich erinnere mich wieder an etwas. „Tanzen. An dem Tag haben wir Square Dance gelernt. Do-si-do."

„Da musste jeder von uns irgendwann durch", meint Dr. Tink.

„Und dann kam die Polizei."

„Okay."

„Sie sind gekommen und haben mich eingesammelt und sind mit mir aufs Revier gefahren. Ganz lange haben sie mir überhaupt nicht erzählt, was passiert war. Also habe ich einfach zugesehen, wie Leute ans Telefon gegangen sind, auf ihren Computern herumgetippt haben und rumgelaufen sind. Dann kam ein Detective und hat sich neben mich gesetzt. Ich kann mich noch erinnern, dass sie gut gerochen hat. Sie hat mich in ein kleines Zimmer gebracht und es mir dort erzählt. Sie hat gesagt, meine Tante wäre schon unterwegs und würde mich abholen und dass ich mit ihr nach Hause gehen würde."

„Was hat sie Ihnen noch gesagt, Mary Elizabeth?"

Ein Schauer läuft mir über den Rücken. Etwas Schleimiges, das lange in meinem Inneren geschlafen hat, versucht, sich aus meinem Mund zu schieben. Es schmeckt nach Metall.

„Sie hat mir erzählt …" Mein Körper zittert. Ich kann mich daran erinnern, wie ich in diesem Raum gesessen habe, so viel weiße Farbe, ein Fernseher in der Ecke, ein Spiegel über die ganze Länge der Wand. „Sie hat mir erzählt, dass meine Familie getötet wurde. Dass ein böser Mann bei uns eingebrochen ist, meinen Dad und Mirana krank im Bett gefunden und sie getötet hat. Danach hat er meine Mom getötet, und dann ist er wieder gegangen. Und die ganze Zeit über konnte ich an nichts anderes denken als daran, wie seltsam es ist, dass ich Square Dance gelernt habe, während jemand meine Familie getötet hat."

„Gehen Sie tiefer. Wie haben Sie sich gefühlt?"

„Mirana. Ich habe an sie gedacht. An den blauen Pinguin, den sie überallhin mitgenommen hat. Ich habe mich gefragt, wo er ist und ob sie ihn halten durfte, als … als er …" Ich kann nicht atmen. Ich greife mir an die Brust, die sich so eng anfühlt, dass ich keine Luft bekomme.

„Es ist in Ordnung, Mary", sagt Dr. Tink. „Sie schaffen das. Ich möchte, dass Sie von zehn an rückwärtszählen, wenn diese Erinnerungen hochkommen. Konzentrieren Sie sich einfach auf die Zahlen. Na los."

„Jetzt?", keuche ich.

„Ja! Ja, jetzt."

„Okay." Ich hole Luft. „Zehn, neun, acht, sieben, sechs, fünf, vier, drei, zwei, eins." Ich versuche, möglichst langsam zu zählen und gegen das Flattern in meiner Brust anzukämpfen, das die Erinnerungen zurückgelassen haben.

„Gut. Fühlen Sie sich besser?"

„Ja, das tue ich tatsächlich." Und es stimmt, irgendetwas daran, diesen Tag noch einmal in Gedanken zu durchleben, hat ihn weniger beängstigend und bedrohlich werden lassen.

„Können Sie weitermachen? Mir erzählen, was als Nächstes passiert ist?"

Ich hole tief Luft, fülle meine Lungen und atme dann ganz langsam wieder komplett aus. „Ja, kann ich."

„Okay. Wann immer Sie bereit sind."

Ich versinke wieder in den Erinnerungen, und dieses Mal gelingt es mir, eine gewisse Distanz zu wahren, genug, dass ich mich eher wie ein unbeteiligter Zeuge fühle und nicht wie die Person, die es erlebt hat.

„Ich habe daran gedacht, wie stark mein Vater war. Er konnte ganz allein ein Klavier hochheben, darum begriff ich nicht, wie es jemandem gelungen sein sollte, ihm das anzutun. Wie konnte eine einzelne Person ihn überwältigen und so seine Fehlbarkeit beweisen? Mir war völlig unbegreiflich, wie das geschehen konnte. Der Detective hat meine Hand gehalten. Sie hat mir direkt in die Augen gesehen und mir gesagt, dass sie die Person finden wird, die meiner Familie das angetan hat. Dass der böse Mann nur deshalb imstande war, meinen Vater zu töten, weil Dad so krank war. Er war nicht er selbst. An dem Tag hätte er kein Klavier hochheben können. Sie hat mir gesagt, dass sie dafür sorgen wird, dass der Mörder den Rest seines Lebens hinter Gitter verbringt. Sie hat mit mir gewartet, bis Gia kam, um mich abzuholen. Hierher, aufs Revier. In diesem Gebäude. Alles passiert hier."

Meine Kehle schmerzt. Ich will nicht weiterreden.

„Und der Detective?"

„Chief Ito." Ich öffne meine Augen und warte, bis der Raum sich scharf gestellt hat, die Ansammlung von Tee und Keksen in der Ecke, die unzähligen Bücher über die Liebe, die man verdient, die Sukkulenten vor dem Fenster mit den geschlossenen Jalousien. „Damals war sie noch nicht Chief. An dem Tag ist meine Hand von der meiner Mutter in ihre und danach in Gias gewandert."

„Ja."

„Der Chief hat sich um mich gekümmert. Und als sie ihn gefunden hat, gab es die Pressekonferenz, auf der ich ihr vor all diesen Leuten ihre Auszeichnung überreicht habe."

Ich höre das Klicken der Blitze, erinnere mich daran, wie sie mich geblendet haben, wie sehr ich es geliebt habe, vor all diesen Leuten auf der

Bühne zu stehen. Da habe ich zum ersten Mal gedacht: *Das will ich machen.*

„Ich war zehn und habe mein Gesicht in Chief Itos Rock vergraben. Sie hat mich beschützt.“ Ich halte inne. Ich *hatte* erwartet, für den Chief etwas Besonderes zu sein. Darum hat es mich auch so verletzt, wie sie mich gestern behandelt hat. Bis vor Kurzem hatte ich vielleicht keinen Kontakt zu ihr, aber ich war immer da, immer in ihrer Umlaufbahn, und habe darauf gewartet, dass sie mich bemerkt. Und dann hat sie mich bemerkt, und mir wäre nie in den Sinn gekommen, dass sie ihren Blick auch wieder abwenden könnte, nachdem er einmal auf mich gefallen war. Ich dachte immer, dass sie mich mit offenen Armen empfangen würde, wenn sie mich sehen und meine Fähigkeiten erkennen würde, dass wir miteinander verbunden wären, als wäre ich so etwas wie eine Ersatztochter aus der Ferne. Es ist so ein Witz. Wie vielen Hundert Kindern hat der Chief schon geholfen? Wie viele Hände hat sie geschüttelt? Das ist ihr Job. Ich bin nur ein winziges Puzzleteil. Ich bedeute ihr gar nichts.

Dr. Tink reicht mir ein Taschentuch, aber ich brauche es nicht. Mein Herz ist zu schwer für Tränen.

„Ich habe lange gebraucht, um zu begreifen, dass das, was der Chief mir gesagt hat, wahr war, dass mein Vater so hohes Fieber hatte, dass er zu schwach war, um sich zu verteidigen. Und der Mann, der es getan hat. Es war ihm einfach egal. Er hat dabei gar nichts gefühlt. Es war einfach nur ein weiteres Hassverbrechen gegen Legacies Er hat meine Eltern und meine Schwester nicht einmal als Menschen angesehen.“ Ich sehe Dr. Tink an. „Ich durfte nie wieder nach Hause gehen. Heute weiß ich, dass es so ein Blutbad war, dass mich niemand dort haben wollte, mit dem Absperrband und dem Gemetzel. Aber ich wollte einfach nur nach Hause gehen. Ich wollte immer nach Hause. Und dann habe ich James und Ursula gefunden und Gia. Es ist nicht dasselbe wie vorher, aber es ist immerhin etwas. Es ist so etwas wie zu Hause.“

Dr. Tink nickt. „Das ist etwas, das wir tun müssen, wenn wir von einer Tragödie heimgesucht werden. Wir können nicht einfach heilen und wieder ganz sein, so, wie wir es vor den Ereignissen waren, aber wir können Brücken bauen und die Schluchten überwinden, die sich in unserem Inneren aufgetan haben." Sie sieht auf den Notizblock in ihrem Schoß, dann starrt sie in die Luft über ihrem Kopf, als stünden dort die Antworten auf ihre Fragen. „Und wie fühlen Sie sich jetzt, Mary Elizabeth?"

Ich denke über ihre Frage nach, darüber, wie ehrlich ich sie beantworten soll. „Ich fühle mich … *wütend.* Ich fühle mich rachsüchtig. Ich habe das Gefühl, dass alles, was geschieht und was vor meiner Geburt geschehen ist, ungerecht ist und endlich Gerechtigkeit wiederhergestellt werden muss."

Für einen Augenblick befürchte ich, dass ich genau das Falsche gesagt habe und sie mir eine Auszeit verschreiben oder einen anderen Kandidaten für das Praktikum empfehlen wird. Aber sie nickt nur.

„Ich weiß, dass Ursula vermisst wird", sagt sie bedächtig, „und obwohl ich gehört habe, dass die Umstände sich in gewisser Weise von Ihrem Fall unterscheiden, glauben Sie, dass eine Verbindung besteht."

„Ja." Ein Schluchzen droht sich in meine Stimme zu schleichen. Das kann ich nicht zulassen, denn wenn ich das tue, wird alles aus mir herausbrechen, und das ist einfach zu viel. „Manchmal kommt es mir so vor, als würde die ganze Welt untergehen", sage ich, als ich mir sicher bin, dass ich stark genug bin, um weiterzusprechen. „Manchmal kommt es mir so vor, als ob sie schon mein ganzes Leben untergeht."

Sie lehnt sich vor. „Erzählen Sie mehr darüber."

Ich kämpfe gegen das Verlangen, meine Lippen zu versiegeln und wortlos aus ihrem Fenster im zehnten Stock auf die weite Fläche aus Grau und den Dachgiebel des nächsten Hauses zu starren. „Als die Magie gestorben ist, hat sie allem die Seele ausgesaugt. So kommt es mir vor, und jetzt ist alles möglich und nichts mehr unmöglich. Es ist, als würde die ganze Welt langsam in den Abgrund stürzen."

Dr. Tink tippt sich mit ihrem Stift ans Kinn, ihre hellen grünen Augen blitzen.

„Ich weiß, dass das nicht wirklich passiert, aber so fühlt es sich an. Und darum, ja, Ursula ist ein winziger Anker, der mir das Gefühl gibt, dass die Welt nicht untergeht. Ihr Verschwinden gibt mir einfach das Gefühl, dass jeder verrückte Gedanke, den ich jemals hatte, wahr ist. Ich werde schlafen“, verspreche ich. „Was immer Sie von mir verlangen. Aber bitte, geben Sie die Empfehlung, dass ich mein Praktikum behalte. Bitte.“

Dr. Tink wirft einen Blick auf ihre Uhr. Dieses Büro ist wie ein Fließband für gestörte Cops. Sie hat bestimmt wichtigere Patienten als mich, Leute, deren Partner im Einsatz ums Leben gekommen sind oder so.

Sie blinzelt. „Wünschen Sie sich nicht auch manchmal, Sie könnten einfach darauf vertrauen, dass alles gut wird? Einen Wunsch zu den Sternen schicken oder einmal kräftig in die Hände klatschen, und alles wird wieder so, wie es sein sollte? Ach ja. Das ist nicht die Welt, in der wir leben, nicht wahr?“ Sie seufzt. „Trotzdem, Sie müssen mir versprechen, dass Sie es zweimal am Tag ausprobieren und ein Minimum von sechs Stunden Schlaf bekommen. Sie müssen zur Schule gehen und alles tun, was dort verlangt wird. Und denken Sie daran: Irgendwelche gewalttätigen Ausbrüche, mangelnde Selbstbeherrschung oder andere Anzeichen von Stress, und ich werde die Empfehlung aussprechen, Ihnen eine Auszeit zu verordnen.“

„Danke! Ich werde mein Bestes geben. Und sogar mehr noch!“

„Und Mary? Denken Sie immer daran, dass es manchmal einen riesigen Unterschied macht, jemandem die Hand zu reichen. Wenn Sie permanent das Gefühl haben, sich gegen etwas verteidigen zu müssen, von dem Sie denken, dass es jeden Augenblick um die Ecke kommen kann, wenn Sie glauben, dass die ganze Welt sich gegen Sie verschworen hat, dann hat das Gute nicht viel Gelegenheit, sich zu zeigen. Es ist in Ordnung, wütend zu sein, wenn Sie Ihre Wut in die richtigen Bahnen lenken. Aber Sie dürfen nicht zulassen, dass sie alles Sanfte in Ihnen auffrisst.“

„Okay“, sage ich. „Das Universum ist nicht mein Feind, trotz all der Beweise, die auf das Gegenteil hindeuten. Kapiert!“

Sie lächelt und kritzelt ihre Unterschrift auf meinen Bewertungsbogen. „Sie haben heute große Fortschritte gemacht, Mary Elizabeth. Gute emotionale Arbeit. Passen Sie gut auf sich auf, und tun Sie nichts Dummes.“

„Mache ich nicht.“

„Mona hat mich gebeten, Sie noch einmal nach unten zu schicken. Anscheinend wurde Ursula offiziell als vermisst gemeldet, und die Officers Colman und Mahony wurden dem Fall zugeteilt.“ Sie beobachtet, wie ich die Neuigkeiten aufnehme. Ursula ist jetzt ganz offiziell eine vermisste Person, und die Sache wird untersucht. Jemand wurde dem Fall zugeteilt. Dieser Jemand bin nur nicht ich. „Sind das nicht tolle Neuigkeiten?“, fragt sie. „Sie wurde als vermisste Person gemeldet. Das bedeutet, dass ihr Fall untersucht wird.“

„Ja, das ist gut.“ Nicht so gut, wie Ursula wieder zu Hause zu wissen. Ich schüttele den Schmerz und die Eifersucht ab und – schlimmer noch – das Wissen, dass niemand die Verbindungen sehen wird, von denen ich sicher bin, dass es sie gibt, wenn ein Paar Detectives diesen Fall untersucht.

„Gut“, sagt sie. „Denken Sie daran, *Ihre* Arbeit zu machen, auf sich zu achten und sich aus der Gefahr rauszuhalten.“

„Versprochen“, sage ich.

Sie drückt mir herzlich die Hand, und ich bekämpfe einen Anflug von schlechtem Gewissen.

Noch während ich ihr mein Versprechen gebe, weiß ich bereits, dass ich lüge.

Verhörprotokoll
Mary Elizabeth Heart
im Vermisstenfall Ursula Atlantica

Durchgeführt von den Detectives Colman und Mahony

Monarch-City-Hauptrevier

Mahony: Mary Elizabeth, für das Protokoll: Sie sind Praktikantin hier auf dem Monarch-Hauptrevier und arbeiten derzeit an einem Fall, daran, den Aufenthaltsort von Mally Francine Saint herauszufinden?

Mary: Das ist richtig.

Mahony: Und Sie sind eine Freundin von Ursula Atlantica?

Mary: Sie ist meine beste Freundin.

Mahony: Wie lange, würden Sie sagen, ist sie schon Ihre beste Freundin?

Mary: Ich kenne sie seit der ersten Klasse, also seit elf Jahren. Wir haben uns nach dem Großen Tod kennengelernt.

Mahony: Und nur fürs Protokoll: Können Sie bestätigen, dass Sie beide Legacies sind?

Mary: Ja. Ja, wir sind beide Legacies.

Mahony: Können Sie uns sagen, wann Sie Ursula zuletzt gesehen haben?

Mary: Donnerstagnachmittag.

Mahony: Das ist also zwei Tage her.

Mary: Ja.

Mahony: Und wo war sie, als Sie sie das letzte Mal gesehen haben?

Mary: Bei mir zu Hause. Ich habe sie dort zurückgelassen, um zu meinem Praktikum zu gehen. Sie wollte von dort nach Hause gehen, um nach ihrer Mutter und ihrer Schwester zu sehen. Ich nehme an, dass sie nicht mehr dazu gekommen ist.

Colman: Wir warten noch auf die Videoaufnahmen, aber es sieht so aus, als wäre Ursula ins Wonderland gegangen anstatt nach Hause, wie sie Ihnen erzählt hat. Können Sie sich erklären, warum sie das tun sollte?

Mary: Vielleicht wollte sie dort jemanden treffen?

Colman: Ist das eine Frage?

Mary: Ich weiß es nicht. Ich weiß nicht, was sie vorgehabt haben könnte. Ich war bei der Arbeit.

Mahony: Was Colman damit fragen will, ist, ob Sie wissen, dass sie sich an diesem Nachmittag mit jemandem treffen wollte.

Mary (Pause): Nein. Ich weiß nicht, warum sie ins Wonderland gegangen ist.

Colman: Und als Sie sie das letzte Mal gesehen haben, wirkte sie da deprimiert oder irgendwie unglücklich?

Mary: Nein, nur müde.

Colman: Und ist es richtig, dass Ihr Apartment direkt an Miracle Lake grenzt, einen beliebten Ort für Selbstmord?

Mary: Das hat sie nicht getan! Das würde sie niemals tun.

Mahony: Entschuldigung. Tut uns leid, falls wir Sie verstört haben. Wir müssen die Möglichkeit in Betracht ziehen.

Colman: Wir müssen Ihnen eine Frage stellen, und wir hoffen, dass Sie ehrlich antworten. Im Lauf der Verhöre haben wir herausgefunden, dass Ursula ein ziemlich großes Netz an Nebengeschäften betrieben und sich damit viele Feinde gemacht hat. Anscheinend hat sie mehrere ihrer

Lehrer erpresst, darunter den Schulleiter und den … ähm … Besitzer der Bodega an der Ecke. Es ist schwierig, an Informationen von den Kids in Ihrem Alter zu kommen. Sie werden in unserer Gegenwart etwas nervös. Also können Sie uns vielleicht sagen, was genau es mit Ursulas illegalen Aktivitäten auf sich hat.

Mary: Ich weiß nicht viel darüber. Ich habe das nie als illegal gesehen.

Colman: Sie dachten, Erpressung wäre legal?

Mary: Nein, aber …

Colman: Es wirkt so, als würden eine Menge Leute davon profitieren, wenn sie verschwindet.

Mary: Nein, alle lieben sie.

Mahony: Ich fürchte, das ist nicht der Fall. Nicht mal im Ansatz.

Mary (zögerlich): Ich weiß gar nichts.

Colman: Und Ihr Freund?

Mary: Was ist mit ihm?

Colman: Ach, nichts. Nur sein Vater.

Mahony: Nichts, was wir im Moment besprechen müssen. Hier ist meine Karte. Achten Sie darauf, in Kontakt zu bleiben. Ich weiß, dass Sie das Richtige tun werden, wenn Sie etwas hören.

Colman: Und wenn Sie nicht das Richtige tun, ist das nicht nur ein Bruch Ihres Vertrags mit dem Revier, es ist außerdem Behinderung der Justiz.

Mary: Darf ich jetzt gehen?

Colman: Bitte.

Mahony: Bleiben Sie in Kontakt, Miss Heart.

ZWÖLF

„SIE WAREN SCHRECKLICH, JAMES. COLMAN UND MAHONY. Sie haben mir diese ganzen Fragen gestellt. Es war sofort klar, dass sie Anti-Legacy sind. Bei ihnen hat es so geklungen, als wäre Ursula total wertlos und als könnte man nichts anderes erwarten, als dass sie entführt oder ausgeschaltet wird oder so. Bei ihnen hat es so geklungen, als wäre sie selbst schuld."

James und ich fahren ziellos in seinem Auto durch die Gegend und halten nach Ursula Ausschau, während die Jungs das Wonderland im Blick behalten. Ich kann dort nicht hingehen und mich Dally und seinen neugierigen Fragen stellen, erst recht nicht, weil ich ihm überhaupt keine Antworten liefern kann. Ich weiß nicht, wo Mally ist. Ich weiß nicht, wo Ursula ist. Ich weiß überhaupt nichts.

Nach meinem epischen Zusammenbruch vor dem Chief gestern hat Bella mich heute, was die Arbeit an unserem Fall angeht, vom Haken gelassen, während sie weiter zu Mally Saints Verschwinden ermittelt. Aber ich kann mir nicht einfach für den Rest des Tages freinehmen. Ich bin rastlos.

James fährt vor Mally Saints Apartmentkomplex an den Rand. Über unseren Köpfen zeichnen sich die Vögel dunkel gegen den Nachthimmel ab, und ein buttergelbes Licht scheint hoch oben aus einem Fenster von Jack Saints Apartment. Ich hoffe, er hat da oben eine bessere Zeit als ich hier unten.

Wir steigen aus und setzen uns auf die Motorhaube.

„Komm her", sagt James.

Ich rutsche an ihn heran. Für ein paar Minuten sitzen wir schweigend zusammen, beide abgelenkt von unseren wirbelnden Gedanken.

„James", sage ich.

„Hmm?"

Ich will ihn nach dem blauen Licht fragen. Die Frage hängt seit Mittwochnacht zwischen uns in der Luft. Mein Leben hat sich seitdem beschleunigt, sodass wir noch keine Zeit hatten, über etwas zu sprechen, das so ungemein wichtig sein muss. Schon als wir klein waren, hat James immer gesagt, dass er einen Weg finden würde, die Magie zurückzubringen, und dass er sich dabei seine Intuition zunutze machen würde. Er mag zwar offiziell kein Magicalist sein, aber er hat dieselben Vorstellungen. Die Magie liegt irgendwo begraben und kann genauso gefördert werden wie Öl oder jede andere natürliche Ressource, wenn man sie findet. Und jetzt sieht es ganz so aus, als hätte er sie gefunden. Das ist gigantisch.

James zieht mich näher an sich heran. „Willst du mir etwas sagen?"

„Ich tappe im Dunkeln, nicht wahr? Wir haben uns noch nie etwas verheimlicht."

„Wenn ich dir alles erzähle, würdest du dir wünschen, dass ich es nicht getan hätte. In der Scar herrscht eine gesetzliche Meldepflicht für jedes Ereignis, das auch nur im Entferntesten mit der Magie zu tun hat, und du bist ein Cop. Mehr werde ich dazu nicht sagen." Er sieht sich in der verlassenen Straße um. „Die Entscheidung liegt bei dir, Mary. Wenn du willst, dass ich dir alles erzähle, dann tue ich das. Aber wenn ich das getan habe, kann ich es nicht mehr rückgängig machen."

Es fällt mir schwer, von James getrennt zu sein. Zur Arbeit zu gehen und nicht zu wissen, was er mit seinen Jungs treibt, was sie im Schilde führen, ob sie etwas Gefährliches vorhaben. Aber es fällt mir auch schwer, ihm nahe zu sein – in seine braunen Augen zu sehen, diese langen Wimpern, und nicht die Worte zu finden, um ihm zu sagen, dass er das Einzige ist, was mir noch geblieben ist, abgesehen von dem Traum, diese Stadt in einen Ort zu verwandeln, in dem wir beide leben können.

„Nein", sage ich. „Erzähl es mir nicht. Noch nicht. Aber ich habe noch etwas." Ich hole Mallys Armband aus meiner Tasche und drücke es James in die Hand. „Das ist Mallys. Ich dachte, vielleicht kannst du mir helfen. Mit deiner Intuition oder vielleicht mit deinem blauen Licht? Ich habe auch noch den hier." Ich ziehe den Ring von meinem Finger. „Der hat Ursula gehört. Meinst du, dass du die beiden damit vielleicht finden kannst?"

„Ich habe keine Ahnung, aber ich werde mal sehen, was ich tun kann."

Meine Gedanken wandern wieder zu Ursula. Diese Polizisten interessieren sich nicht für sie. Ich muss zu ihr nach Hause gehen, vielleicht ihre Liste finden, mit Morgana reden und mit ihrer Mutter. Ich muss sehen, was ich in ihrem Zimmer finden kann, irgendetwas, das diese dämlichen Detectives übersehen haben. Offiziell ist es mir zwar verboten, aber niemand kann mich davon abhalten, dem Haus meiner besten Freundin einen Besuch abzustatten.

„Hey", murmelt James. „Das wird schon wieder. Das Schlimmste ist, nicht zu wissen, wo sie ist. Aber ich glaube, es geht ihr gut."

„Du glaubst?"

„Ich würde es spüren, wenn nicht."

Ich würde es auch spüren. Ich weiß, dass er die Wahrheit sagt.

„Vielleicht schickt mir meine Spur ja noch einen Traum."

„Vielleicht", erwidert James und gähnt. „Wir werden sie finden."

Mit einem lauten Krächzen und unter einem Wirbel aus Federn landet Hellion auf dem Laternenpfahl neben uns.

„Was ist das?", fragt James. „Ist das Mallys Vogel?"

Ich erkenne Hellion an seinem Kragen. Er sieht mich unverwandt an und stößt ein zorniges, vorwurfsvolles Krächzen aus. „Was willst du von mir, Vogel?“

Er klappert mit dem Schnabel.

„Geh du sie doch suchen“, sage ich.

Er legt den Kopf schief.

„Ich kann sie nicht finden, also geh du.“ Das ist lächerlich, ich weiß. Dieser Vogel versteht kein Wort von dem, was ich sage. Zumindest glaube ich nicht, dass er das kann. Aber so, wie er mich gerade ansieht, bin ich mir auf einmal nicht mehr so sicher. „Finde Mally und bring sie nach Hause.“

Er stößt einen langen, lauten Schrei aus und verschwindet in die Nacht.

James stößt ein leises, ungläubiges Lachen aus. „Wenn ich es nicht besser wüsste, würde ich sagen, dass der Vogel deinen Anweisungen folgt.“

„Mach dich nicht über mich lustig! Diese Idioten aus der Midcity werden Ursula nicht finden, und so, wie es im Moment aussieht, werde ich Mally auch nicht finden. Damit stehen Hellions Chancen so gut wie die von jedem anderen auch.“

Ich erinnere mich an die Warnung des Chiefs und Bellas Aufforderung, mich zusammenzureißen. Das ist alles, was ich für meine beste Freundin tun kann, und es fühlt sich nicht mal ansatzweise wie genug an.

Alles, was ich tun kann, ist, hier auf der Motorhaube eines Autos zu sitzen und in die Dunkelheit zu starren, in der Hoffnung, dass Ursula daraus hervortreten und mit mir nach Hause kommen wird.

Als James mich am Montagmorgen abholt, um zur Schule zu fahren, steigt Smee kommentarlos auf den Rücksitz, ohne ein Wort der Klage oder sein übliches Gewinsel. Ein Beweis dafür, wie niedergeschlagen wir alle sind. Als wir die normalerweise lauten und chaotischen Korridore der Monarch High betreten, herrscht dort eine drückende Stille. Dreena trägt eine schwarze Armbinde und winkt mir niedergeschlagen zu. Stone zieht eine lose Saite aus seinem Bass. Es ist fast so, als wären Ursula und Mally zwei Naturgewalten gewesen, die uns alle mit Energie versorgt haben, mit etwas, das man ansehen oder gegen das man ankämpfen kann, und jetzt klafft ein Loch in unserer Mitte.

Es ist die reine Folter. Keine Mally. Keine Ursula. Ein unausgesprochenes Gefühl der Rastlosigkeit hängt in der Luft. Die Legacies versprühen nicht ihr übliches ausgelassenes Selbst, und die Narrows schleichen durch die Korridore, als würden sie von etwas verfolgt, bereit für einen Kampf.

In Geschichte schlurfen wir alle in unsere Gruppen, aber ohne Ursula fühlt sich der Raum irgendwie leer und zu still an. Niemand spricht mit mir, aber ich spüre ihre Blicke, besonders den von Lucas, aber nicht einmal er scheint etwas zu sagen zu haben.

„Heute …“, beginnt Mr. Iago die Stunde, als alle sich gesetzt haben, „möchte ich, dass ihr euch alle eure Laptops nehmt und die Umfrage über Inklusion ausfüllt, die ihr im virtuellen Klassenzimmer findet. Da die Monarch High in einem Viertel liegt, in dem überwiegend Legacy-Schüler wohnen, wollen die Verantwortlichen der Stadt, darunter auch Bürgermeister Triton, sicherstellen, dass die Schule einen unvoreingenommenen Bildungsansatz verfolgt.“ Er räuspert sich. „Ich wäre euch dankbar, wenn ihr euer Feedback für diesen Kurs abgebt. Es ist verpflichtend. Danach lest ihr bitte Kapitel acht und bearbeitet die Aufgabe am Ende, das ist alles für die Stunde. Ihr könnt an euren Plätzen bleiben, aber es wird keine … äh … Diskussionsrunde geben. Heute nicht.“ Er wendet sich ab und setzt sich auf seinen Stuhl, nur, um gleich wieder aufzustehen. „Ich sollte noch erwähnen, falls jemand Probleme mit den Ereignissen der letzten Zeit hat oder Gedanken an … Selbstverletzung hegt … ich habe hier ein paar Broschüren, die Dreena freundlicherweise mitgebracht hat. Ich möchte euch alle ermutigen, euch Hilfe zu suchen, falls ihr sie benötigt.“

„Wollen Sie damit etwa sagen …? Glauben Sie, dass Ursula und Mally

Selbstmord begangen haben?", fragt James aus der anderen Ecke des Raumes.

„Na ja, warum denn nicht, Crook?", entgegnet Lucas stumpf. „Ist ja nicht so, als hätten sie viel gehabt, auf das sie sich freuen können."

Smee lehnt sich nach vorn. „Gib den Befehl, Cap. Soll ich diesem Loser ein Ende setzen?"

„Nein", erwidert James, „aber eines Tages, wenn du es nicht erwartest, kriege ich dich noch für den Spruch."

Katy hebt ihre Hand, während sie sagt: „Herr Lehrer, haben Sie das gehört? Smee und James haben Lucas bedroht."

„Also, ähm …"

„Ich wollte nur sichergehen, dass Sie das mitbekommen haben." Sie wirft Lucas einen Blick zu. „Vielleicht ist es ja einer von ihnen, der die Scar Kids ausschaltet. Jemand, der sich genau vor unserer Nase versteckt."

„Leute, bitte!", ruft Mr. Iago über den Tumult hinweg, aber tatsächlich ist der Aufruhr eine Erleichterung. Ich ziehe ihn auf jeden Fall der drückenden Stille vor.

James sieht aus, als würde er sich auf das konzentrieren, was vor ihm ist, aber ich spüre, dass seine Aufmerksamkeit auf mich gerichtet ist. Höre die Fragen, die ihm durch den Kopf gehen. *Ursula würde nicht in den Miracle Lake springen, oder? Und Mally? Ursula war gestresst wegen ihrer Mom und Morgana, sicher, aber sie liebt das Leben mehr als jeder andere, den ich kenne. Sie sieht es nur anders als die meisten Leute, wie ein Spiel, das es zu gewinnen gilt. In den Miracle zu springen, wäre kein Gewinnen.*

„Es ist in den letzten Tagen so viel ruhiger in der Schule, findest du nicht auch?" Katy hat sich nach vorne gelehnt, um mit Josey zu reden, einer anderen Narrow.

Aber Josey mag uns. Sie versucht sogar, mit aufgeklebten Legacy-Zeichen als eine von uns durchzugehen. Sie zuckt mit den Schultern und versucht, sich wieder auf den Bildschirm vor ihr zu konzentrieren.

„Es ist einfach so viel angenehmer ohne einen bestimmten Jemand hier. So viel weniger trashig.“ Katy nimmt einen Schluck von was auch immer sie in ihrem weißen To-go-Becher mit sich herumschleppt. Ich würde mein ganzes Geld darauf verwetten, dass es irgendein viel zu süßer Drink ist, der einem noch Stunden später auf der Zunge klebt.

Ich würde ihr diese Zunge am liebsten aus dem Mund reißen, aber mir klingen die Warnungen vom Chief und von Dr. Tink noch in den Ohren. Keine physische Gewalt.

„Lass gut sein, Katy“, sagt Josey ohne viel Nachdruck.

„Ich will ja gar nicht fies sein, ich sage nur die Wahrheit. Es riecht einfach viel besser, jetzt, wo Ursula nicht mehr da ist. Weil sie Abschaum ist. Kapiert?“ Sie kichert.

„Das reicht“, sagt Lucas leise.

„Aber das ist sie!“

Ich kann nicht mehr. Keine weitere Sekunde, in der Katy etwas sagt, ertrage ich mehr. „Jetzt hör mir mal zu, du kleine Schlampe“, flüstere ich. „Du redest nie wieder über Ursula. Nie wieder.“

Aufgeregtes Geflüster bricht um uns herum aus.

„Wir haben hier zwei Möglichkeiten“, sagt Mr. Iago von seinem Tisch aus mit erhobener Stimme. „Wir können unsere Differenzen ausblenden und still unsere Aufgabe bearbeiten, damit unser sehr erschöpfter und emotional angeschlagener Lehrer sich erholen kann. Oder wir können nach draußen gehen und für die nächsten sechzig Minuten Runden laufen. Wofür entscheidet ihr euch?“

Katy wirft mir einen abschätzigen Blick zu. Ich starre zurück, aber wir wenden uns beide wieder der Umfrage zu.

Haben Sie das Gefühl, dass alle Fraktionen im Klassenzimmer repräsentiert werden?

Haben Sie das Gefühl, dass Sie im Klassenzimmer frei Ihre Meinung sagen können und Ihre Ansichten respektiert werden?

Haben Sie das Gefühl, die politischen Ansichten Ihres Lehrers zu kennen?

Ich habe keine Ahnung, wie ich diese Fragen beantworten soll, darum lese ich sie wieder und wieder. Was genau wird da eigentlich gefragt? Und warum?

Meine Hand fällt neben mir auf den Stuhl. Die Minuten vergehen wie im Flug, eine nach der anderen. Mit jeder verstreichenden Sekunde fällt es mir schwerer, mich zu konzentrieren. Ich gebe den Versuch auf, die Fragen zu beantworten, und höre von der anderen Seite des Raumes das Ticken von James' Krokodiluhr. *Tick.*

Tick.

Tick.

Tick.

Tick.

Ich will James sagen, dass er seine Uhr leiser stellen soll, dass sie so viel Lärm macht, dass ich nicht denken kann. Aber ich finde meine Stimme nicht. Als ich versuche, meine Hände zu bewegen, gelingt es mir nicht. Ich drehe meinen Kopf zu James. Es fühlt sich an wie eine Million Jahre. Jeder Millimeter verwandelt sich in einen zwar leichten, aber unendlichen Aufwand, als wäre mein Kopf ein unhandlicher Ballon, der nur schwer zu kontrollieren ist, weil er mir jederzeit von den Schultern fallen könnte.

James versucht, mir etwas zu sagen, aber aus seinem Mund kommt nur ein lang gezogenes Flüstern. Seine Worte klingen irgendwie falsch. Ich kann nicht einmal ausmachen, welche Sprache er spricht. Irgendetwas geht hier vor. Meine Arme kribbeln, aber ich kann sie nicht bewegen.

Irgendwo neben mir ertönt ein Summen. Es zieht mich an. Unter enormem Kraftaufwand versuche ich, meinen Kopf wieder gerade zu richten.

Mally Saint sitzt auf dem Platz, wo vor ein paar Minuten noch Katy gesessen hat. Sie ist so majestätisch wie eh und je, die schmalen Schultern stolz nach hinten gereckt, ihr Haar trennt eine Wange in Licht und Schatten. Sie wirkt, als hätte sie ein wenig Gewicht verloren, ihr Gesicht ist noch hagerer geworden. Als unsere Blicke sich treffen, wird sie für den Bruchteil einer Sekunde still wie eine Statue. Sie ist furchteinflößend und wirft einen Schatten über das Klassenzimmer. Dann beginnt sie wieder zu summen, und dieses Mal vibriert der ganze Raum, sodass die Möbel erbeben. Ich kann sie nur anstarren. Ich höre nichts außer der Melodie, die sie summt.

Plötzlich hört sie auf. Niemand sieht uns an. Es ist, als wären wir überhaupt nicht hier.

Mally nickt mit dem Kopf in James' Richtung. „Du solltest ihn besser im Auge behalten", sagt sie.

Ich versuche zu sprechen, aber kein Wort kommt über meine Lippen. Ich will nicht, dass sie ihn ansieht. Ihre Nägel sind länger als in meiner Erinnerung, tiefrot lackiert, und sie tippt mit ihnen auf die Tischplatte, einem nach dem anderen.

„Das ist gar nicht so schlecht, wie ich dachte." Sie lehnt sich gegen den Tisch zurück. „Es tut immer noch weh hierherzukommen, aber das Leben besteht ohnehin nur aus Schmerz, nicht wahr?"

Ich muss mit ihr reden, aber ich bin stumm. Ich möchte vor Frust aufschreien.

Sie lehnt sich über meinen Tisch zu mir, nahe genug, dass sie mir ins Ohr flüstern kann. „Als ich meine Wahl zwischen meinem Kopf und meinem Herzen getroffen habe, war es ganz leicht. Wer will schon fühlen? Und dann haben sie es genommen. Sie haben es genommen. Ein. Fach. So."

Sie sticht mir ihren Finger in die Brust, genau wie das letzte Mal, als ich von ihr geträumt habe, schneidet mir durch die Haut. Aber dann wandert ihr Blick über meinen Kopf hinweg, und sie zieht den Finger zurück.

„Nein", sagt sie.

Ich habe Mally noch nie zuvor verängstigt gesehen. Ich will sehen, was ihr solche Angst einjagt, und wünschte, ich könnte meinen Kopf drehen.

„Lass mich in Ruhe!“ Ihre Augen schnellen wieder zu mir, und sie beginnt, in rasendem Tempo zu sprechen. „Ursula ist entkommen. Sie ist an den einzigen Ort gegangen, wo sie nicht an sie herankommen. Du musst ihr sagen, dass sie zurückkommen muss. Sie muss zurückkommen, oder sie werden …“ Und dann, als ob eine riesige, unsichtbare Hand sie gepackt hat, wird Mally von dem Stuhl gerissen. Sie klatscht gegen den Plastiksitz, schlägt auf dem Boden auf und wird davongeschleift. Ihr Kopf rollt zur Seite, ihre Augen sind offen und blicklos. Sie wird aus dem Klassenzimmer gezerrt und zieht eine klebrige Spur aus blauem Blut hinter sich her.

In diesem Moment finde ich meine Stimme und schreie.

Ich liege auf dem Boden und höre noch das letzte Echo meiner eigenen Stimme.

„Geht es dir gut?“ James beugt sich über mich, eine Hand unter meinem Nacken und ein Ausdruck schierer Panik im Gesicht. „Mary, geht es dir gut? Sag etwas.“

„Mally“, stoße ich unter Keuchen hervor.

„Miss Heart“, sagt Mr. Iago. „Lucas, hol die Krankenschwester.“

„Als ob …“, schnaubt Lucas.

„Wie viele Finger halte ich hoch?“, fragt James und wirft Lucas einen so mörderischen Blick zu, dass ich ihn selbst durch meine Benommenheit wahrnehme.

„Zwei Finger“, antworte ich. „Was ist passiert?“

„Ich glaube, du bist eingeschlafen. Ich weiß nicht. Es sah aus, als würdest du wegnicken, darum habe ich versucht, dir zu sagen, dass du aufwachen sollst. Dann hast du angefangen zu schreien.“

„Mally Saint“, flüstere ich. „Sie war hier.“

„Nein, Mary Elizabeth“, erwidert Mr. Iago. „Ich kann dir versichern, dass wir das bemerkt hätten. Bedauerlicherweise war Mally nicht hier.“

„Ich glaube, sie hat geträumt“, sagt James.

„Ja, ich habe geträumt und Mally gesehen."

James weiß, dass sich meine Spur in Träumen zeigt. Er nickt mir kaum merklich zu, um mir zu bedeuten, dass er verstanden hat, aber er sagt nichts weiter.

Ich rappele mich auf, muss mich aber sofort wieder auf meinen Stuhl fallen lassen, weil sich vor meinen Augen alles dreht. „Ich muss gehen."

„Hey, warte mal", wirft James ein. „Du musst dich untersuchen lassen. Du hast dir bei deinem Sturz den Kopf gestoßen."

„Ich muss irgendetwas unternehmen. Ich kann hier nicht rumsitzen und Umfragen ausfüllen. Sie hat gesagt" – ich versuche, meine Stimme zu senken –, „dass Ursula entkommen ist. Was hat das zu bedeuten?"

„Verrückt", sagt Katy.

James sieht sich um. Alle hören uns zu. „Ich bringe sie nach Hause", erklärt er. „Sie braucht Schlaf. Sie muss sich ausruhen."

„Nein, unmöglich", widerspricht Mr. Iago und hebt eine Hand. „Ein Erwachsener muss sie abmelden."

„Ich muss jetzt los. Sie müssen mich gehen lassen. Jede Minute …" Ich verschlucke mich beinahe an meiner eigenen Zunge und zwinge mich auf die Beine. „Jede Minute, in der ich nichts unternehme, ist eine Minute, in der jemand ihren Schülern etwas antun könnte. Ich habe mein Praktikum in Midcity. Sie können meine Tante anrufen. Sie wird Ihnen bestätigen, dass es in Ordnung ist. Aber ich muss auf der Stelle los."

Ich versuche, mich zu beruhigen, und komme langsam auf die Füße.

Die Leute mögen ruhige Menschen. Ruhige Menschen bekommen, was sie wollen.

„Jede Minute zählt", sage ich und sehe Mr. Iago dabei so ruhig und ernst an, wie ich kann.

Er seufzt lautstark und wedelt mit der Hand.

Ich hetze los, James ist mir direkt auf den Fersen.

„James, du darfst dieses Klassenzimmer nicht verlassen", sagt Mr. Iago.

„Ich bin ihre Mitfahrgelegenheit“, behauptet James, nur Zentimeter hinter mir.

„James“, ruft Mr. Iago. „James!“

Als wir den Parkplatz erreichen, springt der Motor röhrend an. James rast mit quietschenden Reifen los.

„Dafür wirst du Ärger bekommen“, sage ich.

„Ich bekomme ständig Ärger“, erwidert er. „Erzähl mir was Neues.“

Ich muss daran denken, wie Detective Colman von James gesprochen hat, als wäre sein Name ein Schandfleck auf meinem eigenen. Und daran, wie James schon als kleiner Junge nie die Chance hatte, zu sein, wer er ist, und an seinen eigenen Taten gemessen zu werden. Der Sohn eines Drogenbarons und Mörders und die Tochter von Mordopfern geben ein seltsames Paar ab, aber eben auch ein perfektes. Wir helfen einander, uns weniger zerbrochen zu fühlen.

Als wir ein paar Straßen weiter sind, schreibe ich Bella. Sie schreibt mir sofort zurück, als hätte sie, mit den Fingern auf den Tasten, nur auf meine Nachricht gewartet. Wir verabreden, uns in Ursulas Nachbarschaft zu treffen.

„Kannst du mich zu Ursulas Block fahren?“

„Klar.“ Er schielt auf mein Handy. „Stellst du mich endlich deiner Partnerin vor?“

„Ich nehme an, jetzt ist auch kein schlechterer Zeitpunkt als jeder andere. Ich muss dich aber warnen … sie ist ein bisschen anstrengend.“

„Ich mag anstrengend. Du bist anstrengend.“

„Jaaa, aber sie ist eher so Dreena-anstrengend.“

„Kann's kaum erwarten“, sagt er und nimmt eine enge Kurve in Richtung Lagerhäuser.

Ich starre aus dem Fenster auf die ausgeblichenen pastellfarbenen Gebäude. Neben der Straße führen ein paar Hardcore-Legacies einen Rottweiler spazieren, einer von ihnen hat sich LOYALTY quer über den nackten Rücken tätowieren lassen. Ein alter Mann mit einem Fischerhut auf dem Kopf nimmt sich von dem Stand gleich neben dem Auto eine Zeitung, dann sucht er sich noch eine Handvoll dunkelroter Äpfel und ein paar Glitzerrosen aus und verstaut alles in einer Einkaufstasche. Einige Jungs fahren Skateboard, Musikanten stehen an der Straßenecke, ein Pantomime, von Kopf bis Fuß in Gold angemalt, sodass er wie eine Statue aussieht. Ich liebe diesen Ort, selbst ohne Magie. Ich *liebe* ihn, und ich werde nicht tatenlos herumstehen und zusehen, wie er zerstört wird.

Als wir von dem dichten Verkehr aus Taxis ausgebremst werden, beobachte ich die Leute, die an einer Haltestelle auf den nächsten Bus warten. Auf dem Laternenpfahl daneben werben Flyer für ein Meeting der Anonymen Magier. „Gemeinschaft sucht Kraft, um den Tod zu akzeptieren. Nichts wird so werden, wie es war“, steht darauf geschrieben, „aber wir können die Schritte gemeinsam abarbeiten und uns den Tatsachen stellen. Ein Tag nach dem anderen.“

Bella läuft in einer karierten High-Waist-Hose, Halbschuhen und weißem Button-down-Shirt in unsere Richtung. Ihre Haare stecken wieder in diesem perfekten unordentlichen Dutt.

„Fahr hier rechts ran“, sage ich. „Das ist sie.“

James fährt direkt neben ihr an den Rand, und ihre Hand schnellt automatisch zu dem Holster an ihrer Hüfte. James kann ziemlich einschüchternd wirken. Er ist von Kopf bis Fuß mit Tattoos bedeckt, und seine Muskeln sind steinhart. James ist nicht unbedingt groß, aber drahtig und unbestreitbar stark. Ich habe noch nie ernsthaft darüber nachgedacht, aber er sieht schon aus wie das klassische Bild eines Gangsters.

Bella lässt ihre Hand sinken, als ihr Blick auf mich fällt. Ich steige aus dem Auto aus, kaum, dass James angehalten hat, und er folgt mir auf dem Fuß. Während die zwei sich gegenseitig mustern, wird mir klar, dass hier meine beiden Welten aufeinanderprallen.

„Schön, dich kennenzulernen", sagt er. „Ich bin James."

„Bella. Mein Name … ist Bella."

Es entsteht eine unangenehme Pause.

„Okay, Spaß beiseite." Ich schaue zwischen den beiden hin und her. „Komm schon, Bella. Zeit für einen Kaffee."

DREIZEHN

BELLA VERLIERT NICHT EIN WORT ÜBER JAMES, ABER ICH kann ihr ansehen, was sie denkt. Ich mag vielleicht jeden Tag dasselbe schwarze T-Shirt und Jeans anziehen, mein Haar in einem Dutt tragen und mir großen, Scar-mäßigen Schmuck an die Finger stecken, aber ich passe genauso gut in die Randbezirke der Midcity, wie ich hier mit der Masse verschmelze. Aber James lässt keinen Zweifel daran, wo er herkommt oder wo er auf der großen Skala von Monarch zu finden ist. Um die anfängliche Befangenheit abzuschütteln, fange ich an, über Mally zu reden – darüber, was wir bereits wissen und was nicht.

Bella wirft mir einen erleichterten Blick zu und ist dankbar für den Themenwechsel. Es ist nicht viel. Wir warten noch auf die Videoaufnahmen von dem Abend, an dem Mally verschwunden ist. Es dürfte eigentlich nicht schwieriger sein, als die Zeiten in das Überwachungssystem einzutippen, aber wir stehen ganz am Ende einer sehr langen Warteschlange. Offiziell wird Mally immer noch als freiwillige Vermisstenanzeige geführt, und da wir Ursulas Fall nicht bearbeiten dürfen, haben wir keine Chance, auf der Prioritätenliste weiter nach oben zu rutschen. Uns gehen langsam die Ideen aus, was wir noch unternehmen können, darum entscheiden wir uns, in die Bücherei zu gehen. Vielleicht gibt Mallys

Ausleihverzeichnis uns einen Hinweis. In der Zwischenzeit durchstreifen wir auf unserem Weg noch einmal die Nachbarschaft, um herauszufinden, ob Mally irgendetwas am Laufen hatte, von dem wir nichts wissen.

Stone gammelt an der Ecke von Wonder und Vine herum, einen Drink in der Hand. „Was geht?“, fragt er, als er mich sieht. Er hat seinen Bass nicht dabei, aber er passt hier auch so gut in die Umgebung: grüblerisch, mit dunklen Ringen unter den Augen. Er lehnt sich vor, um Bellas Hand zu schütteln. „Sind Sie ’n Cop?“

„Detective“, erwidert sie.

„Bist du verhaftet?“, fragt er mich.

„Nein. Ich arbeite für die Cops.“

Stone nickt. „Stimmt, stimmt, hab ich ganz vergessen. Nun, Miss Officer Ma’am, ich leiste hier meinen Teil. Ich halte die Augen offen.“

„Die Scar kann sich glücklich schätzen, dich zu haben, Stone.“

„Ich hab gedacht, wenn Ursulas Kidnapper hier vorbeikommt und irgendwelche Mätzchen versucht, kann ich ihn mit meinem Skateboard ausknocken. Zack. Einfach über den Schädel.“

„Klingt nach ’nem Plan.“

„Na ja, Ursula hat mir mal ’nen Ort besorgt, wo ich pennen konnte, als es mit meinen Eltern grade nicht so gut lief, weißt du? Sie war echt cool.“

Meine Augen brennen. Ich wünschte, diese Midcity-Detectives könnten jetzt hier sein und etwas Gutes über Ursula hören anstelle der ganzen Gerüchte. Natürlich würden sie es wahrscheinlich sowieso nicht glauben, wenn es von Stone kommt. „Danke, dass du die Augen offen hältst.“

„Legacy Loyalty“, sagt er.

„Legacy Loyalty“, wiederhole ich.

Wir betreten ein Diner und holen uns einen Kaffee. Bella lächelt, als ich ihren mit Milch und Zucker bestelle.

„Du hast es dir gemerkt“, sagt sie.

„Ursulas Apartment liegt nur einen Block von hier. Ist es in Ordnung, wenn wir auf dem Weg zur Bücherei einmal kurz vorbeischauen?“, frage ich, nachdem wir uns eine Minute gegönnt haben, um unseren Kaffee zu genießen.

„Ähm … nein“, erwidert Bella. „Auf gar keinen Fall. Ich kann nicht fassen, dass du mich überhaupt bittest, so etwas zu tun, nachdem der Chief es ausdrücklich verboten hat.“ Sie wirft mir einen Blick zu, stößt ein genervtes Seufzen aus und beginnt, in dem Gang mit den Süßigkeiten auf und ab zu gehen. „Bella, sie ist ein Kind“, murmelt sie zu sich selbst. „Du kannst nicht erwarten, dass sie die Bedeutung von Regeln versteht. Es ist nicht ihre Marke, die hier auf dem Spiel steht. Sie hat noch nicht einmal eine richtige Marke, die sie aufs Spiel setzen könnte, wie kannst du also erwarten, dass sie sich der Schwere der Situation bewusst ist?“

Ich könnte schreien. Ich möchte um mich treten und schreien. Ich verlange ja gar nicht, dass sie ihr eigenes Leben gegen die Wand fährt, ich will nur vorbeischauen und nach Ursulas Mom sehen und vielleicht einen Blick in Ursulas Zimmer werfen. Ich bin drauf und dran, ihr zu sagen, dass sie kein Recht hat, mich wie ein Kind zu behandeln, als mir wieder einfällt, was Dr. Tink darüber gesagt hat, sanft und verletzlich zu sein.

„Die Wahrheit ist“, sage ich, „dass ich mich bis jetzt noch nicht dazu durchringen konnte, zu Ursula nach Hause zu gehen. Ich konnte ihrer Mom nicht unter die Augen treten oder ihrer Schwester. Ich war ein Feigling. Die Vorstellung, in ihr Zimmer zu gehen, und sie ist nicht da … ist schrecklich. Aber ich glaube, wenn du dabei bist, dann wäre es weniger …“

„Weniger unangenehm“, beendet Bella meinen Satz.

„Ja, vielleicht oder weniger emotional oder so. Wenn ich Ursulas Mom ganz allein aufrecht halten muss, dann schaffe ich das nicht.“ Ich bin überrascht von meinen eigenen Worten, denn ich habe etwas von mir preisgegeben, und es fühlt sich wahr an. Darum wollte ich auch nicht mit James dorthin gehen. Er ist genauso emotional wie ich.

„Na schön. Schön!", sagt sie. „Aber nur rein und wieder raus, verstanden?"

„Verstanden! Absolut."

Als wir die Türen zur Lobby aufdrücken, werde ich von einer Flut unzusammenhängender Gedanken überrollt. Hier habe ich einen Großteil meiner Zeit verbracht, abgesehen von meinem eigenen Apartment. Ursula und ich sind überall in diesem Haus. Aufgetakelt für eine Mitternachtsaufführung der *Rocky Horror Picture Show.* Erinnerungen an Ursula in Netzstrumpfhose und riesigen schwarzen Stiefeln, wie sie im Foyer einen Anruf tätigt. Ich, wie ich Rotz und Wasser heule, als James und ich uns zum allerersten Mal gestritten haben und Ursula sich zu mir hinuntergebeugt und mir sagt, ich solle mich zusammenreißen und gehen wie eine Königin. *Kopf hoch*, sagte sie. *Zeig nie jemandem deinen hängenden Kopf.*

„Alles okay?", fragt Bella. „Du bist leichenblass."

Ursulas Gebäudekomplex war früher schick, aber in den letzten zehn Jahren ist er ziemlich heruntergekommen. Der Fahrstuhl funktioniert nicht mehr, und das Wandgemälde mit den Flamingos und dem Ozean ist zu verschwommenen Pink- und Blautönen verblasst. Wir gehen einen kurzen Flur hinunter, bis wir vor Ursulas Tür zum Stehen kommen. Ich zögere.

„Bist du bereit?" Bella hat die Augenbrauen zusammengezogen.

„Eine Minute."

Bella lehnt sich gegen die Wand. „Ihr seid also schon lange befreundet?"

„Seit der ersten Klasse. Ich habe die Schule gewechselt, nachdem meine Familie gestorben ist, und ich musste bei Gia einziehen. Manche der anderen Kids kannten sich schon, seit sie zwei Jahre alt waren. Aber Ursula ist direkt auf mich zugekommen, hat mir einen orangefarbenen Filzstift in die Hand gedrückt und mir gesagt, ich solle mitkommen und mit ihr malen. Und das habe ich gemacht."

„Und jetzt wird sie vermisst, und du musst nach ihrer Mom und ihrer kleinen Schwester sehen."

„Genau."

„Und das fällt dir nicht leicht, weil du das Gefühl hast, dass es deine Schuld ist."

Dieser Gedanke verdrängt alles andere. „Tue ich das?"

„Na ja, ich weiß nicht, warum du dich sonst so unwohl fühlen solltest bei dem Gedanken, ihre Mutter und Schwester zu sehen. Sie haben wahrscheinlich schon darauf gewartet, dass du vorbeikommst. Also musst du dich wegen irgendetwas schuldig fühlen."

Ich sehe meine Partnerin an, und zum ersten Mal bin ich nicht genervt oder irritiert von ihr. Ich bin ihr einfach nur dankbar. Ich wünschte, ich könnte ihr das sagen, aber als ich den Mund aufmache, sage ich stattdessen: „Du bist ganz schön aufmerksam, weißt du das?"

„Danke, Mary Elizabeth", sagt sie und errötet.

Natürlich fühle ich mich schuldig wegen Ursulas Verschwinden, und die Wahrheit ist, das sollte ich auch. Ich war so auf mich selbst bedacht, dass ich nicht genug darauf geachtet habe, was um mich herum geschehen ist. Und ich will mir das zwar nicht eingestehen, aber es stimmt, dass Ursula sich Feinde gemacht hat. Sie hat zu viele Leute mit ihren Deals und Drohungen verärgert.

„Bereit?", fragt Bella.

„Ja, ich glaube schon."

Bella klopft an die Tür und weicht dann einen Schritt zurück, sodass ich vorne stehe.

„Mary Elizabeth?" Morgana öffnet die Tür einen Spalt breit. Hinter ihr ziehen Ursulas gigantische Tigerkatzen Kreise durch das Wohnzimmer. „Wir haben uns schon gefragt, wo du steckst!"

Das Gewicht und die Intensität der Verantwortung, die augenblicklich auf mich hinabstürzt, machen mich noch tausendmal bekümmerter als vorhin, als ich durch die Eingangstüren gekommen bin, besonders, als ich sehe, dass Morgana ausgemergelter aussieht als gewöhnlich. Sie stößt die

Tür zum Apartment auf, stürzt auf mich zu und schlingt die Arme um meine Taille. Sie fühlt sich an, als würde ich einen Stock umklammern.

„Morgie", sage ich, „bist du in Ordnung?"

Ursulas Mom ist eine schwache Frau und kümmert sich wahrscheinlich überhaupt nicht um Morgana. So, wie ich sie kenne, liegt sie bestimmt im Bett und ist krank, so wie immer, wenn sie sich auch nur mit der kleinsten Menge Stress konfrontiert sieht. Morganas Beine gucken unter einem langen weißen Hemd heraus, und sie hat einen schwarzen Mantel übergezogen, der ihr viel zu groß ist und bei jeder Bewegung laut knistert. Ihre Füße sind nackt und ihre Zehen blau, und in der Wohnung flimmert der Fernseher an der Wand, während die Katzen sich auf der Fußmatte niedergelassen haben und mich von dort aus kritisch beobachten.

„Bist du allein?" Bella tritt einen Schritt vor.

Morgana beäugt sie misstrauisch. „'türlich nicht", sagt sie. „Ma schläft grade. Und überhaupt, ich bin schon elf. Ich kann allein zu Hause sein."

Ich lege ihr eine Hand auf die Schulter. „So war das nicht gemeint. Sie hat bloß gefragt."

„Ich habe *quasi* bloß gefragt. Wann hast du das letzte Mal etwas Anständiges gegessen?"

Morgana zuckt mit den Schultern. „Ma ist zu Hause, aber es geht ihr nicht so gut."

„Das tut mir leid, Morgie. Ich verspreche, dass wir deine Mom nicht stören werden, wenn wir uns ein bisschen umschauen dürfen." Ich versuche es mit einem beruhigenden Tätscheln.

Sie lässt uns vorbei, dann tritt sie selbst über die Schwelle und lässt die Tür hinter sich zufallen, sodass wir zusammen mit dem vertrauten Geruch nach Schimmel, Katzen und Kaffee in der Wohnung stehen.

„Die Polizei hat gesagt, dass sie absichtlich verschwunden ist." Morgana stöbert in einem Wandschrank herum. Er ist fast völlig leer. „Wollt ihr einen Tee?"

Bella hält ihren Kaffeebecher hoch. „Wir sind versorgt, aber danke."

„Sie würde dich nie einfach so verlassen", sage ich. „Das weißt du doch, oder? Deine Schwester würde dich nie absichtlich verlassen."

„Ich weiß. Das hat sie immer zu mir gesagt", erwidert Morgie, schließt den Schrank und kommt wieder zu uns.

„Darf ich in ihr Zimmer gehen?", frage ich und fühle mich plötzlich verlegen, wie eine Fremde, obwohl ich schon so viel Zeit hier verbracht habe. Es ist jetzt zwei Jahre her, dass sie ihren Vater verloren haben, aber in diesem Moment fühlt sich das Apartment wie ein Vorbote des Unheils an.

Morgana nimmt mich bei der Hand und führt mich den kurzen Flur entlang. Hinter der geschlossenen Tür ihrer Mutter stöhnt ein Heizgerät, und ich bin froh, daran vorbeizugehen, ohne hineinzuschauen. Selbst bei dem perfekten Wetter draußen ist dieses Apartment immer kalt und fühlt sich feucht an.

Bella folgt mir in Ursulas gewöhnliches Chaos. Jeder Zentimeter Wand ist von Postern bedeckt: ihre Lieblingsbands, #LegacyLoyalty-Flaggen, Filmstars und die Cover von Comics und Bilder von uns allen zusammen. Ihr Kleiderschrank ist gerammelt voll mit Federboas, Tiaras, Leder, Spitze, Latex, Glitzer, Pailletten, Schlangenlederstiefeln und Einhorn-Onesies, schwarzen, glänzenden Handschuhen und Reihen über Reihen klobiger High Heels.

„Wow", haucht Bella.

„Das ist mein Mädchen", sage ich.

Das ganze Zimmer riecht nach ihrem Parfüm, Rose and Seasalt. Und dann sind da natürlich noch ihr Plattenspieler und ihre Musiksammlung in Kisten entlang der Wand.

Ich kann nicht hier sein. Es tut zu weh.

Bella taucht in Ursulas Kleiderschrank ab, und Morgana zupft mich am Ärmel. „Komm mal kurz", flüstert sie.

Ich lasse Bella zurück und folge Morgie.

„Kann ich dir etwas verraten, Mary?"

„Natürlich", sage ich.

Sie zögert. „Versprichst du, dass du es nicht Ma oder irgendwem anders erzählst?"

„Sicher. Versprochen!"

„Weil, ich will nicht, dass irgendjemand sauer wird."

„Okay."

Morgana zieht mich zurück ins Wohnzimmer, so weit weg, dass weder Bella noch ihre Mutter uns hören können.

„Ursula. Sie war letzte Nacht hier."

Mir entfährt ein Lachen, bevor ich überhaupt registriert habe, was sie da sagt. Dann packe ich sie am Ellbogen. „Was? Wie meinst du das? Erzähl es mir", sage ich. „Wovon redest du da?"

Die Katzen Flotsam und Jetsam schlängeln sich an uns vorbei.

„Sie hat mir Wasser in meinem Zimmer dagelassen, darum weiß ich, dass sie es war", sagt Morgana. „Ich hab sie aber nicht gesehen. Als ich aufgewacht bin, war sie schon weg. Glaubst du, sie war real?"

Ich muss an meine Träume von Mally Saint denken, an den Traum, den ich erst heute Morgen hatte, das klatschende Geräusch, mit dem ihr Körper auf dem Boden aufgeschlagen ist, und das grässliche Quietschen, als sie über das glänzende gewachste Linoleum geschleift wurde. Dann fällt mir wieder ein, was sie gesagt hat. Dass Ursula entkommen ist und alle in Gefahr gebracht hat.

„Ich glaube, wir können uns bei fast allem einbilden, dass es real ist, wenn wir es uns so sehr wünschen", erwidere ich behutsam. „Aber ich weiß es nicht. Vielleicht."

Flotsam miaut leise, als Bella zurück ins Wohnzimmer kommt. Sie bedeutet mir mit einem Blick, dass es an der Zeit ist zu gehen.

„Ich werde sie finden und zu dir zurückbringen", sage ich zu Morgana.

Morgana hält uns die Tür auf, dann umarmt sie mich fest. „Ich hoffe, du schaffst es", murmelt sie, „weil wir sie echt vermissen."

Sie schlüpft davon, scheucht die Katzen zurück in das klamme Apartment.

Als die Tür ins Schloss gefallen ist, streicht Bella mir über den Rücken, und dieses Mal lasse ich es zu. „Wir bringen ihnen nachher ein paar Lebensmittel vorbei. Sie kommt schon klar."

„Ihre Mutter hat sich von dem Fall nicht mehr erholt. Damals haben Ursula und Morgana ihren Vater verloren."

Bellas Gesichtsausdruck gibt nichts preis. „Und jetzt haben sie Ursula verloren."

„Ganz genau."

„Niemand hat noch Eltern", sagt sie.

„Was ist mit dir?", frage ich. „Hast du Eltern?"

Bella tut so, als hätte sie mich nicht gehört. „Mach dich mal nützlich", sagt sie und ignoriert meine Frage. „Deine ganzen Scar-Kontakte müssen doch irgendetwas bringen. Was ist mit dem Wonderland? Gibt es da etwas Neues?"

Während Bella voranstiefelt, nehme ich einen tiefen Atemzug vergleichsweise frischer Luft.

„Ablenkung ist ein Verteidigungsmechanismus!", rufe ich ihr hinterher. „Denk bloß nicht, dass es mir nicht auffällt, dass du nie etwas Persönliches von dir erzählst!"

„Ich habe keine Ahnung, wovon du redest!", ruft sie über die Schulter.

„Es könnte viel schlimmer sein, weißt du! Du könntest auch mit Tony auf Streife gehen."

Sie hält abrupt inne und dreht sich mit einem unerwarteten Lächeln auf dem Gesicht zu mir um. „Mary Elizabeth, pass bloß auf, sonst fange ich noch an, dich wirklich zu mögen." Sie wartet, bis ich bei ihr bin, dann zieht sie etwas aus der Tasche. „Und sieh mal, was ich gefunden habe."

Es ist ein Wegwerfhandy, ein kleines schwarzes Klapphandy. Ich habe Ursula schon ein paar Mal damit gesehen, hatte aber vollkommen vergessen, dass es existiert. „Wo hast du das her?", frage ich.

„In Ursulas Kleiderschrank gibt es ein verstecktes Fach hinten an der Wand. Wusstest du das nicht?"

Ich schüttele den Kopf. Ich habe mich immer aus Ursulas Geheimnissen herausgehalten. Das war ein Teil von ihr, den sie mir nie komplett gezeigt hat.

„Das hier war auch da drin." Sie hält ein Notizbuch voller Kritzeleien hoch.

„Dann sollten wir das alles wohl an Colman und Mahony übergeben, oder? Tun, was der Chief verlangt hat, und uns an das Gesetz halten."

Sie hebt eine Augenbraue. „Na, selbstverständlich sollten wir das."

Mir rutscht das Herz in die Hose. „Oh. Okay."

„Nachdem wir dieses Handy aufgeladen und herausgefunden haben, was drauf ist!"

„Oh!" Ich falle ihr um den Hals. „Du bist ein Genie! Ein nerviges, hyperaktives Genie! Danke!" Zum ersten Mal, seit Mally verschwunden ist, verspüre ich so etwas wie Hoffnung und – wo ich so darüber nachdenke – eigentlich auch zum ersten Mal überhaupt in meinem Leben.

„Meine liebe Mary Elizabeth", sagt sie und lässt das Handy wieder in ihrer Tasche verschwinden, „das ist das schönste Kompliment, das ich je bekommen habe."

VIERZEHN

IN EINEM DIESER LÄDEN, DIE HANDYZUBEHÖR VERKAUFEN, stöbern Bella und ich ein Ladegerät auf, und wir beobachten das Handy mit Argusaugen wie ein schlafendes Baby, während wir darauf warten, dass es aufwacht. Als das Display angeht, sind wir begeistert, beschwingt, aber dann stellt sich heraus, dass das blöde geheime Handy ein blödes geheimes Passwort hat. Wir verbringen den ganzen Tag mit dem Versuch, es zu erraten, und scheitern kläglich. Irgendwann zwingt Bella mich, nach Hause zu gehen und mich auszuruhen. Sie verspricht mir, mich auf der Stelle anzurufen, falls sie es herausfindet. Und versichert mir mit niedlicher, selbstgefälliger Gewissheit, dass sie sehr gut darin ist, sich in Dinge einzuhacken.

Aber irgendetwas fühlt sich nicht richtig an, und sosehr ich auch versuche, diese Ahnung zu unterdrücken, es will mir einfach nicht gelingen. Dass ich Ursulas Passwort nicht errate, obwohl ich jede Kombination aus vier Buchstaben oder Zahlen ausprobiert habe, von der ich glaube, dass sie ihr etwas bedeuten könnte, deprimiert mich. Es führt mir einmal mehr vor Augen, dass es eine ganze Menge gibt, was ich nicht über Ursula weiß, dabei ist sie doch meine beste Freundin. Vielleicht hat sie ja einen geheimen Freund oder eine geheime Katze oder, was weiß ich, eine geheime Jacht.

Vielleicht bedeutet es aber auch bloß, dass ich niemanden wirklich kenne, und dieser Gedanke bringt mich auf gefährliches Terrain, das ich überhaupt nicht leiden kann. Ich sitze auf den Stufen unter der Flagge von Monarch, die gleich neben der Flagge der Vereinigten Staaten hängt, und kann mich nicht bewegen, während sich die Leute um mich herum gegen die Kälte fester in ihre Mäntel wickeln und mit raschen Schritten von einem Ort an den nächsten eilen. Ich sitze wie angefroren auf den Stufen zum Polizeirevier und habe keine Ahnung, wohin ich gehen soll.

Ich kann nicht zurück nach oben, weil Bella mich dann rausschmeißt, und wenn sie es nicht tut, dann eben Mona oder irgendjemand anderes. Die Nächte im Wonderland drehen sich nur um James und Urs und mich, die darum kämpfen, wer den ersten Platz beim Pinball holt. Sie drehen sich darum, zu Stones Band zu tanzen, um James und Smee, die sich in irgendwelche Ecken verkrümeln, und um Dally, der in seinem weißen Anzug und mit seiner glitzernden rosafarbenen Brille hinter der Bar die Zügel in der Hand hält. Sie drehen sich darum, dass wir alle zusammen sind. Ich kann dort nicht hingehen und all diese Dinge ohne Ursula unternehmen, denn das hieße zu akzeptieren, dass das Leben einfach weitergeht, und es darf nicht ohne sie weitergehen, denn das werde ich nicht zulassen.

Also werde ich nirgendwo hingehen, wie ich James in absolut vernünftigem Tonfall erkläre, bis irgendjemand mir eine akzeptable Alternative aufzeigt. James sagt mir, dass ich bleiben soll, wo ich bin. Anschließend höre ich, wie er und Smee sich darüber streiten, dass Smee immer den Kürzeren zieht, wenn es um mich geht. James droht, Smee auf die Straße zu setzen, sagt mir, dass er mich liebt und dass er bald bei mir ist. Danach ist er fort, und ich halte mein Handy und beobachte weiter die Passanten, wie sie hierhin und dorthin gehen. Ich stelle mir vor, dass sie ein Zuhause haben, in das sie zurückkehren können, und Menschen, die sie lieben, und beste Freunde und dass ihre Leben sich nicht wie ein Puzzle anfühlen, bei dem ein Stück nach dem anderen verloren geht, bis das Bild keinen Sinn mehr ergibt.

James fährt dreißig Minuten später allein vor dem Revier vor und parkt in zweiter Reihe direkt neben einem Polizeiauto. James kann die Midcity nicht ausstehen, aber hier ist er, und er führt mich wortlos von den Stufen in sein Auto. Schweigend fahren wir zurück in die Scar. Vor den Fenstern wechselt das Wetter von dunkel und stürmisch zu einem lauen Sommerabend.

Als wir in der flachen Sicherheit der Scar ankommen mit ihren langen Boulevards und sanft wiegenden Palmen, sage ich: „Ich will nicht nach Hause oder ins Wonderland."

„Ich dachte, wir machen einen Spaziergang um den See", sagt er, eine Hand locker auf dem Lenkrad, so entspannt, als würde das Auto von alleine fahren. So ist es immer mit James. So einfach, so entspannt, aber unter der Oberfläche verbirgt sich ein Kämpfer, bereit zum Sprung.

„Am See?"

„Ja", sagt er. „Während du beschäftigt warst, bin ich auch nicht untätig gewesen. Ich hab so eine Sache mit Ursulas Ring gemacht."

„Eine Sache?"

„Ja", sagt er. „Du hast mich gebeten, etwas zu tun, und das habe ich. Und während ich diese Sache gemacht habe, hatte ich eine Vision oder so … von dem See."

„Eine Vision?"

„Besser kann ich es nicht erklären, Mary. Ich hatte Ursulas Ring, ich habe den See gesehen." Er trommelt mit den Fingern auf dem Lenkrad, das einzige Anzeichen von Nervosität. „Du kannst davon halten, was du willst."

Ich beobachte die Straßen vor dem Fenster, während wir uns langsam meinem Apartment nähern. Obwohl James direkt neben mir sitzt, fühlt es sich an, als wäre er meilenweit entfernt. Es ist ein ekelhaftes Gefühl.

Vielleicht bilde ich es mir auch nur ein. Es ist ja nicht so, als wäre er nicht für mich da.

Aber jeder hat diese winzigen Teile von sich, die er versteckt hält, privat oder vielleicht auch zu empfindlich, um sie zu zeigen. Oder vielleicht zu beängstigend.

„Ich weiß ihr Passwort nicht." Mit diesem Geständnis offenbare ich ihm eines dieser beängstigenden Teile, dass ich nämlich womöglich nicht den Anspruch auf Ursula habe, den ich glaubte zu haben.

„Wovon redest du?"

„Ich weiß ihr Passwort nicht. Ursula. Bella und ich haben ein Handy gefunden. Es ist gesperrt, und ich weiß das Passwort nicht. Nur vier Zahlen oder Buchstaben, und ich weiß es nicht. Ich bekomme es nicht raus. Ich dachte, ich wüsste alles Wichtige, was es über Ursula zu wissen gibt, aber da lag ich offensichtlich falsch."

James legt seine Hand über meine. „Das wird schon wieder. Manchmal spielt das Leben ein bisschen verrückt, als wenn man von einer riesigen Schlange zerquetscht wird, aber dann lässt sie auch wieder locker."

„Wenn man verdaut wurde?"

„Ja, vielleicht." Er biegt auf den Parkplatz am See ein, steigt aus und öffnet meine Tür.

Als wir uns zwischen den geparkten Autos hindurchschlängeln, hake ich mich bei ihm ein. Plötzlich bleibt James wie angefroren stehen. „Hey, siehst du das?"

Ich sehe nichts außer den Lichtern am See und dem roten Telefon neben einem riesigen Schild, auf dem steht: VERZWEIFELT? WÄHLEN SIE DIE MONARCH 24-STUNDEN-HILFE-HOTLINE!

James geht zu einem zerbeulten weißen Auto. „Guck mal", sagt er. Das Auto ist mit schwarzen Schlieren bedeckt, die wie Loopings aussehen. Er folgt den Spuren zum nächsten Auto. „Hier drüben sind noch mehr davon."

Es stimmt. Das Muster zieht sich die ganze Reihe an Autos entlang. Wir folgen ihm bis ans Ufer des Sees, dort tauschen wir einen stummen Blick.

„Was auch immer diese Spuren hinterlassen hat, es kam bis direkt an den Rand."

Überall um uns herum stehen Schilder, alle möglichen Arten, aber die schrecklichsten sind die, auf denen die Leute aufgefordert werden, jeden zu melden, der in den See springt, und auf die roten Knöpfe zu drücken, die überall aufgestellt sind für den Fall, dass jemand über die Reling springt. Was auch immer es war, ist eindeutig in den See gegangen.

Als wir an einem Mann vorbeikommen, der unter einem Baum sitzt, lässt James ein paar Münzen in seinen Hut fallen. „Haben Sie hier draußen irgendwas gesehen?"

„Meinste das Seemonster?", fragt der Mann mit mehr als nur einem leichten Lallen in der Stimme. „'n paarmal heute, einmal letzte Nacht. Sie kommt und geht."

Unsere Blicke treffen sich. „Sie?", fragt James.

„Jep. Ist definitiv 'ne Sie."

„Okay, danke."

„Passt gut auf euch auf, ihr beiden. Nich, dass ihr noch in See fallt!" Er lacht gackernd, bis sich sein Lachen in ein Husten verwandelt, und wir lassen ihn dort zurück, röchelnd und hustend.

„James, du überlegst doch etwas. Was überlegst du?"

Er zieht die Augenbrauen zusammen. „Nichts. Der Typ ist besoffen. Keine Ahnung. Ich überlege gar nichts." Aber er starrt den See mit einer neuen Intensität an und hält meine Hand fest gepackt.

„Ich will was ausprobieren, okay? Dreh nicht gleich durch." James sieht sich um, ob niemand in der Nähe ist. Dann hebt er eine Hand, und das blaue Licht tanzt auf seinen Fingerspitzen. Es glüht hinter seinen Augenlidern.

„James", hauche ich, aber seine ganze Aufmerksamkeit gilt dem Wasser. Innerhalb von Sekunden ertönt ein Platschen. Etwas erscheint an der Oberfläche, nass und schwarz und schleimig, dann ist es wieder verschwunden.

Wir starren uns an, sprachlos.

„Irgendetwas da drin ist lebendig." Ich flüstere das Unmögliche in die Nacht, um mich davon zu überzeugen, dass es wahr ist. Aber das kann nicht sein.

„Kein Zweifel." Er hebt seine Hand vor sich in die Luft. Blaues Licht schlängelt sich auf das Wasser zu.

„James, sei vorsichtig." Das Wasser ist tödlich, und das blaue Licht ist mit James verbunden. Ich weiß nicht, ob es so etwas wie Elektrizität erzeugt, aber wenn doch, dann schwebt James in großer Gefahr. Wir alle haben Bilder davon gesehen, wie Menschen sich auflösen, wenn sie mit Miracle Lake in Berührung kommen. Bis sie vollständig unter Wasser getaucht sind, ist schon nichts mehr von ihnen übrig. Die Tatsache, dass dort drin überhaupt etwas lebt, ist … nun, ein Wunder.

„Komm raus, komm raus, wo immer du steckst", haucht James seinen Singsang in die Nacht.

Das blaue Licht taucht ins Wasser. Für eine Minute oder zwei geschieht nichts, aber dann bricht ein Kopf durch die Oberfläche, zunächst nur bis zu den Augen. Das Haar ist von einem zurückgekämmten Blond, die Augen in der Dunkelheit nur schwer auszumachen, aber ich weiß bereits, wer es ist, und sie sieht in meine Richtung. Sie wirkt nicht erfreut, mich zu sehen, und bis ihr Kopf vollständig aus dem Wasser ragt, bin ich imstande, ihren Namen zu sagen.

„Ursula", keuche ich.

James legt schützend einen Arm um mich, während er mit dem anderen immer noch das blaue Licht beherrscht. Er scheint zwischen Erleichterung und Entsetzen zu schwanken. Denn Ursula ist am Leben. Sie ist zu hundert Prozent absolut am Leben.

„Lass das“, sagt sie, als sie bis zum Rumpf aufgetaucht ist. „Ich mache das selbst. Kein Grund, mich zu ärgern.“

James zieht das blaue Licht zurück, und Dunkelheit senkt sich auf uns. Für den Bruchteil einer Sekunde glaube ich, dass ich mir die ganze Szene nur eingebildet habe und Ursula fort ist oder sie nie hier war und ich halluziniert habe, weil ich sie so verzweifelt sehen wollte. Aber dann höre ich das Platschen von Wasser, als sie über den Rand des Sees steigt, Wasser läuft an ihr hinab und zischt leise, wo es auf den Boden tropft.

Sie hat Tentakel, schwarze Tentakel, die scheinbar nahtlos in ein rückenfreies schwarzes Kleid übergehen. Sie lächelt und fährt sich in einer raschen Bewegung mit der Hand die Länge ihres Körpers entlang, und die Tentakel verschwinden. Sie ist die Ursula, die ich kenne, mit Beinen, so trocken, als wäre sie nie im See gewesen, schön wie eh und je. Meine beste Freundin, direkt vor meinen Augen. Ich strecke eine Hand aus, um sie zu berühren. Ihre Haut fühlt sich kalt an, aber sie ist real.

Erst in diesem Moment realisiere ich, dass ich nicht mehr daran geglaubt habe, dass dieser Tag kommen würde. Obwohl ich mich weiter an die Hoffnung geklammert habe, war ich im tiefsten Inneren doch überzeugt, dass Ursula mir genommen wurde, genau wie meine Familie, und leblos in einer Kiste zu mir zurückkehren würde – wenn überhaupt.

„Was hast du in den letzten Tagen so getrieben, James?“, fragt Ursula mit einem verächtlichen Blick auf das blaue Licht. „Hast du jemandem das Spielzeug weggenommen?“

„Ich könnte dich dasselbe fragen, oder?“ James lässt das Licht vollständig erlöschen, und für ein paar Sekunden sehe ich nichts als Schatten. Als meine Augen sich endlich an die Dunkelheit gewöhnt haben, sehe ich, dass James und Ursula sich wie gebannt anstarren. Sie kommunizieren in stummen Rätseln, während ich noch versuche, wieder zu Atem zu kommen und die Tatsache zu akzeptieren, dass wir alle drei endlich wieder zusammen sind.

Aber das ist nicht ganz richtig.

Wir sind wieder zusammen, aber wir sind nicht mehr dieselben. James hat dieses blaue Licht, Ursula hat Tentakel. Ich bin die Einzige, die zurückgelassen wurde. Es ist ein seltsam tröstliches Gefühl zu wissen, dass all meine Ängste und Sorgen der letzten Zeit tatsächlich auf etwas hinausgelaufen sind. Die Dinge verändern sich. Jetzt habe ich den Beweis vor Augen.

„Wo warst du?", frage ich.

„Hier, dort, überall", erwidert sie mit einem Grinsen. „Aber jetzt gehe ich so schnell nirgendwohin."

Unwillkürlich gehe ich einen Schritt auf sie zu, aber die Wucht ihres Blicks lässt mich innehalten. Es kommt mir fast so vor, als würde sie sich überhaupt nicht freuen, mich zu sehen. „Ursula, weißt du, dass alle nach dir suchen? Weißt du, dass deine Mom und Morgana verrückt sind vor Sorge? Ich bin fast durchgedreht … Wir beide! Selbst Smee und die Jungs haben überall nach dir gesucht. Wir dachten, du wärst tot oder gekidnappt oder …"

„Was ist mit dir geschehen?", will James wissen. „Wo warst du?"

Sie betrachtet uns gelassen. „Es ist schön zu wissen, dass ich vermisst wurde, und ich nehme an, ich kann euch verzeihen, dass ihr mich aus meinem Schlaf geholt habt."

„Schlafen? Ist es das, was du tust? Im Miracle Lake? Wie ist das überhaupt möglich?" Was ich wirklich sagen will, ist: *Wer bist du? Wo ist meine beste Freundin?* Denn ich kreische, aber ich kann nicht aufhören. Weil Ursula direkt vor mir steht. Nur, dass sie es nicht ist.

„Ein kleiner alter See ist kein Problem für mich", erwidert Ursula.

„Er ist Gift", stottere ich. „Er … er tötet Menschen."

„Ganz genau. Er tötet *Menschen.*"

„Ach, dann bist du also kein Mensch mehr?"

Sie zuckt mit den Schultern. „Nenn es, wie du willst. Miracle Lake ist für mich wie Sonnenschein auf Blättern. Er füttert das in mir, was gefüttert werden muss."

„Komm nach Hause, Urs." Ich versuche, zu der Person durchzudringen, die ich kenne, aber anscheinend ist zu wenig von ihr übrig geblieben, als dass mein Appell Wirkung zeigt.

„Ich habe kein Zuhause mehr, nicht, bis die Scar zurück zu ihrer alten Größe gefunden hat. Ich muss zurück und es zu Ende bringen."

„Zurück? Wovon redest du? Zurück wohin?"

Ich bin verzweifelt, aber James scheinen ihre Worte kein bisschen zu überraschen. Er stößt ein leises Schnauben aus, ein Zeichen von Abscheu.

„Du verlangst von mir, so zu tun, als wäre nichts von alldem jemals passiert? Das kann ich nicht. Dieses Ich existiert nicht mehr." Ursula legt mir einen Arm um die Schultern. „Du willst mir helfen, Mary? Dann sorg dafür, dass die Stadt ihre Ermittlungen einstellt. Sorg dafür, dass die Kids in der Schule nicht mehr nach mir suchen. Lass mich in Vergessenheit geraten. Kehr einfach zurück zur Normalität und lass mich meine Angelegenheiten regeln."

„Zurück zur Normalität … ohne dich?" *Unmöglich.*

„Ich habe einen Brief in Mas Zimmer hinterlassen, und sie hat ihn noch nicht gefunden", fährt Ursula fort, als ob sie mich nicht gehört hätte. „Ich wollte dir auch einen geben, Mary, aber in deinem Apartment ist immer jemand wach. So lästig. Aber jetzt bist du ja hier! Das ist perfekt für meinen Plan."

„Plan?"

Mit einer ausladenden Geste zieht sie einen Brief aus der Luft, mit Umschlag und allem, abgestempelt in Kalifornien. Ich nehme ihn. Er ist echt. Echtes Papier, echte Tinte auf dem Umschlag.

„Zeig ihn der Polizei. Er wird ihnen beweisen, dass ich am Leben bin, und sie mir vom Leib halten."

Ich versuche, den Brief zu lesen, aber in der Dunkelheit fällt es mir schwer, die verschnörkelte Schrift zu entziffern.

„Kein Grund, ihn zu lesen", sagt sie. „Ich sage nur, dass die Scar mich deprimiert und ich mir hier zu viele Feinde gemacht habe, blablabla. Ich bin weggelaufen, bla."

„Du … du kommst nicht zurück?"

„Oh, Süße, keine Angst, du siehst mich bald wieder. Nur noch nicht jetzt. Ich habe Leute zu treffen, Dinge zu erledigen. Und ich muss zurück. Ich bin dort noch nicht fertig." Sie stupst mir unters Kinn. „Du musst darauf vertrauen, dass ich genau dort bin, wo ich sein will, und es ist großartig."

„Großartig?" Mein Herz fühlt sich an, als würde es mitten entzweibrechen, und ich würge die letzte Silbe hervor. James, der die ganze Zeit über seltsam still gewesen ist, berührt mich am Ellbogen, um mich wissen zu lassen, dass er für mich da ist. „Großartig? Hier war es überhaupt nicht großartig. Es war schrecklich, schlimmer als alles andere. Ich dachte, du wirst irgendwo gefoltert. Ich dachte …"

„Das wurde ich auch", erwidert sie beiläufig, aber ich höre den Schmerz in ihrer Stimme, und sie weicht meinem Blick aus. Das ist das erste Anzeichen von der Ursula, die ich kenne, der *echten* Ursula, die nur zum Vorschein kommt, wenn sie sich sicher fühlt. „Ich bin freiwillig mitgegangen, und sie haben ihre Experimente gemacht, und dann wollten sie mich nicht wieder gehen lassen. Es war nicht angenehm, diese Tentakel zu bekommen. Danach haben sie mir meine Seele genommen, und die Schmerzen waren so überwältigend, dass ich dachte, ich würde sterben. Das dachte ich wirklich. Aber letzten Endes war das der Moment, in dem ich befreit wurde. Keine störenden Gedanken und nervigen Gefühle mehr. Keine Sorgen um andere mehr. Du solltest es ausprobieren, Mary."

„Aber du bist von dort entkommen, wo du warst. Du bist hierhergekommen, direkt neben mein Apartment. Leute haben dich gesehen. Du hast über den ganzen Autos deine Spuren hinterlassen. Das ist ein Hilferuf."

Sie bricht in lautes Lachen aus. „Das glaubst du also? Ein Hilferuf?“ Sie lacht noch lauter, stützt sich auf dem Zaun ab und wischt sich schließlich Tränen aus den Augen. „Nein, nein“, japst sie. „Ich habe mir nur einen kleinen Spaß erlaubt, die Dinge ein bisschen aufgerüttelt.“ Dann verwandelt sich ihre Miene, und sie wird mit einem Mal todernst. „Ich werde Monarch holen kommen, und zwar bald. Ich wollte allen nur eine gute Show bieten, bevor ich sie zerquetsche.“

„Was hast du vor?“, fragt James. „Vielleicht wollen die Jungs und ich einsteigen.“

Ursula denkt darüber nach. „Vielleicht später. Ich bin noch nicht bereit. Ich muss zurück und mir noch mehr holen.“

„Mehr was? Macht? Stärke?“

„Mehr Magie, Baby“, sagt sie. Innerhalb von Sekunden verwandelt sie sich von einem Menschen in einen Aal, eine riesige schwebende Qualle und zurück in einen Menschen, so schnell, dass ich es beinahe verpasst hätte.

„Gestaltwandler“, sagt James.

„Eifersüchtig? Doch nicht so zufrieden mit deinem babyblauen Licht?“, schießt Ursula zurück. „Du willst wissen, warum ich hier bin? Ich musste ihnen klarmachen, dass es zu meinen eigenen Bedingungen sein würde, wenn ich zurückkehre. Sie können mich nicht gegen meinen Willen festhalten. Wenn sie mich in der Nähe haben wollen, dann müssen sie das Spiel nach meinen Regeln spielen.“

„Ist es das?“, fragt James. „Ein Spiel? Wirkt auf mich wie ein Spiel, das nur ein Verrückter spielen würde.“

„Oh, Jamie“, säuselt Ursula. „Alles ist ein Spiel.“ Sie wendet sich wieder an mich. „Es tut mir leid, dass dich das aufregt. Ich will wirklich nicht, dass du traurig bist. Ich weiß, dass ich große Gefühle für dich hatte. Ich habe dich geliebt.“

„Geliebt? Vergangenheit?“

„Sieh nach Ma und Morgie und den Katzen, bis ich zurück bin, ja? Sorg dafür, dass Ma zu ihren Terminen geht und Morgie etwas isst, sonst werden sie beide nicht überleben.“ Sie sagt das, als wäre es nichts, als würde es ihr nichts ausmachen, wenn das passiert.

Ich starre sie an, aber das macht es nur noch schlimmer. Sie meint das vollkommen ernst.

Ich unternehme einen letzten Versuch, an sie heranzukommen, wo auch immer sie gerade ist. Ihre Seele kann nicht einfach verschwunden sein. Sie kann nicht vom Körper getrennt werden, oder? Sie muss noch irgendwo da drin sein. „Was ist daraus geworden, die Highschool fertig zu machen, online ein richtiges Geschäft aufzumachen, Geld zu verdienen, ein Haus zu kaufen? Und vor allem, dabei zu helfen, die Scar wiederaufzubauen. Wo gehst du hin?“

Sie nimmt meine Hand zwischen ihre klammen Handflächen. Ursula, die immer wie auf glühenden Kohlen saß, hat Hände wie ein kalter, feuchter Waschlappen. „Ich *versuche* doch, die Scar aufzubauen. Hör auf, nach mir zu suchen. Hör auf, nach Mally zu suchen. Hör einfach auf. Du versetzt der Scar noch den Todesstoß, wenn du nicht endlich aufhörst.“

Ursula ist immer noch so atemberaubend, rund und prall wie ein Pfirsich, aber sie ist nicht mehr meine Ursula.

„Geh nicht“, flehe ich sie an.

„Du denkst doch nicht ernsthaft, dass wir dich einfach so gehen lassen.“ James schiebt sich zwischen uns.

„Geh nicht.“ Es fühlt sich an, als hätte sie mich längst verlassen, als würde der Schmerz der letzten Tage sich zu einem Abgrund auftun, so bodenlos wie Miracle Lake selbst.

„Ursula!“, ruft James.

„Ich sehe dich auf der anderen Seite, Mary. Ich werde zurückkommen für meine Mutter, meine Schwester, für dich und für die Scar.“ Ursula schwingt sich anmutig in den See, die Füße in Tentakel verwandelt. Wir hören ein Platschen, und dann bleiben wir allein miteinander und mit der Stille vom Miracle Lake zurück, seine Oberfläche still und glatt wie Glas.

Und ich kenne – einfach so – Ursulas Passwort.

FÜNFZEHN

ES IST FAST EINE ENTTÄUSCHUNG, ALS ICH FESTSTELLE, dass ich mit dem Passwort recht hatte.

SCAR.

Ich hatte an Geburtstage und Menschen gedacht, dabei war es viel einfacher. Die Scar war schon immer das, was Ursula am meisten bedeutet hat. Was wir auf ihrem Handy finden, lässt mich alles über Ursulas Behauptung vergessen, sie habe keine Seele und wolle die Dinge für die Scar in Ordnung bringen. Es lässt mich vergessen, dass sie diesen Ort mehr liebt als alle Menschen in ihrem Leben. Als wir beginnen, durch die Nachrichten zu scrollen, ist es, als würde sich eine Tür zu Ursulas Innerstem öffnen, aus dem sich schwarzer Teer über alles ergießt.

Da sind so viele Textnachrichten. Es ist erst acht Uhr an einem Dienstagmorgen, aber mit allem, was hier gerade vor sich geht, werde ich den Teufel tun und zur Schule gehen. Bella und ich haben schon mehrere Stunden damit verbracht, Kaffee zu trinken, die Nachrichten durchzusehen und sie den Nummern und Namen in ihrem Notizbuch zuzuordnen.

Nach allem, was wir bisher herausgefunden haben, gab es zum einen die kleineren Deals, wie Geschichtsaufsätze zu verkaufen und Rache an einem Exfreund zu nehmen. Das ist es, wobei ich Ursula in der Schule und im

Wonderland beobachtet habe, wie sie Selfies schießt und Gefallen einfordert. Es kam mir immer ziemlich harmlos vor, etwas, das sie tun musste, um ihre Mutter und Morgana zu beschützen.

Aber dann gab es da noch dieses Handy, vor aller Welt verborgen, sogar vor mir. Hier spielte sich das eigentliche Geschehen ab. Größere Geschäftsdeals, beinharte Racheaktionen, Erpressung von jedem, über den sie Schmutz ausgraben konnte. Das Wissen, dass Ursula lebt, beschwichtigt zumindest ein paar meiner Ängste. Sie hatte ihre Finger in so vielen Dingen, dass ich, wenn mir dieses Handy vor unserer Begegnung am Miracle Lake in die Hände gefallen wäre, überzeugt gewesen wäre, dass sie tot ist.

Und jetzt brennt mir der Brief, den sie mir gegeben hat, ein Loch in die Tasche. Ich habe ihn nicht an Colman und Mahony übergeben und weiß auch nicht, ob ich das noch tun werden. Ich habe das Gefühl, dass das Schicksal der Scar auf meinen Schultern lastet. James kann blaues Licht heraufbeschwören. Ursula, meine beste Freundin, kann sich verwandeln und redet davon, die Scar zu retten. Um welchen Preis? Das ist es, was mir immer wieder durch den Kopf schießt. Wie weit darf Legacy Loyalty gehen?

„Alles in Ordnung?“, fragt Bella.

„Ja.“ Das ist jetzt schon das vierte Mal in den letzten dreißig Minuten, dass Bella mir diese Frage stellt, und ich weiß auch, warum. Durch die Nachrichten, die wir auf dem Wegwerfhandy gefunden haben, ist ans Licht gekommen, dass die Schulbehörde Geld von Narrow-Industriellen genommen hat im Austausch für das Versprechen, Legacy-Lehrer zu ersetzen und den Unterricht so zu ändern, dass jede Erwähnung der Magie aus dem Lehrplan gestrichen wird. Allein die Tatsache, dass Ursula drei Mitglieder der Schulbehörde im Schwitzkasten hatte, hat bisher verhindert, dass der Beschluss durchgewunken und die stolze Tradition der Monarch High, die Vergangenheit der Scar anzuerkennen und zu respektieren, gekippt wurde. Zu wissen, was Ursula in ihrer Freizeit so getrieben hat, ist schwer zu ertragen. Und doch ist es besser, die Wahrheit zu kennen, sie zu schlucken wie eine bittere Pille. Aber ich möchte wetten, dass nicht viele Leute bereit wären, Ursula so leicht davonkommen zu lassen, wenn sie herausfinden, was ein sechzehnjähriges Mädchen im Schilde geführt hat – und dass genau dieses Mädchen sich angeblich nach Kalifornien abgesetzt hat. Sie müsste für eine Menge Dinge geradestehen. Ich jongliere hier mit heißen Kohlen und habe keine Ahnung, wo sie landen werden.

„Denn wenn dir das alles zu viel wird, und das könnte jedem zu viel werden ...", setzt Bella an.

„Es ist nicht zu viel." Ich versuche, mich auf das Hier und Jetzt zu konzentrieren, und überlege, was wir mit unseren Informationen anfangen können. Wem können wir davon erzählen? Können wir überhaupt jemandem davon erzählen? Oder sollten wir Handy und Notizbuch einfach in ein Handtuch wickeln und es im Miracle Lake entsorgen, bevor es jemand findet?

„Oh verdammt!", stöhnt Bella, als ich gerade eine Liste aus dem Notizbuch entziffere.

„Was jetzt?"

Der ganze Morgen besteht schon aus Seufzern und theatralischen Ausrufen, darum mache ich mich auf das Schlimmste gefasst.

„Sagt dir der Name Caleb Rothco etwas?", fragt sie.

Ich verspüre ein Kribbeln, eine Ahnung, aber ich kann sie nicht festmachen. „Nein. Warum?"

„Bist du bereit?", fragt Bella.

„Ja!" Ich senke die Stimme. Wenn wir nicht aufpassen, wecken wir noch Gia auf, und ich will nicht, dass sie irgendetwas von dem hier mitbekommt. Sie würde mich wahrscheinlich in unserem Apartment einsperren und den Schlüssel entsorgen.

„Ursula hatte Streit mit einem Typen namens Caleb Rothco." Sie scrollt weiter runter. „Ich meine, schlimmer als mit den anderen. Viel schlimmer.

In diesen Nachrichten droht er ihr, falls sie ihn nicht in Ruhe lässt, und sie schreibt, wenn er ihr noch einmal droht, enthüllt sie sein dunkelstes Geheimnis. Danach kommt nichts mehr." Bella sieht zu mir, und ich werde von einer neuen Welle Schuldgefühle überrollt. Ich habe ihr nicht von letzter Nacht erzählt. James und ich haben uns geschworen, dass niemand erfahren darf, dass Ursula noch am Leben ist, bis wir mehr wissen. Nicht Smee. Nicht die Jungs. Nicht Gia. Und definitiv nicht Bella. „Ich habe so ein Gefühl bei dem. Ich denke, wir sollten das mal checken."

„Warte!", rufe ich. „Ich *habe* den Namen schon mal gehört." Ich blättere ein paar Seiten in dem Notizbuch zurück, bis ich eine Seite voller Kritzeleien finde. Ganz winzig in einer Ecke steht:

CALEB ROTHCO
CUBBYS TATTOO
WONDER UND VINE

„Ich kenne den Laden", sage ich. „Er ist gleich neben der Tea Party. James hat sich dort eines seiner Tattoos stechen lassen."

Ich kann Bellas Miene nicht deuten. Vielleicht spürt sie, dass ich etwas vor ihr verheimliche.

„Bella, ich weiß, dass das, was wir hier machen, nicht zu hundert Prozent legal ist. Es geht auch nicht um Mally Saint, und ich weiß, dass du damit eine direkte Anordnung vom Chief ignorierst. Ich bin vielleicht egoistisch, aber nicht so egoistisch, dass ich zulassen würde, dass du dabei Schaden nimmst." Ich zögere. „Du warst echt anständig, und wenn für dich hier die Grenze verläuft, dann kann ich das auch ohne dich machen. Ich habe James. Ich komme schon klar."

„Nein", erwidert Bella. „Ich stecke zu tief drin, um jetzt auszusteigen. Und ich bin überzeugt, dass es eine Verbindung zwischen Mally und Ursula gibt. Ich muss es nur beweisen. Und wenn wir das alles an diese

Arschloch-Detectives übergeben, heimsen sie am Ende den ganzen Ruhm ein ... Welchen Ruhm man am Ende dieses Desasters von einem Regenbogen auch finden mag ... und das kann ich nicht zulassen. Ich habe echt genug von diesem Männerzirkus. Selbst mit einem weiblichen Chief denken sie noch, sie hätten das Sagen und dass ich unmöglich jemals etwas Sinnvolles beisteuern könnte." Sie verschränkt die Arme vor der Brust und sieht mich entschlossen an. „Nein. Ich bin dabei."

„Bist du sicher? Ich meine, du kannst auch nach Hause gehen und dir ein heißes Schaumbad einlassen oder so, und ich kümmere mich um den Rest."

Sie wirft mir von der Seite ein schiefes Lächeln zu. Sie hat heute neue Höhen der Niedlichkeit erreicht in einer karierten Latzhose mit rotem T-Shirt, locker hoch oben auf ihrem Kopf aufgetürmten Haaren und einer passenden roten Brille. Es verleiht ihr eine Frische auf einer völlig neuen Ebene. Bei ihrem Anblick bekomme ich fast Lust, meine schwarze Jeans und das Shirt gegen etwas anderes einzutauschen. Ich ziehe einen alten Lipgloss-Stick aus meiner Tasche und schmiere mir etwas davon auf die Lippen. Bis auf ein wenig Mascara ist das alles, was ich heute zustande bringe.

„Ich will kein Schaumbad nehmen, Mary Elizabeth. Bis Montag müssen wir den Fall lösen, weißt du noch? Das ist unsere absolute Deadline vom Chief. Wenn wir in Mallys Fall bis dahin keine Fortschritte vorweisen können, landen wir beide wieder beim Papierkram, und auch wenn das vielleicht unvermeidbar ist, werde ich trotzdem mein Bestes geben."

„Montag ist der erste November", erinnere ich sie.

„Ja, ich weiß. Der dreizehnte Jahrestag vom Großen Tod und der zweite Jahrestag vom Fall", sagt Bella. „Vielleicht haben wir Mally bis dahin ja gefunden und können zusammen mit allen andern an dem Gedenktag teilnehmen."

Ich weiß, dass jetzt der falsche Zeitpunkt ist, um danach zu fragen, aber als Bellas Augen glasig werden, gebe ich mir einen Ruck: „Wen hast du im Fall verloren? Deinen Dad? Deine Großmutter?"

Kurz sieht Bella so aus, als würde sie mir antworten, aber dann klebt sie ein Lächeln auf ihr Gesicht, schnappt sich ihre Tasche und sagt fröhlich: „Ich weiß ja nicht, wie es dir geht, aber ich könnte noch einen Becher Kaffee vertragen!"

„Was meinst du, welcher ist es?", murmele ich.

Cubbys Tattoo hat gerade seine Türen geöffnet und ist voll mit gut aussehenden Typen in unserem Alter. Zumindest finde ich, dass die Typen gut aussehen. Bei Bella scheint das weniger der Fall zu sein, gemessen an ihrem offensichtlichen Unbehagen. Vielleicht gehen ihr Tattoos auf rasierten Schädeln, die sich zum Teil über den ganzen Rücken erstrecken, ein bisschen zu weit.

„Wir müssen einfach reingehen und es herausfinden." Bella stößt die Tür auf.

Augenblicklich begrüßen uns das Wummern von Punkmusik und der leichte Geruch nach getrocknetem Weihrauch. In einer Ecke bekommt ein Mädchen gerade ein Bauchnabelpiercing, auf der anderen Seite des Raums lässt sich eine Frau in mittlerem Alter ein Tattoo auf den Bauch stechen. Auf einem antiken dunklen Holztisch an der Wand stehen ein dampfender Kessel und eine Auswahl an Tees, eine andere Wand bedeckt eine riesige Legacy-Flagge. Am Eingang steht ein Schild:

DIES IST EIN LEGACY-UNTERNEHMEN.
WENN DU KEIN LEGACY BIST, WIRST DU NICHT BEDIENT.
VIELEN DANK FÜR DEIN VERSTÄNDNIS. – CUBBY

Hier drinnen ist es sauber und ordentlich. Auf den Oberflächen liegen Tattoomaschinen, Tinte und Desinfektionsmittel. In einer Ecke steht eine grüne Couch neben einem kleinen Tisch voller Bücher. Wenn ich richtig gezählt habe, können hier vier Tätowierer und ein Piercer gleichzeitig arbeiten, obwohl es so aussieht, als ob zwei von ihnen nur herumgammeln und auf Kundschaft warten.

Ein blonder Typ kommt aus einer Ecke zu uns herüber und prüft unsere Legacy-Zeichen. „Bücher liegen auf dem Tisch, wenn du was von mir oder Caleb haben möchtest", sagt er. „Joes Skizzen hängen an der Wand, falls das eher dein Style ist."

Als ich ihm nicht antworte, sieht er von mir zu Bella und wieder zurück. „Du bist doch für ein Tattoo hier, oder? Sorry, falls ich voreilig war. Es geht also um dich?", fragt er Bella.

„Nein, wir sind nicht hier, um uns ein Tattoo stechen zu lassen", sagt Bella und legt das Buch zurück, das sie aufgehoben hatte. „Obwohl das wundervolle Arbeiten sind."

Der Typ wirkt amüsiert. „Also, was kann ich für euch tun? Habt ihr was zu verkaufen? Sorry, aber ich spende nichts. Magicalisten, Naturalisten, Amagicalisten. Zu viele Gruppierungen, um den Überblick zu behalten. Ich bin Realist, dabei können wir es belassen."

„Eigentlich suchen wir Caleb Rothco."

Der Typ will gerade dazu ansetzen, etwas zu sagen, als eine Stimme aus der Ecke ertönt. „Das bin ich." Ein Schatten erhebt sich und tritt ins Licht. Er ist gedrungen, mit grünen Augen, kahlem Schädel und einem Ziegenbart. Ich schätze ihn auf Ende zwanzig. Der Gedanke, dass Ursula sich mit diesem Typen angelegt hat, ist beunruhigend. Auf seinen Zügen entdecke ich dieselbe Entschlossenheit, die ich auch von Urs kenne, und die Art und Weise, wie er durch den Raum schreitet, erinnert mich ebenfalls an sie. Sieht aus, als hätte sie in ihm einen würdigen Gegner gefunden. Vielleicht hat er ihr sogar echte Angst eingejagt. Ich suche nach Hinweisen, dass er in seiner Freizeit Leute entführt und in irgendwelchen Kellern gefangen hält, um „Experimente" an ihnen durchzuführen – oder was auch immer

Ursula damit gemeint hat. Aber leider finde ich keine blinkenden Lichter oder andere Anzeichen, die ihn als Kriminellen ausgeben.

Bella tritt einen Schritt vor und bietet Caleb die Hand an, die er ohne Zögern ergreift. „Mein Name ist Bella Loyola. Das ist Mary Elizabeth Heart. Können wir kurz mit dir sprechen?"

„Klar", sagt er. „Setzt euch. Ich muss hier nur kurz was fertig machen."

Der blonde Typ, der uns begrüßt hat, grinst. „Als ob du irgendwas Interessantes zu sagen hättest." Er wirft uns einen Blick zu. „Ich bin derjenige, mit dem ihr wirklich reden wollt. Caleb ist der langweiligste Typ hier."

Das Summen setzt wieder ein. Caleb tätowiert einen Dolch neben das Legacy-Zeichen eines Mannes.

Als ich Calebs Tattoobuch nehme und wahllos durch die Seiten blättere, beginne ich zu bezweifeln, dass der blonde Typ recht hat. Die Tattoos sind wunderschön, verschlungen und aufwendig wie perlenbehangene Spinnennetze. Und dann, auf der letzten Seite, entdecke ich ein Foto von Ursula mit einem Tattoo, das ich noch nie gesehen habe: ein Oktopus aus einfachen, feinen Linien, der sich die Seite ihres linken Oberschenkels emporschlängelt.

Es ist anders als alle anderen Tattoos in dem Buch, und es jagt mir einen Schauer über den Rücken. Hat er ihr das angetan? Hat er ihr dieses Tattoo gestochen und es dann Realität werden lassen? Sie lächelt in die Kamera, präsentiert stolz ihr Tattoo. Das Foto muss im letzten Monat aufgenommen worden sein, nachdem Ursula aufgehört hatte, sich die Haare zu glätten, und sie stattdessen natürlich wachsen ließ. Sie blickt in die Kamera, starrt mich an. Ihre Lippen umspielt ein Lächeln, das man nur als boshaft beschreiben kann, spöttisch, ein Lächeln, das Ärger heraufbeschwört.

Der Mann, den Caleb tätowiert hat, reicht ihm etwas Geld und geht.

Caleb trägt eine enge Jeans, in die er ein weißes T-Shirt gesteckt hat, dazu Hosenträger, schwarze Arbeitsstiefel, lederne Legacy-Armbänder.

Um sein Legacy-Zeichen hat er kleine Blitze tätowiert, die daraus hervorschießen.

„Du bist von hier?", frage ich.

„Bevor ich hier irgendetwas sage, müsst ihr mich nicht darüber aufklären, dass ihr Cops seid?"

Mir rutscht das Herz in die Hose. Er weiß Bescheid. Bella ist so offensichtlich. Jetzt werden wir gar keine Informationen mehr aus ihm herausbekommen.

„Wir sind nicht offiziell hier." Bella sieht von mir zu ihm. „Und nur ich bin ein Cop. Sie ist nur eine Praktikantin. Ursula Atlantica wird seit mehreren Tagen vermisst. Sie ist dafür bekannt, dass sie diesen Laden besucht hat. Wir haben uns gefragt, ob du vielleicht irgendwelche Informationen zu ihrem Aufenthaltsort hast."

Seine Schultern lockern sich ein wenig.

„Wir haben deinen Namen auf einem losen Zettel zwischen ihren Sachen gefunden. Wir wollten nur mal vorbeischauen und sehen, ob du uns helfen kannst." Wow. Bella spielte ihre Rolle perfekt. Ich kann zusehen, wie er entwaffnet wird.

Seine Wangen verschwinden beinahe in seinen Grübchen, als er lächelt. „Oh, na, wenn das so ist." Er lehnt sich vor und wuschelt mir freundschaftlich durch die Haare, als wäre ich eine Katze, die zwischen den Ohren gekrault werden will. „Ich kenne Ursula kaum. Sie kam rein und wollte ein Tattoo. Sie war echt laut und wollte, dass ich dieses Foto von ihr mache, hat es eigenhändig da reingeklebt."

Ich könnte wetten, dass das die Wahrheit ist. Das sieht Ursula ähnlich.

„Irgendwann war sie noch einmal da und hat sich nach einem Septum-Piercing erkundigt", fährt er fort, „aber dann hat sie sich doch dagegen entschieden, und das war's. Ich hab sie nie wiedergesehen."

Bella wirft mir einen kurzen Blick zu. „Und wie lange ist das her, Caleb?"

„Zwei Wochen vielleicht."

„Und seitdem hast du sie nicht mehr gesehen?“

„Leider nicht.“

„Kannst du dich noch daran erinnern, worüber ihr geredet habt, als du ihr das Tattoo gestochen hast?“ Da fällt es mir eiskalt wieder ein. Ich sollte verletzlich und unschuldig wirken, also klimpere ich ein paar Mal mit den Wimpern. „Ich hab mich bloß gefragt, woran sie an dem Tag gedacht hat, weißt du? Ich dachte immer, dass sie mir alles erzählt, aber sie hat das Tattoo nie erwähnt.“

Calebs Augen glitzern gefährlich. „Alles, hmm?“

„Ich meine, das hab ich gedacht, bis sie verschwunden ist. Jetzt höre ich auf einmal überall, dass sie so was wie ein Doppelleben geführt hat. Aber darüber weiß ich überhaupt nichts, also hast du wahrscheinlich recht. Sie hat mir nicht alles erzählt.“ Meine Stimme bricht, als würde ich mit den Tränen kämpfen.

„Hey, das wird schon wieder. Ich erinnere mich nicht an viel von Ursula“, sagt er. „Scheiße, ich erinnere mich nicht mal an gestern. Aber ich weiß noch, wie wir auf das Design gekommen sind. Sie hat gesagt, wenn sie ganz tief in ihr Inneres schaut, sieht sie dort eine glitschige, vielgliedrige Kreatur. Sie wollte das auf ihrem Körper haben. Ich glaube, sie war wirklich zufrieden mit dem Ergebnis. Und das war's. Der Rest ist verschwommen, ich hab sie nie wiedergesehen, darum habe ich keine Ahnung, was mit ihr passiert sein könnte. Aber sie war ziemlich tough. Ich hab das Gefühl, dass sie schon auf sich selbst aufpassen kann.“

Wenn ich nicht wüsste, dass er lügt, hätte er mich fast überzeugt.

„Hat sie irgendwas darüber gesagt, ob in ihrem Leben etwas Ungewöhnliches vorgeht?“, fragt Bella. „Hatte sie mit irgendwem Ärger wegen ihrer Geschäfte?“

Caleb schüttelt den Kopf. „Wir haben über Dichter und das Universum und über Kunst geredet. Du weißt schon, den Kram, über den man eben so redet, wenn man sich ein Tattoo stechen lässt.“

Das klingt so sehr nach der Ursula, die ich kenne, dass mir tatsächlich Tränen in die Augen steigen. Ich frage mich, ob ihr Termin ihr die nötige Gelegenheit verschafft hat, sich Informationen über ihn zu besorgen. Überlege, wann sie die Falle hat zuschnappen lassen.

„Nur noch eine Frage, Caleb", sagt Bella. „Wo warst du Donnerstagnacht, als Ursula verschwunden ist?"

„Ich arbeite von Mittag bis zwei Uhr morgens, sieben Tage die Woche. Ich lasse nie eine Schicht sausen."

„Okay", sagt Bella. „Danke, dass du dir die Zeit genommen hast."

Caleb winkt uns hinterher, aber ich bemerke, wie sich sein Gesichtsausdruck verändert, als wir durch die Tür sind, wie er die Arme vor der Brust verschränkt und uns beobachtet, mit harten Zügen. Ich spüre seinen Blick im Rücken, bis die Menge auf der Wonder Avenue uns verschluckt und uns seinen Blicken entzieht.

SECHZEHN

BELLA UND ICH SCHLÜPFEN NEBENAN IN DIE TEA PARTY und bestellen uns Kaffee und Cupcakes. Als wir unsere Getränke bekommen und Bella ihren Kaffee gesüßt und mit Milch verdünnt hat, sieht sie mich an. Ich vermute, dass sie gleich etwas über Caleb Rothco und die nachweisliche Lüge über das Ausmaß seiner Beziehung zu Ursula sagen wird – und über die Tatsache, dass er mit ziemlicher Sicherheit etwas mit ihrem Verschwinden zu tun hat.

„Kardamom Rose mit lila Buttercreme für dich", sagt der Kellner und stellt einen Cupcake in ausgefallenen Pinktönen vor mir ab.

„Und Double Chocolate Espresso mit einem cremigen Schokokirsch-Topping für dich." Er stellt einen dunklen Cupcake vor Bella ab.

„Danke", sage ich.

Bella leckt sich etwas Topping vom Finger, dann senkt sie den Blick. „Du willst wissen, warum ich so ungern Fragen beantworte? Ich habe jemanden erschossen", sagt sie so leise, dass ich mich anstrengen muss, um ihre Worte zu verstehen. „Vor ein paar Monaten. Ich war mit Tony unterwegs. Darum habe ich auch so lange nur im Büro gesessen und Papierkram gemacht. Ich konnte einfach nicht darüber reden. Es war furchtbar."

Ich kann mir viele belastende Situationen vorstellen, aber einem Verbrecher eine Kugel zu verpassen, gehört nicht dazu. Bella hingegen wirkt echt angeschlagen.

„Tut mir leid, Bella."

„Ich habe auf sein Bein gezielt, aber ich habe ihn getötet. Tony war direkt hinter mir. Wir waren hingefahren, um den Typen wegen seiner Verbindung zu einigen Raubüberfällen in Uptown zu befragen. Puff, einfach so. Er ist einfach von der Feuerleiter gefallen." Sie räuspert sich. „Ich nehme an, ich bin damit nicht sonderlich gut klargekommen. Ich musste beweisen, dass ich bereit war, wieder draußen auf der Straße unterwegs zu sein, und, ganz ehrlich, bis vor Kurzem war ich mir da nicht so sicher. Ich versuche also, wieder in die Spur zu kommen, aber es ist schwer." Sie starrt angestrengt auf ihren Cupcake. „Darum war ich ein wenig … nicht beleidigt … aber *besorgt*, als sie mich mit dir in ein Team gesteckt haben. Aber jetzt sehe ich das nicht mehr so. Okay? Ich wollte nur, dass du das weißt. Ich habe in der letzten Woche mehr Zeit mit dir verbracht als mit sonst wem in den letzten drei Monaten, und es war in Ordnung." Endlich sieht sie zu mir auf, lächelt reumütig und trinkt einen Schluck Kaffee. „Das wollte ich dir nur sagen, für den Fall, dass der Montag anbricht und alles vorbei ist."

So weit habe ich noch gar nicht vorausgedacht, aber wahrscheinlich hat sie recht. Wenn wir Mallys Fall nicht aufklären, werden wir entlassen. Mein Praktikum wird sich noch bis zum Ende des Semesters hinziehen, und das war's. Diese Aussicht ist aus mehr als nur einem Grund bedauerlich.

„Danke, Bella. Ehrlich." Ich nehme einen Bissen von meinem Cupcake. Ich erinnere mich noch an eine Zeit, als die Cupcakes in der Tea Party magisch waren. Eine meiner frühesten Erinnerungen stammt von hier, als meine Mutter auf einen Stuhl steigen und mich von der Decke holen musste, weil ich plötzlich schwebte. Es ist so gemütlich hier drin, mit den flauschigen Kissen und der sanften Hintergrundmusik, dass ich beinahe alles vergessen und einfach nur Bellas Gesellschaft genießen könnte.

Aber dann stößt sie ein Seufzen aus, und ich seufze. Wir wissen beide, dass wir uns wieder an die Arbeit machen müssen.

„Okay", sagt sie. „Lass es uns durchsprechen. Was entgeht uns? Wir wissen, dass Caleb lügt und wir ihn wahrscheinlich verfolgen sollten, um zu sehen, ob uns das irgendwie weiterbringt. Da besteht eine deutliche Verbindung zu Ursula, aber wir wissen nicht, ob er auch etwas mit Mally Saint zu tun hat. Wir werden das natürlich überprüfen, und wir können auch Ursulas Handy nach einer Verbindung durchsuchen, aber … aber was ist, wenn sie tot sind?", fragt Bella und hält den Blick fest auf mich gerichtet. „Was, wenn etwas oder jemand dahintersteckt, den wir noch nicht einmal in Betracht gezogen haben, weil wir zu kurzsichtig denken? Ich werde versuchen, an DNA von Mally und Ursula heranzukommen. Die werden wir in die Datenbank eingeben und abwarten, ob irgendwo etwas aufploppt. Da war mal ein Trucker, der hier vor ein paar Jahren durchgekommen ist und ein paar Leute entführt und ihre Überreste außerhalb von Las Vegas entsorgt hat. Sie konnten den Fall monatelang nicht lösen, weil niemand sich die Mühe mit der DNA gemacht hat. Falls Ursula und Mally tot sind, haben wir auf diesem Weg zumindest alles getan, um die Wahrheit aufzudecken."

„Ursula ist nicht *tot*!" Ich schlage mit der Hand auf den Tisch und überrasche mich damit selbst. Aber ich kann einfach nicht weiter hier rumsitzen und zuhören, wie sie über Ursula redet, als würde sie irgendwo zerstückelt in einer Kiste wie die vom Verrückten Hutmacher liegen, denn das tut sie nicht. Ich merke, wie die Leute uns anstarren, aber es ist mir egal.

„Okay", sagt Bella langsam. „Rede. Verrate mir, was du denkst."

„Ich glaube, dass sie irgendwo gegen ihren Willen festgehalten wird, und ich glaube, dass sie und Mally am selben Ort sind. Ich glaube, dass es mit

Legacy zu tun hat." Ich senke meine Stimme. „Wenn wir Ursula finden, finden wir auch Mally, und sie werden am Leben sein. Ich sage dir, ich liege richtig."

Ich warte ab, aber Bella zeigt keinerlei Reaktion bis auf einen nachdenklichen Blick, wie bei jemandem, der ein kompliziertes Buch liest.

„Der Punkt ist …", sagt sie endlich, immer noch in Gedanken.

„Ist was?"

„Ist … okay. Wir brauchen einen Durchbruch, etwas, das uns hilft, sie zu finden. Etwas Konkretes."

„Also beginnen wir bei Caleb", sage ich. „Und du kannst die DNA durchlaufen lassen oder was auch immer. Vielleicht taucht ja etwas auf."

Bella nickt, dann starrt sie aus dem Fenster, wo ein paar Typen Tricks auf ihren Skateboards üben, während eine Frau auf der anderen Straßenseite mit bunten Bällen jongliert. „Was für ein verrückter kleiner Ort das doch ist." Ihr Blick wandert zurück zu mir. „Ich habe daran gedacht, aus der Scar wegzuziehen. Viele Leute machen das. Du weißt ja, wie viele von uns in den Westen gehen, weil das Wetter dort so ähnlich ist wie hier. Aber die Welt ist überall dieselbe." Sie nimmt einen weiteren Bissen von ihrem Cupcake, kaut gedankenverloren und schluckt ihn hinunter. „Zumindest herrschte hier mal Magie. Das macht einen Unterschied. Die Luft ist einfach anders."

Ich nicke. Ich weiß genau, was sie meint. Die Luft riecht nach Feenstaub, wie Kekse und Lagerfeuer. „Was mir an der Scar am besten gefällt, ist, dass man sie noch fast so sehen kann, wie sie einmal war. Die guten Feen, die magischen Klamotten, die Tiere, die Gedankenleser und die Kunst, einfach alles Realität werden zu lassen, was man sich jemals vorgestellt hat. Zumindest gibt es hier noch eine Spur davon. Ich kann mir nicht vorstellen, jemals zu gehen. Ich sehe keinen Grund", sage ich. „Meine Großeltern leben in Kalifornien, ich habe sie vielleicht ein einziges Mal gesehen. Und überhaupt: Gia und ich kümmern uns umeinander."

Aus Bellas Tasche ertönt das Piepen ihres Handys. Sie bedeutet dem Kellner, uns die Rechnung zu bringen, wirft einen Blick aufs Display und springt auf.

„Wir müssen los“, erklärt sie.

„Wir haben noch nicht gezahlt.“

„Wir holen uns die Rechnung am Tresen.“ Sie wirft sich den Riemen ihrer Tasche über die Schulter.

„Bella, was ist denn los? Du machst mir Angst.“

„Du *solltest* Angst haben. Ich habe grade einen Anruf von Officer Mahony bekommen. Sie haben sich die Überwachungsvideos aus dem Wonderland angesehen, von den Nächten, in denen Mally und Ursula verschwunden sind. Rate mal, was sie entdeckt haben.“

„Was?“ Mein Körper scheint anzuschwellen und zugleich seltsam zu pochen.

„Sie sind reingegangen und nie wieder rausgekommen.“

SIEBZEHN

TEILE UND HERRSCHE, DAS IST UNSER MOTTO. DA ICH ohnehin die meisten Abende im Wonderland verbringe, wird es keinen Verdacht erwecken, wenn ich hineingehe und mich dort ein wenig umsehe. Ich kann mir nicht vorstellen, wo die beiden hingegangen sein sollen. Es gibt nur den Haupteingang und die Hintertür, die zu den Mülltonnen und zum Keller führt. An beiden hängen Kameras.

Bella und ich sehen uns die Überwachungsvideos an. Ursula ist irgendwann am Nachmittag reingegangen, als sich der Club bereits mit der üblichen After-School-Truppe aus Gamern und Geeks füllte. Sie ist umhergeschlendert, hat einen Anruf bekommen, ist die Treppen hinuntergegangen. Das war alles. Also muss sie durch die Hintertür raus sein. Nur, dass dort ebenfalls Kameras hängen und die Tür nicht geöffnet wurde, bis der Tellerwäscher spätnachts hinauskam, um das Frittierfett zu entsorgen.

Montagabend ist eine härtere Nuss. Es war brechend voll, weil Stones Band einen Gig hatte. Man kann Mally erkennen, wie sie mit Hellion auf der Schulter herumläuft, sich gegen die Bar lehnt. Dann verschwindet sie einfach in der Menge und taucht nie wieder auf. Die Qualität der Aufnahmen ist nicht sonderlich gut, und bei den gedämpften Lichtern und der hüpfenden Meute wirkt es, als hätte sie sich einfach in Luft aufgelöst.

Bis wir endlich damit fertig sind, uns die Aufnahmen so oft anzusehen, dass wir allmählich doppelt sehen, wird die Party im Wonderland schon in vollem Gange sein. Bella bittet mich, mein Bestes zu geben und mich anschließend bei ihr zu melden und sie zu informieren, was passiert ist. Wir zehren von Zucker und Koffein und den etwa sechsunddreißig Stunden, die uns noch bleiben, bis wir beim Chief Bericht erstatten müssen.

Erst als ich mich auf den Weg ins Wonderland mache, wird mir bewusst, dass ich heute noch nichts von James gehört habe. Ich rufe ihn an, lande aber direkt auf der Voicemail, dann schreibe ich ihm ein paar Nachrichten, aber er antwortet nicht. Schon an einem ganz gewöhnlichen Tag würde mich das nerven, aber jetzt stürzt es mich in kopflose Panik. Ich schiebe mich durch die Narrows, die nach Monarch pendeln, um von sich behaupten zu können, dass sie in denselben Clubs abhängen wie die Legacy Kids. Sie haben die Bar völlig ruiniert, machen sich an Orten breit, die normalerweise für Legacies reserviert sind, lehnen sich über Stühle und Tresen, als würde der Club ihnen gehören und nicht uns. James ist nicht am Billardtisch oder an den Spielautomaten, und er sieht sich auch nicht die Band an. Also wo steckt er?

Dally steckt in seinem weißen Anzug, von Kopf bis Fuß mit Pailletten besetzt, und glitzert unter dem Schwarzlicht. Er steht hinter der Bar, redet und lacht, während er mit seiner Hasenpfote spielt. Sein Lächeln blitzt durch die Dunkelheit. Ich winke ihm zu und will ihn schon fragen, ob er James gesehen hat, aber dann würde er mit weiteren Fragen nachbohren, und wahrscheinlich bin ich ohnehin bloß paranoid.

Ich spiele Pinball, bis mein Name wieder ganz oben auf der Liste steht, während ich darauf warte, dass es so voll wird, dass niemand bemerkt, wenn ich nach Türen suche, von denen niemand weiß. Aber die Einsamkeit macht mir zu schaffen. Ohne Ursula und James habe ich eigentlich niemanden. Die Leute gehen mir aus dem Weg wie früher Mally. Sie nicken mir im Vorbeigehen zu, kommen aber nicht zu mir, um sich zu unterhalten.

„Schlechter Abend, Mary Elizabeth“, sagt Dally, der sich mit einem Caterpillar in der Hand zu mir gesellt. Er lehnt sich über die Pinball-Maschine, sodass ich nicht weiterspielen kann und ihm Beachtung schenken muss. Dann reicht er mir ein paar Münzen. „Erzähl mir alles, Süße.“

Ich werfe die Münzen ein.

„Pinball, meine Liebe?“, ertönt die verführerische Frauenstimme. Ich beginne zu spielen, schieße den Ball hierhin und dorthin, treffe all die richtigen Ziele und sehe zu, wie meine Punkte steigen. Nach James zu fragen, käme einem Eingeständnis gleich. Dally reibt seine Hasenpfote und wirft mir konsternierte Blicke zu.

„Ich dachte schon, du hättest mich im Stich gelassen.“ Dally legt die Fingerspitzen aneinander. „Sollte ich mir Sorgen machen?“ Er taxiert mich und legt eine Hand über meine.

Ich nippe an meinem Drink und spiele weiter, lasse den Ball nach oben schnellen und erwische ihn mit den Hebeln.

„Ich meine, ich weiß, dass ich es erfahren hätte, wenn dir etwas zugestoßen wäre, so wie den anderen. Aber es ist *gruselig*, findest du nicht? Als wäre dieser Ort plötzlich voller Geister. Wo ist unsere Mally? Und wo, oh wo, ist unsere Ursula? Und dann bist du nicht mehr aufgetaucht, darum bin ich einfach nur erleichtert, das ist alles. Ich habe das schreckliche Gefühl, dass wir hier in der Scar einer nach dem anderen ausgeschaltet werden wie Mäuse, die sich versehentlich in einer Katzenkolonie niedergelassen haben. In der Zwischenzeit könnte *ich* das nächste Opfer sein. Ich könnte der Nächste auf der Liste sein. Was würde schon passieren, wenn ich eines Nachts nach Hause laufe, und jemand schleicht sich aus dem Dunkel an mich heran und schnappt mich?“ Er schaudert theatralisch. „Niemand würde sich darum scheren. Sie würden einfach behaupten, ich wäre depressiv geworden und hätte mich in den Miracle Lake gestürzt.

Genau das, was sie über Mally und Ursula sagen. Und warum sollte ich dorthin gehen?; frage ich dich. Selbst, wenn ich es überleben könnte, wäre es der letzte Ort, an den ich gehen würde, bei diesem ganzen Gerede über ein Seemonster."

Ich lasse meinen letzten Ball zwischen die Stopper fallen.

„*Qué será, será*", singt die Maschine. „*Viel Glück beim nächsten Mal!*"

„Die Nerven", sagt Dally. „Die Nerven liegen blank dieser Tage."

„Hey, Dally, kann ich dich was fragen?"

„Schieß los", erwidert er, als wir gemeinsam zur Bar schlendern. Die Band hat eine Pause eingelegt, sodass wir uns ausnahmsweise tatsächlich unterhalten können. „Ich meine, nicht richtig. Rein metaphorisch."

„Führt noch ein anderer Weg hier raus als durch die Hintertür oder den Haupteingang?"

Er dreht seine Hasenpfote zwischen den Fingern. „Nein, warum?"

Ich hasse es, dass ich Dally und seine blanken Nerven damit belasten muss, dass auch nur der Hauch eines Verdachts auf dem Wonderland liegt, aber ich muss ihn einfach fragen. „Du sagst, du hast gesehen, wie Mally in der Nacht, in der sie verschwunden ist, das Wonderland verlassen hat. Ursula auch?"

„Also, ich habe nicht beobachtet, wie sie durch die Tür gegangen sind, falls es das ist, was du meinst. In der Nacht, als Mally verschwunden ist, war ich mit Aufräumen beschäftigt. Und es war rappelvoll, als Ursula gegangen ist – oder zumindest, als ich sie zuletzt gesehen habe."

„Aber findest du es denn überhaupt nicht merkwürdig, dass sie zuletzt hier gesehen wurden? Alle beide?"

Dally legt sich eine Hand an die Brust. „Was willst du damit andeuten, Süße?"

„Nichts. Ich meine, ich weiß es nicht. Ich hab dir bloß eine Frage gestellt."

„Klingt für mich eher nach einer Anschuldigung."

„Nein, Dal. Ich beschuldige dich wegen gar nichts." Wenn ich ihn mir ansehe, kann ich mir nicht vorstellen, dass er sich jemals etwas hat zuschulden kommen lassen. Er wirkt so arglos und ehrlich gekränkt. „Ich frag doch nur." Ich kann ihm nichts von den Videoaufnahmen erzählen, aber ich glaube, dass er von nichts weiß.

„Also, lass das. Du machst mich ganz nervös."

„Tut mir leid, Dally. Ich wollte dich nicht aufregen. Dieser Ort ist wie mein zweites Zuhause, das weißt du."

Dally schüttelt die finsteren Gedanken ab und strahlt mich an. „Ich bin so froh, dass du wieder da bist! Wir haben dich vermisst. Jetzt geh! Genieß den Abend!"

Als die Musik wiedereinsetzt, heben alle ihre Handys in die Luft, Kerzenflammen auf den Displays wie Feuerzeuge, und wiegen sich im Takt. Inmitten all der Bewegung husche ich die Stufen hinunter, die zu der Seitentür neben der Bühne führen. Aber kaum, dass ich mich dem Abstellraum nähere, bin ich wie gelähmt. Ich bekomme keine Luft. Es ist, als ob meine Lungen in Flammen stehen. Ich muss an Dr. Tink denken und daran, wie ich von zehn rückwärtszählen und meinen Atem verlangsamen soll, wenn das passiert. Panisch stolpere ich davon in die Toiletten, in eine Kabine, und spüre noch, wie ich auf die Knie falle, bevor mir schwarz vor Augen wird.

„Hey", ruft eine Stimme. „Alles in Ordnung da drin?"

Ich liege auf karierten Fliesen, im Rücken eine Zwischenwand aus Metall. Das sind die Toiletten im Wonderland. Ich habe keine Ahnung, wie lange ich schon hier bin, aber von draußen höre ich noch das Wummern der Musik, also kann es nicht lange gewesen sein.

„Mir geht's gut." Das glaube ich zumindest. Immerhin blute ich nicht.

„Okay." Die Stimme klingt nicht überzeugt. „Aber der Boden ist echt eklig, also wenn ich du wäre, würde ich lieber mal aufstehen."

Ich rapple mich auf und klopfe noch leicht benommen meine Klamotten ab. Auf der Wand steht FÜR NE RUNDE SPAß, RUF MARY ELIZABETH AN, daneben eine Handynummer, die mit meiner nicht die geringste Ähnlichkeit hat, hingekritzelt von irgendwelchen Idioten über mich oder irgendeine andere unglückliche Mary Elizabeth vielleicht. Ich überprüfe, dass mein Portemonnaie und meine Schlüssel noch in meiner Hosentasche stecken, und stolpere aus der Kabine.

„Oh, du bist es." Es ist Josey, eine von den nicht ganz so furchtbaren Narrows. Ich sehe sie nur leicht verschwommen, aber ich erkenne ihre Stimme.

„Hi, Josey. Wie geht's?" Ich schaffe es zum Waschbecken, immer noch unsicher auf den Beinen.

„Besser als dir, wie es aussieht. Was ist denn passiert? Ich bin so froh, dass du nicht abgestochen wurdest oder so", sagt Josey. „Meine Mom wollte nicht mal, dass ich heute Abend herkomme. Ihr wäre es am liebsten, wenn ich einfach nur zu Hause in unserer neuen Scar-Adresse herumsitze und nach Sonnenuntergang das Haus nicht mehr verlasse. Sie mit ihrem: *Josey, das Wonderland ist kein sicherer Ort. Diese Leute sind völlig unberechenbar.* Aber Lucas und Katy sind hier, und ich hatte keine Lust, den ganzen Abend in meinem Zimmer rumzuhocken und irgendwelche deprimierenden Serien zu streamen oder so. Ich durfte gehen, als Lucas die Limo geschickt hat, um mich abzuholen." Sie schielt zu mir. „Sorry. Ich hatte nicht vor, wie eine schreckliche Person zu klingen, aber ganz ehrlich, in letzter Zeit ist es hier echt verrückt, wo an jeder Ecke Leute verschwinden."

Jetzt, da die Welt aufgehört hat, sich vor meinen Augen zu drehen, wünschte ich, sie würde aufhören zu reden, aber ich kann mir meinen Kommentar nicht verkneifen. „Willst du mir ernsthaft weismachen, dass es weniger deprimierend ist, mit Lucas und Katy abzuhängen, als alles, was du streamen könntest?"

Sie wirft mir einen Seitenblick zu, holt ein Döschen aus ihrer Clutch und pudert sich die Nase. „Lucas ist gar nicht so schlimm, wie du wahrscheinlich denkst."

„Und Katy?"

„Ja, Katy ist 'ne Bitch, aber manchmal muss ich einfach mit irgendwem abhängen, und es ist ja nicht so, als ob ihr mich mit euch abhängen lassen würdet, richtig?"

Sic wartct.

Ich warte.

„Außerdem kann ich meiner Mom nicht wirklich Vorwürfe machen, wenn sie solche Sachen sagt. Denn hier stehen wir, und du hast gerade noch bewusstlos auf dem Toilettenboden gelegen. Das ist … ich weiß nicht." Josey greift nach meinem Handgelenk. Ihre Finger sind warm und weich. Sie streicht über das Zeichen.

„Ähm … entschuldige mal", sage ich.

„Wow", haucht sie verträumt. „Ein perfektes Herz. Und du wurdest damit geboren. Du hast so ein Glück."

„Glück", wiederhole ich.

„Ich habe meiner Mom schon gesagt, dass ich genau so ein Tattoo haben will, ASAP."

„Warum? Außerhalb der Scar sehen die Leute dich komisch an. Sie verurteilen dich. Sie stecken dich in *Schubladen.*" Ich muss an die Polizeiberichte denken, in denen immer angegeben werden muss, ob jemand Legacy ist.

„Aber … ihr seid frei. Ihr seid wild und könnt tun und lassen, was ihr wollt. Und ihr habt das beste Wetter, das beste Essen und magische Gärten. Vielleicht seid ihr nicht mehr magisch, aber ihr wart es. Früher konntet ihr einfach mit den Fingern schnippen und Wünsche in Erfüllung gehen lassen."

Sie legt eine Pause ein, als erwarte sie, dass ich etwas darauf erwidere.

„Josey, ich will echt nicht gemein klingen, aber ich fühl mich nicht besonders."

„Was du nicht sagst, ich hab dich grade auf dem Fußboden gefunden! Bestimmt hast du Legacy-Zeug zu erledigen. Ich werde hier drüben einfach meinen Lippenstift auffrischen und kein Wort mehr sagen."

„Großartig." Aber es ist schon komisch, als ich mich wieder dem Spiegel zuwende, wird mir klar, dass sie mich tatsächlich von meiner Panik und diesem grässlichen Gefühl in der Brust abgelenkt hat. Inzwischen fühle ich mich viel besser.

„Also, hängst du heute Abend ganz alleine rum?", fragt Josey nach ein paar Sekunden.

„Josey, wenn auch nur ein winziger Teil von dir daran denkt, mich nach oben auf die Empore zu deinen grässlichen Freunden einzuladen, dann tu es bitte nicht. Dein Lordkommandant und ich verstehen uns nicht sehr gut." Bevor sie mit mir streiten kann, wende ich mich von ihr ab und starre auf mein Spiegelbild auf dem schmutzigen Glas.

Und dann, ganz plötzlich … erzittert das Spiegelbild, obwohl ich vollkommen reglos dastehe.

Ich blinzele. Kneife die Augen zusammen. Muss wohl Einbildung gewesen sein.

Aber auf einmal verzerrt sich mein Spiegelbild, ein Gesicht schiebt sich über meins. Das Mädchen im Spiegel hat hohe Augenbrauen, ihre roten Haare winden sich in einem geflochtenen Zopf um ihren Kopf, ausgeprägte rote Lippen und die wahnsinnigsten Augen, die ich je in meinem Leben gesehen habe, fieberhaft vor Wut.

Das sind meine Augen. Und das ist mein Gesicht.

Ich hebe eine Hand an meine Wange. Mein Spiegelbild tut es mir gleich, dann schlägt es die Hände ineinander und lacht tonlos.

Ich muss den Verstand verloren haben.

Oder es ist eine Spur.

Ich winke meinem Spiegelbild zu. Ich kann mich ohne Probleme bewegen. Das geschieht gerade tatsächlich. Das ist wirklich real.

„Zehn, neun, acht …“ Ich schließe fest die Augen und öffne sie dann wieder in der Hoffnung, dass das Gesicht verschwunden und mein blasses, durchschnittliches Spiegelbild zurück ist, das ich gewohnt bin. Aber das ist es nicht. Dieselbe verzerrte Version meines Gesichts starrt mich an.

Ich bin jetzt hellwach, all meine Sinne sind geschärft.

„Hey, geht es dir gut? Du klappst doch nicht gleich wieder zusammen, oder? Soll ich jemanden holen gehen?“

„Josey, bitte sei still“, kriege ich heraus, aber nur gerade so.

„Also, das ist nicht sehr nett“, schmollt sie.

Ich hebe eine Fingerspitze und lege sie ganz langsam gegen das schmutzige Glas. ISS MICH steht in kreideweißen Buchstaben über den Rand geschrieben.

Nur am Rande nehme ich Josey wahr, aber es ist, als würde sie aus großer Entfernung auf mich einreden, als hätte sich alles verlangsamt, alles außer mir, dem Spiegel und diesem Spiegelbild, das fast wie mein eigenes aussieht. Ich drücke zu. Ein Kräuseln wie auf der Oberfläche eines Sees.

„Kannst du das sehen?“, flüstere ich. Die Angst in mir ist so übermächtig, dass ich nicht sicher bin, ob ich überhaupt einen Laut von mir gegeben habe.

„Ernsthaft, geht es dir gut? Du machst mir echt Angst, Mary Elizabeth.“

Ich drücke ein klein wenig fester zu. Das Glas gibt nach, wird durchsichtig wie silberner Satin, als mein Finger bis zum Knöchel darin verschwindet. Ist es das, was Mally und Ursula zugestoßen ist? Hat dieser Spiegel sie *gegessen*?

Ich ziehe meinen Finger zurück und presse ihn mir gegen die Brust. Irgendwo in der Ferne rennt Josey aus der Toilette und schlägt die Tür hinter sich zu.

Ich stehe wie angefroren da, während mein Spiegelbild die Arme verschränkt und mich beobachtet, darauf wartet, was ich als Nächstes tun werde. Dann zerbricht etwas in mir, und ich stürze aus der Toilette und dem Wonderland, so schnell ich nur kann.

ACHTZEHN

ICH DACHTE, ICH KÖNNTE EINFACH NACH HAUSE GEHEN und mich sammeln, mir überlegen, was ich Bella erzählen soll, und vielleicht meinen Freund ausfindig machen. Aber als ich die Wohnungstür öffne, ist das Wohnzimmer voller Naturalisten, und Gia ist glücklich, die Gastgeberin zu spielen. Ich hatte vollkommen vergessen, dass sie heute hier sind. Gerade sitzen sie alle in einem Kreis auf dem Fußboden und kichern leicht hysterisch vor sich hin. Überall liegen Kristalle verstreut, und Gia flattert umher, um sicherzugehen, dass alle gut versorgt sind. Sie hat Tücher über die Lampen geworfen. Ein Stück schwarzer Spitze verdeckt den Fernseher, sodass unser kleines Apartment aussieht wie das Innere vom Zelt einer Wahrsagerin.

Genau darum ist es auch so lächerlich, wenn man die Naturalisten tatsächlich zu den Fraktionen zählt. Sie sind nur ein Haufen Frauen mittleren Alters in wallenden Kleidern, die kurz davorstehen, sich Kompressionsstrümpfe kaufen zu müssen, und in Erinnerungen schwelgen, weil sie die Magie vermissen und glauben, dass sie zurückkommt, wenn sie es sich nur fest genug wünschen.

Heute sind sie etwa zu neunt, jede in noch mehr Seide und Pailletten gehüllt als die Nächste. Außerdem sind jede Menge Hüte im Spiel, alles von Turbanen über Fascinators bis hin zu Baretten. Die Frauen nehmen meine Anwesenheit mit keinem Ton oder Blick zur Kenntnis, und ich nutze die Gelegenheit, um es noch mal bei James zu versuchen. Als ich ihn nicht erreiche, schleiche ich mich ins Bad und lasse mich in der Dusche von heißem Wasser berieseln. Ich habe keine Ahnung, was da gerade im Wonderland passiert ist, aber ich muss mir eingestehen, dass es sich – obwohl es mir eine Heidenangst eingejagt hat und das Bild im Spiegel vollkommen wahnsinnig wirkte – gut angefühlt hat.

Es war ein Gefühl der Macht. *Ich* fühlte mich mächtig.

Als ich aus der Dusche trete, habe ich den Plan gefasst, zu Della zu gehen und dort nach James zu suchen. Ich versuche gerade, mich unbemerkt aus der Tür zu schleichen, als Gia sagt: „Süße, wo willst du hin? Komm mal eben her und hilf uns."

„Bei was denn, G?", frage ich.

„Na, mit der Magie natürlich."

Der ganze Kreis bricht in Gelächter aus. Gia und ihre Freundin Ginny lehnen sich aneinander. Sie treffen sich alle zwei Wochen, um irgendwelche übernatürlichen Tests durchzuführen, alte Zaubersprüche und Rezepte auszuprobieren und um Teeblätter zu lesen. Nichts davon hat jemals funktioniert, und niemand macht sich etwas daraus. Es ist ohnehin eher eine Ausrede, um sich zu treffen und Unmengen Wein zu trinken. Dreißig Minuten, um die Magie zurückzubringen, und vier Stunden, um sich zu bemitleiden und zu tratschen und zu lachen.

„Welche Art von Magie?", frage ich.

„Wir dachten, heute schweben wir." Es folgt ein weiterer Ausbruch heiteren Gelächters.

„Schweben?" Ich stehe außerhalb des Kreises. „Wirklich?" Dies wird als der merkwürdigste Tag meines Lebens in die Geschichte eingehen, was etwas heißen will, denn ich habe schon ein paar wirklich seltsame Tage erlebt. Alles begann mit Ursulas Handy, dann bin ich ohnmächtig geworden und habe meinen Finger in einen Spiegel getaucht – und um alldem die Krone aufzusetzen, soll ich jetzt noch mit meiner Tante schweben.

„Na ja, man weiß ja nie“, sagt Evelyn. Sie ist die Organisatorin dieser Treffen … die mit den Listen. „Selbst ohne Magie soll es einigen erleuchteten Menschen gelungen sein zu schweben. Warum also nicht auch uns?“

„Süße …“, stimmt Cindy, die Nervige, mit ein, „die Sache mit der Magie ist die, dass sie unterirdisch verläuft, direkt zu unseren Füßen. Wir müssen nur herausfinden, wie wir sie dazu bewegen können, sich zu uns zu gesellen. Wusstest du, dass die gesamte Scar auf einem riesigen Bett aus Kristallen errichtet wurde? Darum geht es hier auch so hoch her. Lasst uns also diese Kristallmagie anzapfen und aufsteigen!“

„Komm schon, Kleine.“ Gia rutscht zur Seite und macht zwischen sich und Ginny einen Platz für mich frei. „Der alten Weise zufolge brauchen wir elf Leute dafür, und wir sind nur zu zehnt.“ Sie tätschelt den Platz neben sich. „Wir haben es schon einmal versucht. Aber alles, was passiert ist, war, dass Evelin gerülpst hat!“

Evelin errötet. „Du kannst keinen Hummus servieren und dich dann beschweren. Was erwartest du?“

Ich lasse mich zwischen Ginny und Gia auf den Boden plumpsen. Ihre gemeinsame mütterliche, einladende Körperwärme besänftigt mich. Gia ist so fröhlich, wie sie es nur dann ist, wenn sie ihre Freundinnen um sich hat. Es ist schön, sie so zu sehen. Schön, dass sie Spaß hat und sich nicht über Rechnungen oder Geld oder das leckende Dach den Kopf zerbricht, sich nicht um mich sorgt.

„Na endlich“, sagt Mattie mit dem Gesicht einer Stechmücke. „Ich hab nicht die ganze Nacht Zeit. Nimmst du das auch ernst, Mary Elizabeth?“

„Aber sicher“, sage ich und drücke Gias Hand.

Nacheinander haken die Damen sich beieinander unter.

„Schließ deine Augen“, flüstert Gia mir zu. „Lass die Magie durch dich hindurchströmen wie eine Welle.“

„G?“

Gia öffnet ein Auge. „Was?“

„Heute Abend im Wonderland ist etwas passiert. Ich weiß nicht, ob ich hier …“

„Psst“, macht Cindy. „Du störst die Energie!“

Gia tätschelt mein Bein. „Keine Sorge. Das ist nur Spaß.“

„Damen der Gesellschaft der Naturalisten, willkommen zurück in unserer Mitte“, sagt Cindy. Sie hält sich hier für die Anführerin. „Willkommen auch an die göttliche Magie, die durch unsere Adern und den Boden zu unseren Füßen strömt. Heute bitten wir darum, dass die Magie Zeugin unserer Hingabe wird und uns mit ihrer natürlichen Macht segnen möge. Magie, wir wissen, dass unsere Art dich für selbstverständlich gehalten, dich missbraucht und verletzt hat, aber wir bitten dich, uns von unseren Fesseln zu befreien, auf dass du frei unter uns fließen kannst.“ Sie räuspert sich, überwältigt von ihren Gefühlen, und fährt dann fort. „Unsere Vorfahren haben diese Magie in sich getragen, und für eine kurze Zeit lang haben das auch wir. Gebt sie uns jetzt zurück.“

Ich lasse meine Augen geschlossen, als die Frauen anfangen, sich zu bewegen. Ich habe schon so oft dabei zugeschaut, dass ich nicht hinsehen muss. Jede einzelne von ihnen kreist ihren Oberkörper und gibt ein sanftes Summen von sich. Nachdem sie das eine Weile getan haben, lassen sie einander los, und das Summen schwillt an. So lächerlich ich dieses Getue auch finde, das Summen steigt in mir auf und scheint sich in meinem ganzen Körper auszubreiten. Meine Finger und Zehen kribbeln.

Ich könnte auf der Stelle einschlafen und spüre dieselbe Wärme in meinen Zehen wie in einer guten Nacht vor dem Schlafengehen. Die Gedanken an eine gute Nacht führen zu Gedanken an James, seine Arme, das schwarze Herz auf seinem Handgelenk, unseren Atem im Einklang, unsere Arme um den anderen geschlungen, das blaue Licht, dasblaueLichtdasblaueLicht.

Und dann haucht Cindy: „Keine Bewegung. Macht die Augen auf."

Überraschtes Keuchen und erschrockene Ausrufe reißen mich aus meinem Tagtraum. Ich öffne die Augen. Alle starren mich an.

Ich schwebe etwa zwei Zentimeter über dem Boden. Blaues Licht schlängelt sich sanft um meine Taille und meine Arme wie Gliedmaßen, die mich festhalten.

Gia zittert und ich auch.

„Mary Elizabeth Heart", sagt sie mit erstickter Stimme und starrt mich an. „Was hast du getan?"

NEUNZEHN

ALS ICH JAMES WIEDER NICHT ERREICHE, RUFE ICH stattdessen Smee an. Im Hintergrund läuft laute Musik, die Klänge einer Party. James erlaubt keine Partys bei sich zu Hause, und es klingt nicht nach dem Wonderland.

„Hier spricht Smee", sagt er. „Wie kann ich Ihnen behilflich sein?"

„Smee, wo ist James? Er geht nicht an sein Handy."

„Was? Er ist genau hier. Ich hab ihn vor nicht mal fünf Minuten an seinem Handy gesehen. Ich hab mich schon gefragt, wo du abgeblieben bist. Aber ich sollte dich warnen, der Cap ist heute nicht in seiner gewöhnlichen miesen Stimmung. Ich würde sagen, das ist ausgewachsene Weltuntergangsstimmung." Er verliert für einen Moment den Faden, während er jemanden begrüßt. Ich versuche, mein Temperament zu zügeln.

„Wo seid ihr?"

„Bei Della", sagt er. Dann: „Verrat ihm lieber nicht, dass ich dir das gesagt hab. Wenn ihr beiden gerade Stress habt, will ich mich da nicht einmischen."

„Wir haben keinen …", setze ich an, aber die Verbindung wird unterbrochen, und ich muss mich beeilen, um den nächsten Zug zu erwischen. Ich habe keine Ahnung, weshalb James schlecht drauf ist, aber ich weiß, dass wir jetzt zusammen sein müssen. Ich brauche ihn, und es klingt ganz so, als ob er mich auch braucht.

Als ich James' Auto vor dem Haus seiner Patentante stehen sehe, entspanne ich mich ein wenig. Die ganze Fahrt über habe ich befürchtet, dass er schon weg sein könnte, wenn ich hier ankomme, aber jetzt bin ich nur noch Minuten davon entfernt, in seine Arme zu sinken und herauszufinden, warum er mich den ganzen Tag über ignoriert hat.

Ich glaube … Nein, ich weiß, dass James das noch nie zuvor gemacht hat.

Die Musik ist bis auf die Straße zu hören und die Treppe voll mit Menschen in allen Größen und Formen. Drinnen gibt es Essen, und es wird getanzt. Nicht viele Leute in der Scar besitzen ein eigenes dreistöckiges Gebäude, aber Della ist eine Ausnahme. Sie ist praktisch königlich, war zu ihrer Zeit die Königin unter den guten Feen, schneiderte die schönsten Kleider, schmiss die besten Partys und zauberte einmal sogar ein ganzes Schloss herbei, als es nötig war.

„Baby!" Della schwebt auf mich zu, kaum, dass ich durch die Tür bin. Hinter ihr erhasche ich einen Blick auf einen riesigen Tisch voll mit allen nur erdenklichen Naschereien. „Ich habe mich schon gewundert, wo du steckst!"

„James hat mich nicht eingeladen."

„Na, dann mal gleich rein mit dir und zieh ihm gehörig die Ohren lang." Della schließt mich in die Arme. „Willkommen. Versuch, dich ein wenig zu amüsieren. Was bleibt uns anderes übrig?" Della streckt den Arm aus, ihr hauchdünner Ärmel öffnet sich wie ein Schmetterlingsflügel. „James ist da drüben mit ein paar von den Jungs. Ihr zwei solltet tanzen gehen."

James steht neben der Musikanlage. Auf seinem Gesicht sehe ich denselben überdrehten, rastlosen Ausdruck wie schon die letzten Male, als wir uns gesehen haben. Stone und Smee sind bei ihm, aber sie verdrücken sich, als sie mich kommen sehen.

James versucht, die Sache herunterzuspielen, als hätte er sich nicht den ganzen Tag über merkwürdig verhalten. Er lehnt sich zu einem Kuss zu mir hinunter.

„Ich habe den ganzen Tag versucht, dich zu erreichen", sage ich.

„Ich wollte dich anrufen, sobald ich wieder einen klaren Kopf hab", weicht er aus.

„Aber in der Zwischenzeit konntest du hier rumhängen und feiern und mich fünfzig Mal anrufen lassen, während ich dich schon tot in irgendeinem Graben gesehen habe?"

„Ich bin nicht tot. Ich bin genau hier. Ich brauchte nur mal 'ne Minute für mich, okay?"

„Ach, du brauchtest ein bisschen Abstand?"

James und ich haben darüber gesprochen, dass jemand, der sagt, er brauche ein wenig Abstand, damit eigentlich meint, dass er nicht mehr auf den anderen steht.

Seine Miene verfinstert sich. „Nein, ich brauche keinen Abstand. Wir machen grade einfach eine Menge durch. Nach letzter Nacht und dem, in was Ursula sich verwandelt hat. Das ist aufreibend. Ich sollte das aber nicht an dir auslassen. Du bist die letzte Person, die das gebrauchen kann. Es tut mir leid, Mary …" Er nimmt meine Hand. „Komm, lass uns das alles einfach vergessen. Tanz mit mir."

Ich bin umgeben von Menschen, die wir beide aus der Scar kennen. Della beobachtet uns aus einer Ecke über ein Glas mit einer hellen, sprudelnden Flüssigkeit hinweg und lächelt stolz. Ich lasse mich von James in die Mitte des Raumes ziehen. Er legt sich meine Arme um die Schultern.

„James."

„Lass mich reden, okay?"

Wir schaukeln vor und zurück. Ich versuche, mich wie sonst auch bei ihm fallen zu lassen, aber obwohl ich zulasse, dass wir uns bewegen, fühle ich mich irgendwie steif.

„Es macht mich fertig, Dinge vor dir geheim zu halten. Ich wollte dir schon so oft alles erzählen, was hier vor sich geht, aber solange du für die Cops arbeitest, kann ich das nicht. Ich würde dich damit nur belasten und jeden, der uns etwas bedeutet."

Ich halte inne und sehe ihm in seine warmen Augen. Er streicht mir mit dem Daumen über die Wange. Ich stelle mich auf Zehenspitzen, presse meine Lippen gegen seine, lasse meinen Körper zerfließen. Dann trete ich einen Schritt zurück. Ich muss ihm eine Frage stellen, und alles hängt davon ab, wie er darauf antwortet. Darum brauche ich genügend Abstand, um seine Reaktion richtig deuten zu können.

„Weißt du, was mit Ursula los ist, James?"

Das Licht in seinen Augen erlischt, und er lässt die Arme herabfallen.

„Hast du was damit zu tun ...?", bohre ich weiter. „Hat dein blaues Licht dir davon erzählt? Weißt du, wo Mally ist? Ist es das, was du mir nicht erzählen kannst? Hast du etwas mit ihrem Verschwinden zu tun?"

Selbst als mir die Worte über die Lippen strömen, kann ich noch nicht fassen, dass ich ihm diese Fragen stelle. Aber er wusste, dass Ursula in diesem See ist. Er hat das blaue Licht. Er verhält sich so verschlossen, und er hat sich bei Cubby ein Tattoo stechen lassen, was wiederum bedeutet, dass er Caleb Rothco kennt. Was noch vor ein paar Stunden undenkbar gewesen wäre, erscheint mir auf einmal möglich.

„Ich will hier drin nicht darüber reden." Wir schlängeln uns durch die Menge bis nach draußen und in den Hinterhof, wo Della reihenweise Laternen aufgehängt hat. Sie verbreiten dasselbe warme gelbe Licht wie Glühwürmchen und tanzen in der leichten Brise.

Kaum, dass wir draußen sind, stelle ich ihn zur Rede. „Es wäre eine Lüge durch Unterlassen", sage ich. „Du hast mir versprochen, dass wir uns nie anlügen würden. Aber je länger diese ganze Sache weitergeht ... Wenn du irgendetwas damit zu tun hattest oder weißt, wo sie sind, dann musst du es mir sagen."

Er lehnt sich gegen den Zaun, sein Blick wandert zu der Brücke, die die Scar mit Midcity verbindet. Für eine Sekunde bin ich überzeugt, dass er sich gleich umdrehen und mir alles erzählen wird, dass er die ganze Wahrheit vor mir ausbreiten wird und wir dann gemeinsam entscheiden können, wie wir weiter vorgehen wollen. Aber er dreht sich nicht um. Er bleibt vollkommen reglos.

„James", sage ich leise. „Ich habe meinen Finger heute Abend durch einen Spiegel gesteckt. Gleich danach bin ich geschwebt. Wenn es etwas gibt, das ich wissen sollte, dann musst du es mir sagen."

Als er sich endlich zu mir umdreht, zieht er den Ärmel seines Shirts hoch, sodass ich sein neues Tattoo sehen kann. *Mary Elizabeth* steht auf seinem Arm, umgeben von Blumen, wie sie nur im Ever Garden wachsen.

„Das habe ich mir für dich machen lassen", sagt er. „Weil ich dich so liebe, dass ich an nichts anderes denken kann. Unsere ganze Beziehung über habe ich an nichts anderes gedacht. Es dreht sich alles nur um dich, immer." Ich habe James früher schon wütend erlebt, aber noch nie so wie jetzt. Seine Stimme, normalerweise heiser, tief und kontrolliert, ist plötzlich voller Leidenschaft, fern jedweder Kontrolle. „Ich verstehe nicht, warum du mir nicht einfach vertrauen kannst, dass es besser ist, jetzt noch nicht alles zu wissen, als alles zu wissen. Ich verstehe nicht, warum du nicht zulassen kannst, dass ich diese eine Sache für mich behalte, bis ich bereit bin, darüber zu reden."

„Ursula ist kaum noch menschlich, und Mally wird seit einer Woche vermisst. Es ist mein *Job*, sie zu finden, und ich glaube, du weißt, wo sie sind. Du würdest dich nicht so aufführen, wenn du Mallys Dad gesehen hättest. Und was ist mit Morgana und Ursulas Mom?"

„Das hat nichts damit zu tun. Weißt du, du warst so sehr mit dir selbst beschäftigt, dass du nicht einmal bemerkt hast, dass ich immer auf dich warte, Mary Elizabeth. Ich warte neben meinem Handy, ich warte im

Wonderland, ich warte in der Schule, ich warte darauf, dass du dich an mich erinnerst und auf meine Nachrichten antwortest."

„Was? Ich denke ständig an dich. Du bist das Wichtigste in meinem Leben."

„Nein, bin ich nicht. Das ist dein Praktikum. Es ist dein Ehrgeiz. Dich durchzusetzen, das ist dir wichtig."

Ich fasse nicht, was er da sagt. Zum ersten Mal spüre ich, dass unsere Beziehung in Gefahr sein könnte.

„Einen einzigen Tag lang schreibe ich dir mal nicht in der Sekunde zurück, in der du es erwartest, und du führst dich auf, als wäre es das Ende der Welt", faucht er. „Und das erwartest du von mir. Du glaubst, es ist vollkommen normal, dass ich diese Person bin, dass ich nie etwas brauche oder mir etwas für mich selbst wünsche. Tja, ich habe etwas gefunden." Er öffnet seine Handfläche, und das blaue Licht tanzt wie eine Flamme auf seiner Haut. „Und ich habe dir ein kleines Stück davon gegeben, weil ich wusste, dass du es nie freiwillig von mir annehmen würdest. Es ist etwas, was du brauchst. *Wir* brauchen das. Du solltest mir danken."

„Du hast meine Frage nicht beantwortet, James." Ich betone jedes einzelne Wort, damit ihm die Schwere der Situation bewusst wird. „Weißt du, wo sie sind?"

Er lässt den Kopf hängen. „Ich nehme an, ich bedeute dir nicht annähernd so viel, wie ich gedacht habe. Kann ich dich was fragen?" Er sieht mir in die Augen. „Bedeutet Ursula dir überhaupt etwas? Oder geht es nur darum, dass du dich endlich deinem wahren Ziel näherst, wenn du sie findest? Besitzt du ein Herz, Mary?"

„Beantworte die Frage, James."

Er nickt. „Ja, ich weiß, wo Ursula ist, und ich weiß auch, wo Mally ist. Das blaue Licht hat es mir verraten."

Meine Befürchtungen verwandeln sich in nackte Panik. Mein Leben, wie ich es gekannt habe, ist vorbei.

„Was hast du getan, James?“, frage ich. Meine Stimme ist kaum mehr als ein Wispern. Meine Kehle ist wie zugeschnürt, die Geräusche der Party dringen nur noch wie von einem anderen Planeten an meine Ohren.

„Was *ich* getan habe?“ Er schüttelt den Kopf. „Wahnsinn. Du glaubst im Ernst, ich würde unsere beste Freundin kidnappen oder Mally in den Kofferraum von meinem Auto werfen oder so? Hast du dich also endlich entschieden, die Dinge zu glauben, die man sich über mich erzählt? Über mich, einen Bartholomew? *Captain Crook?* Hast du dich gegen mich und die Neverland-Jungs gewandt? Ist es das, was du in der Midcity von den Narrows gelernt hast?“ Sein Lächeln gleicht dem eines Wolfes. Es dehnt sich aus, bis ich mehr von seinen perfekten Zähnen sehen kann als je zuvor. Unwillkürlich weiche ich einen Schritt zurück. „Ich habe gar nichts getan“, sagt er. „Die Frage ist doch, was *sie* getan haben, was Ursula und Mally für sich selbst tun. Also, du und deine Cops, ihr könnt ruhig weiter durch die Gegend laufen und versuchen, herauszufinden, was hier vor sich geht. Aber das werdet ihr nicht, weil ihr schlicht und ergreifend zu blind seid, um zu sehen, was direkt vor euren Augen liegt.“

Ich versuche, mir ins Gedächtnis zu rufen, dass das hier James ist. Das ist die Person, der ich noch bis vor wenigen Stunden mehr vertraut habe als jedem anderen. Dann fällt sein Gesicht in sich zusammen, und er kommt auf mich zu. Ich stolpere noch einen Schritt zurück, und er bleibt wie angewurzelt stehen, als hätte ich ihm eine Ohrfeige verpasst. Es tut weh, ihn so zu sehen, aber ich gebe nicht nach. „Du musst mir verraten, wo sie sind. Du musst es mir sagen, damit ich sie aufhalten kann, bevor es jemand anders herausfindet.“

Er betrachtet mich eine Weile, dann sieht er zum Nachthimmel auf, über den unzählige Sternbilder ziehen. Schließlich richtet er seine Aufmerksamkeit wieder auf mich, er nimmt meine Hand, und dieses Mal lasse ich es zu. Sanft drückt er mir einen Kuss auf die Knöchel.

„Ich weiß noch nicht, wie das alles funktioniert. Aber ich werde es herausfinden“, sagt er. „Das wird ein riesiges Abenteuer. Und vielleicht gibt es ein paar Dinge, die wir aus der Welt schaffen müssen, aber ich will mit dir gemeinsam auf dieses Abenteuer gehen. Ich werde dir alles erzählen, wenn du mit mir kommst. Du musst nur dein Praktikum aufgeben.“

Ich denke darüber nach, was das bedeuten würde. James war schon immer ein Teil der Seitengassen und geheimen Pfade der Scar. Mein Praktikum aufzugeben, würde bedeuten, so viel mehr zurückzulassen als nur einen Bürojob, zu dem ich wahrscheinlich in ein paar Tagen zurückkehren werde. Es würde bedeuten, dass nichts von all dem Realität wird, was ich mir für mein Leben erhofft habe. Er verlangt von mir, dass ich mich für ihn entscheide anstatt für mich selbst.

„Das kann ich nicht“, sage ich. „Es ist die einzige Sache, die ich nicht tun werde. Bitte mich um etwas anderes. Ich weiß, wie sehr du dich immer nach der Magie gesehnt hast, aber sie macht etwas mit dir. Und mit mir auch. Wir sollten das hinter uns lassen und wieder zu dem zurückkehren, wie die Dinge vorher waren. Lass uns unseren Traum verwirklichen. Wir beide, zusammen – genau so, wie wir es uns immer vorgestellt haben.“

„Nein“, sagt er einfach, als hätte er mit dieser einen Silbe nicht gerade entschieden, unsere Leben zu zerstören. „Für nichts auf der Welt. Nicht einmal für dich.“ Er presst seine Lippen auf meine und zieht mich an sich. Ich würde die Gesetze des Universums außer Kraft setzen und all seine Teilchen im Nichts umherschweben lassen, nur um noch eine Minute länger genau hier zu sein und James zu küssen. Doch er löst unsere Verbindung, legt eine Hand auf meine Stirn und sagt: „Es tut mir leid, Mary.“

„Was denn?“

„Schlaf“, sagt er, und das blaue Licht schießt in meinen Kopf.

Mit einem Schlag wird die Welt um mich herum schwarz.

ZWANZIG

ALS ICH AUFWACHE, KLEBT SABBER AN MEINEM KINN, das Licht der frühen Nachmittagssonne fällt auf mein Bett, und auf meinem Handy sind zahllose Nachrichten von Bella. Die Ereignisse des Vorabends stürzen wieder auf mich ein, zusammen mit einer Welle heftiger Übelkeit. Ich versuche, Ursula anzurufen, dann James, aber beide Anrufe gehen direkt zur Voicemail. Tante Gia veranstaltet in der Küche irgendein Spektakel, und jetzt habe ich die Hälfte des letzten Tages verschlafen, der uns noch bleibt, um dieser Sache auf den Grund zu gehen.

Ich checke meine Health App. Vierzehn Stunden Schlaf. Dr. Tink wird mir wahrscheinlich vorhalten, dass auch übermäßiger Schlaf ein Anzeichen von Depressionen sein kann. Ich öffne die Meditation Melinda App, die ich bisher noch nicht angerührt habe.

„Erzähl mir alles", sagt Meditation Melinda.

„Anzeichen von Stress", sage ich. „Druck. Liebe."

„Ich verstehe." Der Avatar auf dem Display, eine Frau in Pastellpink mit einem schrecklichen Pony, schenkt mir ein seliges Lächeln. „Folgende Fünf-Minuten-Meditationen werden für dich empfohlen: Entspannung mit Melinda – Druck abbauen mit Melinda – Liebeskummer bewältigen mit Melinda. Welche möchtest du als Erstes durchführen?"

Ich tippe auf die Spracherkennung. „Melinda, du nervst. Sag deinen Herstellern, sie sollen sich bessere Titel ausdenken."

Ich werfe das Handy auf die Bettdecke.

Gia steckt ihren Kopf durch den Türrahmen. „Alles okay, Süße?", fragt sie.

„Klar."

Ich hatte erwartet, dass sie mir wegen der Ereignisse von gestern Abend keine Ruhe lassen würde, aber stattdessen bedenkt sie mich mit einem besorgten Blick, was noch schlimmer ist. Gia steckt in einem roten Kleid, die Haare wild durcheinander, und ihre Sommersprossen zeichnen sich schärfer als gewöhnlich von ihrem Gesicht ab. Sie stemmt die Hände in die Hüften. „Ich hab nicht den ganzen Tag Zeit und bin gerade dabei, die Küchenschränke auszusortieren. Willst du mir also erzählen, was los ist?"

„Bist du okay?", frage ich.

„Nun, tatsächlich bin ich froh, dass du fragst, Mary, denn ich fühle mich einfach fantastisch." Sie geht im Zimmer umher und sammelt Klamotten zu einem Haufen in ihren Armen zusammen. Gia räumt nie auf.

Ich lege ihr eine Hand auf die Stirn, um zu prüfen, ob sie Fieber hat. Sie scheucht mich weg.

„Nein, im Ernst jetzt", sage ich.

„Nach gestern Abend, nach dem, was da passiert ist … na ja, es fühlt sich an, als hätte eine dunkle Wolke über mir geschwebt, und jetzt ist sie einfach verschwunden. Alles ist möglich … alles. Und ich werde hier nicht länger mit vollgemüllten Schränken herumsitzen und auch nicht länger meine Tage verschlafen. Ich werde Platz schaffen für die Magie. Aber genug von mir. Was ist bei dir los? Ich habe gar nicht gehört, wie du letzte Nacht nach Hause gekommen bist. Du warst wie vom Erdboden verschluckt."

„Eine Menge ist los. Und nichts."

„Okay … wie wäre es, wenn wir bei *eine Menge* starten und uns dann zum *nichts* vortasten."

Ich denke darüber nach, was es für Gia bedeuten würde, wenn ich ihr alles erzähle, was bei mir im Augenblick los ist. Soll sie doch noch eine Weile glauben, dass ich die Magie unter unseren Füßen entdeckt habe und von jetzt an alles voller Freude und unendlicher Möglichkeiten sein wird. „Ich glaube nicht, dass ich das jetzt schon kann. Ist das in Ordnung?"

Sie drückt mein Knie. „Wenn wir beschließen, dass es in Ordnung ist, dann ist es das auch. Also, was machen wir als Nächstes?"

„Na ja, ich glaube nicht, dass ich einfach nur hier sitzen und abwarten kann."

„Nein, ich sehe auch nicht, wie das irgendjemandem nützen sollte."

„Ich habe eine Idee. Sie ist vielleicht ein bisschen verrückt, aber ich glaube, ich könnte recht haben."

„Das hat dich doch auch sonst nie aufgehalten." Tante Gia wischt den Einwand mit ihrem Geschirrhandtuch beiseite. „Brauchst du Hilfe?"

„Nein, ich glaube nicht."

„Mir sind allein vor dem Frühstück schon dreizehn verrückte Dinge passiert. Es ist gesund, ein wenig verrückt zu sein."

Ich schnappe mir meinen Ledermantel und schlüpfe in meine Stiefel. „Danke. Wie schaffst du es bloß, immer genau das Richtige zu sagen?"

„Weißt du, ich habe so viele Jahre damit zugebracht, mir Sorgen um dich zu machen, über deine Besessenheit von Tod und Zerstörung. Ich hatte Angst, dass ich dich nicht beschützen kann. Aber jetzt sehe ich, dass du dich um dich selbst kümmern kannst, und ich mache mir überhaupt keine Sorgen mehr. Und das ist enormes Gewicht, das mir da von den Schultern genommen wurde, Mary. Ein enormes Gewicht. Also geh schon! Geh und sei magisch!" Sie drückt mir meine City Card und meinen Schlüsselbund in die Hand, dazu Handschuhe und eine Mütze.

„Du bist eine tolle Tante", sage ich zu Gia. „Und ich liebe dich."

„Weißt du, deine Mutter wäre so stolz auf dich."

„Sie wäre auch stolz auf dich."

„Nein, wäre sie nicht", erwidert Gia ernst. „Sie hätte mir gesagt, dass ich mich zusammenreißen soll, und das ist genau das, was ich ab heute tun werde. Wer weiß, vielleicht versuche ich es sogar mal mit einer dieser Dating Apps."

„Das ist großartig, G." Ich gebe ihr einen Kuss auf die Wange und verschwinde durch die Tür.

EINUNDZWANZIG

ICH STÜRME DURCH DIE TOILETTENTÜR IM WONDERLAND. Zwei Mädchen sitzen auf dem Waschtisch, während ein drittes sein Make-up auffrischt.

„Raus hier", sage ich.

Die drei starren mich verständnislos an. Die mit dem Make-up wendet sich wieder ihrer Mascara zu.

„Raus hier!" Dieses Mal schreie ich fast.

„Legacies sind echt das Letzte." Das Mädchen rammt mich im Vorbeigehen mit der Schulter. Als sie endlich weg sind, drücke ich den Riegel in der Türklinke hinunter, zerre den großen metallenen Mülleimer quer durch den Raum und schiebe ihn gegen die Tür, damit niemand hineinkommen kann.

„Okay", sage ich zu meinem Spiegelbild. „Wo bist du?"

Ich starre und starre. Nichts passiert. Und dann blicke ich tief in meine eigenen Augen und denke an das blaue Licht und an James und daran, Dinge zu entfesseln – und an Dinge, die nicht so sind, wie sie scheinen.

Und da ist sie, ich, aber bösartiger und gefährlicher. Ich lehne mich ganz nah an sie heran, als der Spiegel wieder zu verschwimmen beginnt. TRINK MICH steht am unteren Rand. Ich habe Geschichten darüber gehört, wie

Spiegel als unheimliche Überwachungswerkzeuge missbraucht wurden. Vielleicht ist dieser ein Schatten davon oder etwas, das versehentlich zurückgelassen wurde.

„Sag mir, wo sie sind", sage ich. „Zeig es mir auf der Stelle." Das Ich im Spiegel verschränkt die Arme vor seinem roten Kleid.

„Sofort!", rufe ich, und in der nächsten Sekunde hat es sich aus dem Spiegel gelehnt, mich an den Schultern gepackt und durch den Spiegel gezerrt.

Ein kalter Wind schneidet mir ins Gesicht, fährt durch meine Kleidung und sticht in meine offenen, tränenden Augen. Ein Geräusch wie das Geheul von tausend Wölfen dröhnt durch meinen Kopf. Ich kann nicht einmal schreien. Und selbst, wenn ich könnte, würde der Klang einfach vom Wind verschluckt werden.

Und dann, so abrupt, wie der Lärm gekommen ist, ist er auch wieder verschwunden wie hinter einer dicken Tür, in einer plötzlichen, drückenden Stille. Ich kann fühlen, bevor ich sehe. Die Luft hat ihre Beschaffenheit verändert. Die feuchte, verschwitzte Schwüle der Toiletten ist fort, ersetzt durch die Kühle einer Klimaanlage. Es riecht nach Desinfektionsmittel. Ich reibe mir die Augen.

Etwas Blaues blitzt auf, und ich höre ein Surren wie von einem Stromschlag.

Mein Sehvermögen kehrt nur allmählich zurück wie durch einen Tunnel, breitet sich immer weiter aus, bis ich so etwas wie einen Flur erkennen kann – ein Flur in einem Bürogebäude, irgendwie offiziell.

Das Display meines Handys ist unversehrt und funktioniert, immer noch voller Nachrichten von Bella, aber ich habe kein Netz. Das Ding ist nutzlos. Meine Atmung beschleunigt sich. Ich zwinge sie zurück zu einem gleichmäßigen Tempo, indem ich von eins bis zehn und von zehn bis eins zähle.

Lage bewerten. Das ist Schritt eins.

Also sehe ich mich um und versuche, nicht darüber nachzugrübeln, wie ich hierhergekommen bin oder wie schutzlos ich bin – und erst recht nicht über die weitreichenden Konsequenzen der Tatsache nachzudenken, dass ich irgendwie von den Räumen im Wonderland in eine Art Bürohöhle gelangt bin.

Ich kann einen Tisch erkennen, daneben ein Stuhl in hübschem blauem Leder, hinter sich eine Wand voller Knöpfe und Lampen. Hinter dem Tisch stehen mehrere Pflanzen in verschiedenen Formen und Größen, angeordnet in einer sorgfältigen Formation. Außerdem ein kleines Bücherregal und eine Lampe in der Form eines Blatts.

Ich würge die Panik hinunter, die mich erneut zu überwältigen droht, und zwinge mich, an das zu denken, was ich im Training gelernt habe. Wachsam bleiben, herausfinden, was vor sich geht, ein Schritt nach dem anderen.

Und dann entdecke ich einen vollkommen anderen Stuhl, falls man dieses Gebilde überhaupt so nennen kann. Mein Herzschlag, gerade noch in vollem Galopp, setzt nun beinahe aus. Das Blut sackt mir aus dem Gesicht, den Füßen, den Händen.

Ich habe mich hinter dem Schreibtisch zusammengekauert, bevor ich überhaupt begreife, was ich da sehe oder weshalb es so schrecklich ist, dieses Gewirr aus Metall, Holz und Riemen. Es steht in einer Ecke, gegenüber von dem Schreibtisch, fast zwei Meter hoch und aus Holz, mit riesigen Eisenplatten verstärkt und im Boden verankert. Von den Armlehnen hängen Lederriemen, die bis zu den Beinen reichen. Vor mir liegt ein Notizblock – altmodisch, keine App auf einem Display. Daneben liegt ein blauer Stift. Wahllose Wörter wurden kreuz und quer über die Seite gekritzelt.

Schreie, steht da.

Schmerzlevel, 7

Hörner.

Ich muss hier raus.

Ich blicke auf, hoffe, so etwas wie einen Ausgang zu entdecken. Ich habe keine Ahnung, ob ich mich zwanzig Stockwerke über oder unter der Erde befinde. Es gibt kein natürliches Licht. Es gibt keine Fenster, und die Mauern sind aus weißem Stein.

Der Flur ist vier, vielleicht fünf Meter breit. Auf der einen Seite zieht sich der weiße Stein bis in die Ferne, aber die andere Seite wird von riesigen Glasscheiben unterbrochen, durch die der schwache Schein von den dahinterliegenden Räumen dringt. Der erste dieser Räume, den ich passiere, ist menschenleer, ausgestattet mit einem Bücherregal, einer Liege, einer Lampe.

Ich höre meine eigenen, keuchenden Atemzüge in der Stille.

Langsam taste ich mich weiter, bleibe nah an der Steinwand.

Als ich den nächsten Raum erreiche, verliere ich den Boden unter den Füßen. Dort, auf dem Bett direkt vor mir, sitzt Mally Saint und starrt mich an. Ich blinzele, um sicherzugehen, dass ich mir das nicht nur einbilde. Mallys Haar ist fettig und zerzaust, sie trägt ein dreckiges weißes Tanktop. Aber sie ist am Leben. Sie ist am Leben. Ihre Hose ist braun und wirkt institutionell. Außerdem ist sie schmutzig. Das Glas vor mir ist mit Essensresten beschmiert, als hätte jemand sie dagegengeschleudert.

Ich winke ihr zu und lege dann einen Finger an die Lippen. Sie reagiert nicht. Anfangs denke ich, dass es daran liegt, dass ich im Dunkeln stehe, aber dann wird mir mit einem Schlag klar, dass ich in einen Zwei-Wege-Spiegel blicke.

Mally starrt auf ihr eigenes Spiegelbild.

Ich bin so erleichtert, sie lebendig vor mir zu sehen. All die Bilder in meinem Kopf von ihr, wie sie über den Boden geschleift wird, ertränkt, erhängt, erwürgt, erstochen … haben sich nur in meiner Fantasie abgespielt.

Ich muss sie hier rausholen.

Ich gehe einen Schritt auf sie zu, als sie plötzlich den Arm hebt. Wieder denke ich zuerst, dass sie nach mir greift, aber dann wandern ihre Hände immer weiter nach oben bis zu ihrem Kopf. Sie teilt den dunklen Ansatz ihrer Haare und legt die Finger um etwas. Ich versuche, etwas zu erkennen, gehe einen Schritt auf das Glas zu, lege eine Hand darauf und lehne mich vor. Kleine Hubbel, etwa einen Zentimeter groß, stehen von ihrem Schädel ab wie unförmige Haarspangen. Ihre Mundwinkel verziehen sich zu einem Grinsen, das in der nächsten Sekunde zu einem Ausdruck der Verzweiflung wird.

„Hörner! Ihr habt mir Hörner verpasst." Tränen laufen ihr über das Gesicht, und sie rappelt sich auf. „IHR HABT MIR HÖRNER VERPASST!", kreischt sie. „HÖRNER? WARUM? WARUM TUT IHR MIR DAS AN?"

Sie stürzt auf das Glas zu, wirft sich mit voller Wucht dagegen und trommelt mit den Fäusten darauf ein. Ein durchdringender, verzweifelter Schrei löst sich aus ihrer Kehle. Dann setzt das Hämmern den ganzen Flur hinunter ein, an jeder einzelnen Glasscheibe. In diesem Moment trifft mich die Erkenntnis wie ein Schlag. Es ist ein Gefängnis. Und als ich noch versuche, zu erkennen, wer sich im nächsten Raum aufhält, klatscht ein Tentakel von innen gegen das Glas.

„IHR KÖNNT MICH HIER NICHT EWIG GEFANGEN HALTEN!" Ich erkenne Ursulas Stimme. „ICH BIN ZURÜCKGEKOMMEN! ICH BIN ZURÜCKGEKOMMEN, UND IHR HABT VERSPROCHEN, DASS IHR AUFHÖRT! HILFE!", schreit sie. „HELFT MIR!!!"

Vom anderen Ende des Flurs ertönt ein Piepen. Ich höre, wie in der Ferne eine Tür geöffnet wird.

Ich bin vollkommen unbewaffnet. Kein Pfefferspray. Nichts, um mich zu verteidigen. Nicht gut.

„Ich komme wieder und hole euch beide hier raus", flüstere ich und schicke ein Stoßgebet gen Himmel, dass sie das weiß.

Als sich hinter mir eine Tür öffnet, renne ich auf die Wand zu. Eine kreischende Sirene ertönt, und das Gehämmer in meinem Rücken verstummt. Mit einem Mal ist es vollkommen still.

Ich spüre einen plötzlichen Ruck, als hätte sich ein Seil um meinen Hals gelegt und würde mich zurückziehen. Aufmachen, denke ich. „Bring mich zurück. Aufmachen. AUFMACHEN!“, rufe ich ein letztes Mal, als das blaue Licht meinen Schädel spaltet.

ZWEIUNDZWANZIG

ICH BIN ZURÜCK AUF DER TOILETTE IM WONDERLAND. Das Bürogefängnis ist fort. Durch die geschlossene Tür höre ich das dumpfe Wummern der Musik.

Nein. Ich muss zurück. Ich muss sie retten.

Ich rapple mich auf, stelle mich vor den Spiegel und warte auf meine Doppelgängerin. Ich stupse mit dem Finger gegen das Glas. Nichts passiert. Sie ist nicht zu finden.

Ich schließe meine Augen und bitte stumm die Magie, mir zu helfen. Ich sage Bitte. Ich bettele sogar. Nichts geschieht. Das Glas bleibt kalt und leer und zeigt mir nur die schwarz-roten Wände der Toilette.

„Nein!“ Ich versetze dem Spiegel einen Schlag genau in die Mitte. Das Glas splittert.

Dann sehe ich sie. Sie ist dort im Spiegel und starrt mich an. Ich brauche eine Minute, um zu begreifen, dass ich das bin. Das ist nicht sie. Diese durchgedrehten, glühenden Augen sind meine eigenen.

Sie schüttelt den Kopf. Sie – *ich* – wird mir dieses Mal nicht helfen.

Der Zug zum Dragon Market ist fast leer, nur ein paar Nachzügler leisten mir Gesellschaft.

Ich überprüfe die Adresse aus Bellas interner Akte auf meinem Handy und folge den Richtungsanweisungen auf dem Display. Drei- oder viermal biege ich auf alte Straßen mit Kopfsteinpflaster ein, bis ich vor einem pinken Gebäude mit roten Fensterläden stehe. Das Schild ist verblasst, aber nicht so sehr, als dass ich es nicht mehr lesen könnte.

House of Fantasia

Ich überprüfe die Adresse auf meinem Handy doppelt und dreifach, während Gelächter auf die Straße hallt. Das kann nicht sein. Es kann nicht angehen, dass Bella hier lebt. Das hier ist ein Haus der Fantasie, aber mehr noch, es hat eine persönliche Bedeutung für mich. Ohne dieses Haus gäbe es mich nicht. Vor dem Fall kamen die Leute hierher, um sich treiben zu lassen, um Musik zu hören, die sie in die Lüfte emporhob. Vor dem Fall war das hier das Herz der Party.

Ich klopfe an die Tür, felsenfest überzeugt, dass ich die falsche Adresse erwischt habe. Aber dann macht Bella die Tür auf. Sie trägt einen pinken Hoodie mit passender Jogginghose. Das ist das erste Mal, dass ich sie tatsächlich in einem halbwegs zerzausten Zustand sehe.

„Was machst du denn hier?", fragt sie. „Wir sind erledigt, Mary. Geh und mach dir einen schönen Abend oder was auch immer. Denn morgen früh werden wir beide gefeuert. Wenn es dir nichts ausmacht, ich bin heute nicht in der Stimmung für noch mehr Versagen. Hab einen schönen Abend."

Sie versucht, die Tür wieder zu schließen, aber ich schiebe rasch meinen Fuß dazwischen.

„Ich muss mit dir reden. Ich muss dir erzählen, was …"

Eine Frau hat sich von hinten an Bella herangeschlichen und wirft mir einen neugierigen Blick zu. Sie ist in Satin und Federn gehüllt und trägt einen mit Juwelen besetzten goldenen Turban. Sie gleicht Bella bis aufs

Haar mit Ausnahme ihrer Figur. Wo Bella dünn ist, ist diese Frau kurvig. Wo Bella knochig ist, ist diese Frau üppig. Wo Bella steif ist, ist diese Frau alles andere als das. Sie ist eine wahre Erscheinung in ihrem blauen Satinkimono, um den Hals eine Federboa. Es steht absolut außer Frage, dass diese Frau mit Bella verwandt ist, und trotzdem ist es einfach unglaublich.

Ich muss so süffisant grinsen, dass ich schon glaube, dass mir gleich alles entgleist.

„Bella, Darling", sagt die Frau, „wen haben wir denn hier?"

„Hallo, Ma'am", sage ich. „Ich bin Mary Elizabeth, Bellas Praktikantin. Bei der Arbeit."

„Oh, natürlich", sagt die Frau strahlend. „Und ich bin Bellas Mutter, die einzig wahre Fantasia. Na ja, Fantasia die Vierte selbstverständlich, also bin ich nicht die Fantasia von dem Schild an der Tür. Aber für den Moment bin ich die einzige, die noch am Leben ist, und da ich ein wenig zu alt bin, um noch mehr Kinder zu bekommen, bin ich wahrscheinlich auch Fantasia die Letzte." Sie lacht lautstark, während ich Bella vielsagend ansehe.

„Ich weiß, wer Sie sind, Ma'am." Ich werfe noch einen Blick auf das Schild. „Meine Eltern haben sich hier kennengelernt."

„Oh, wie magisch! Wie heißen sie?"

„Das ist schon lange her."

„Ich erinnere mich an jeden", erwidert sie. „Das ist mein Job."

Ich spreche ihre Namen so gut wie nie laut aus. Es tut einfach zu weh.

„Leah und Aaron Heart."

Diese Information führt meist zu einer von zwei Reaktionen: Entsetzen, wenn sie die Geschichte kennen, oder Unverständnis, wenn dem nicht so ist. Fantasia zeigt keine von beiden. Stattdessen zieht sie mich in eine warme Umarmung. „Oh, Baby, selbstverständlich erinnere ich mich an sie, und ich weiß, was passiert ist. Deiner Schwester auch. Sie waren magische, wundervolle Menschen, und es tut mir so leid." Sie tritt ein Stück zurück und fasst mich bei den Schultern. „Nicht mal im Fall zu sterben. Das ist keine Art für einen Legacy. So ein schreckliches Hassverbrechen."

Ich bin so abgelenkt von ihr, dass ich beinahe vergesse, warum ich hergekommen bin: weil ich mich dafür entschieden habe, Bella alles zu erzählen, was ich weiß. Ich möchte Fantasia bitten, mir alles über meine Eltern zu erzählen, woran sie sich erinnern kann. Ich will wissen, ob sie sich noch daran erinnert, wo sie gesessen und was sie getrunken haben, wie ihre Wünsche und Träume aussahen und welche sie in Erfüllung hat gehen lassen. Vielleicht war sie es, die den beiden ihre gegenseitige Anziehung und die Ruhe geschenkt hat, einander kennenzulernen.

Fantasia zieht mich weiter ins Haus hinein. Von den Decken hängen kristallene goldene Kronleuchter. Die Möbel sind mit weichen Stoffen bezogen, mit Seide und Samt und Leder. Überall steht Zierrat herum: bemalte Teller von fernen Inseln, winzige Figuren von Frauen, Schneekugeln. Obwohl das Haus heruntergekommen ist, strahlt es immer noch seine alte Größe aus, und ein Zimmer scheint nahtlos in das nächste überzugehen. Wir kommen am Fuß einer ausladenden Treppe zum Stehen, die mindestens sechs Meter in die Höhe steigt.

Fantasia geht auf die Klänge eines Fernsehers zu. „Ich werde meiner Schwester Stella rasch Bescheid geben, dass sie herunterkommen und dich begrüßen soll. Wir sagen Bella ständig, dass sie dich zum Abendessen mitbringen soll, damit wir dich kennenlernen, aber ich glaube, sie schämt sich für uns."

„Ich schäme mich nicht, Mom. Ich vermische nur nicht gerne Berufliches und Privates."

„Aber sicher", erwidert Fantasia.

„Du hast gesagt, du lebst in einer *Pension*", sage ich, als Fantasia weg ist.

„Das hier ist eine Pension", beteuert sie. „Jetzt."

„Warum hast du mich angelogen?", platzt es aus mir heraus.

Dahinter steckt eine Geschichte, aber mir bleibt keine Zeit, weiter nachzubohren, weil Fantasia mit Stella zurückkommt. Stella ist wesentlich jünger und schlanker als Fantasia, aber sie sind gleichermaßen schön und stilvoll, und sie ziehen mich in eine Gruppenumarmung.

„Wie schlägt sich Bella auf der Arbeit?", fragt Stella. „Erzähl uns alles. Ist sie anstrengend? Verklemmt? Besessen von den Regeln?"

„Sie ist großartig, wirklich", sage ich. „Sie ist schlau und witzig und echt nett. Es ist furchtbar."

Fantasia strahlt über das ganze Gesicht. Stella tätschelt Bella die Wange. „Das ist unser Baby", sagt Fantasia. Dann schweben sie beide davon, während sie darüber beratschlagen, wie sie uns ein anständiges Abendessen bereiten können.

Bella sieht ihnen mit einem müden Lächeln nach und schüttelt den Kopf. „Ich schäme mich nicht für die beiden", wiederholt sie. „Aber manche Dinge behalte ich lieber für mich. Sie können ein bisschen viel sein. Es ist, als ob die Party zu Ende wäre, aber die beiden haben das Memo nicht gelesen."

Bei dem Wort *Party* fällt mir alles siedend heiß wieder ein. James, wie hat er das bloß gemacht mit seinem Daumen? Wie hat er mich … bewusstlos werden lassen? Ich bin stinksauer, aber wenn ich ehrlich bin, will ich einfach nur meinen Freund zurück. Nein. Er ist mehr als das. Ich will meinen *James* zurück, die Person, die immer für mich da ist. Ich will ihm beweisen, dass ich auch für ihn da sein kann. Das Problem ist nur, dass ich nicht einmal weiß, ob er überhaupt noch da ist. Er schien so verändert, aufgedreht auf eine Art, wie ich sie noch nie bei ihm erlebt habe. Mit diesen Augen, Augen wie denen, die mich aus dem Spiegel heraus angestarrt haben.

Das war mein Gesicht, aber das waren nicht meine Augen.

„Hey, Mary, alles okay?", fragt Bella.

„Mir geht's gut", behaupte ich.

„Bist du sicher? Du weinst."

„Oh, Feenstaub!" Ich wische mir mit dem Ärmel über die Wangen. „Ich weiß nicht, was ich machen soll. Alles ist schrecklich." Trotz all meiner Bemühungen, mich zusammenzureißen, bin ich auf einmal nicht mehr in der Lage, die Flutwelle aus Stress und Traurigkeit aufzuhalten. Ich habe mir in der vergangenen Woche so viele Fehltritte erlaubt, und jetzt bin ich ganz allein. Ich sacke auf den Stufen zusammen, vergrabe mein Gesicht in den Händen und beginne, ungehemmt zu schluchzen. Bella setzt sich neben mich und streicht mir in sanften Kreisen über den Rücken. Ich weine so lange und heftig, dass meine Tränen jeden in diesem Haus ertränken könnten.

„Du kannst mit mir reden", sagt Bella, als meine Tränen endlich versiegt sind. „Du kannst mir vertrauen."

Ich denke an Bellas unerschütterlich gutes Herz. Meine Freunde sind nicht so. *Ich* bin nicht so. James und Ursula haben beide eine unsichtbare Grenze überschritten, und ich spüre, wie auch ich immer weiter auf sie zusteuere, obwohl ich überhaupt nicht weiß, wo sie verläuft. Ja, ich habe ihnen versprochen, ihre Geheimnisse zu bewahren, aber vielleicht brauchen wir auch einfach jemanden auf unserer Seite, der durch und durch gut ist.

Oder vielleicht brauche ich auch nur Bella.

Ich hole tief Luft, um die Stimme aus meinem Kopf zu verbannen, die mir zuflüstert, dass ich drauf und dran bin, James ein für alle Mal zu verraten.

„Ich werde dir etwas erzählen, das zunächst einmal absolut ungeheuerlich klingt."

„Okay." Bellas Interesse ist eindeutig geweckt, aber sie wirkt auch wachsam und sieht mich an, als suche sie nach irgendwelchen Hinweisen.

„Ich habe Ursula gesehen."

„Du hast *was*?" Bella springt auf die Füße.

„Sie war vorletzte Nacht im Miracle Lake."

„Ich muss doch sehr bitten. Miracle … das ist unmöglich!“ Als ich meine Worte nicht zurücknehme, schwenkt sie auffordernd die Hand. „Mach weiter. Erzähl mir alles und lass nichts aus.“ Sie bohrt mir beinahe den Finger in die Brust. „*Nichts*, Mary Elizabeth.“

„Okay, okay. Aber du musst mich ausreden lassen. Hör einfach nur zu.“

Sie lehnt sich gegen das Geländer. „Schön.“

Ich zögere kurz, aber dann schiebe ich die Worte über meinen inneren Widerstand hinweg. „Also, zuerst mal, da ist dieses blaue Licht. James hat es. Es … also, ich glaube, es ist Magie. Und ich glaube, ich habe auch etwas davon.“

Jetzt starrt sie mich nur noch wortlos an.

„Ich bin geschwebt.“

Ich warte darauf, dass sie in Gelächter ausbricht, aber sie zieht bloß die Augenbrauen zusammen.

„Ich weiß, wie lächerlich das klingt“, sage ich, „aber Gia und alle ihre Freundinnen haben es gesehen. Ich bin auch … ähm … durch den Spiegel im Wonderland gefallen und in diesem Büro mit Gefängniszellen gelandet. In einer davon habe ich Mally gesehen. Sie hat Hörner.“ Mit jedem Wort fällt es mir leichter zu erzählen, was vorgefallen ist. Es klingt total verrückt, aber es ist wahr, und es fühlt sich gut an, endlich die Wahrheit laut auszusprechen. „Und Ursula. Sie ist das Seemonster, von dem alle reden, und sie ist auch durch den Spiegel gegangen. Sie hat keine Beine mehr. Ich meine, sie *kann* welche haben, aber ich glaube, sie mag ihre Tintenfischtentakel lieber. Ich wusste nichts davon, bis ich gesehen habe, wie sie aus Miracle Lake gestiegen ist, was eindeutig nichts ist, was ein Mensch einfach so tun kann. Aber es ergibt sowieso nichts mehr einen Sinn. Und jetzt James.“ Dieser Teil ist wirklich schmerzhaft, und ich wappne mich gegen neue Tränen. „Er hat mich mit dem blauen Licht außer Gefecht gesetzt. Er vertraut mir nicht, weil ich ein Cop bin. Er weiß, wo Ursula und Mally sind. Er weiß es, weil das blaue Licht es ihm erzählt hat. Und jetzt weiß ich es auch, nur, dass ich es eben nicht weiß, nicht wirklich, und ich komme nicht zurück. Ich habe den Spiegel zerbrochen, und ich weiß nicht, wie die Regeln sind. Ob das bedeutet, dass ich nie wieder …"

„Okay", unterbricht Bella mich. „Gib mir eine Minute."

„Du glaubst mir?"

Sie nickt. „Natürlich. Warum solltest du dir das alles ausdenken? Es sei denn, du erleidest gerade einen psychotischen Zusammenbruch …"

„Tue ich nicht."

„Also dann …" Sie setzt sich wieder neben mich. „Ich würde sagen, wir müssen scharf nachdenken."

„Bella", sage ich leise, „danke."

„Klar, sicher, selbstverständlich." Sie nimmt sich eine Minute Zeit, mit dem Kopf in den Händen, bevor sie sich aufrappelt und nach ihrer Tasche greift. „Komm schon", sagt sie.

„Wo gehen wir hin?"

„Esstisch. Meine Mom und Stella werden uns was zu essen machen, und wir werden uns überlegen, wie wir weitermachen. Wir müssen dem Chief morgen unsere Ergebnisse präsentieren, und wir werden ihr ganz sicher nichts von alldem hier auftischen." Sie wirft mir einen Blick zu. „Es ist eindeutig in ihrem Interesse, dass die Magie tot und begraben bleibt. Sie wird alles von der Hand weisen, was wir zu sagen haben, besonders ohne Beweise. Es sei denn …" Sie lehnt sich verschwörerisch zu mir. „Kannst du vielleicht auf Kommando schweben?"

„Nein, Bella. Ich kann nicht auf Kommando schweben."

Sie stößt einen theatralischen, enttäuschten Seufzer aus. „Na schön. An die Arbeit."

Auf zittrigen Beinen folge ich ihr ins Esszimmer, wo sie ihr Notizbuch und Ursulas Handy aus der Tasche zieht. Sie sieht zu mir. „Alles kommt wieder in Ordnung, Mary. Dahinter steckt ein Muster. Wir werden deine

Freunde finden und das wieder in Ordnung bringen. Ich weiß, dass wir das schaffen können. Es gibt eine Lösung. Wir müssen sie nur finden."

Und obwohl die Dinge so furchtbar schiefgelaufen sind und mit jeder Minute schlimmer werden … als ich sehe, wie Bella es sich am Tisch bequem macht und beginnt, durch die abgewetzten Seiten zu blättern, glaube ich, dass sie recht hat.

DREIUNDZWANZIG

BELLA UND ICH ARBEITEN BIS SPÄT IN DIE NACHT. Irgendwann rufe ich Gia an und lasse sie wissen, dass ich nicht mehr nach Hause kommen werde. Wir gehen alles durch, was wir auf Ursulas Handy finden, einschließlich der E-Mails von einem geheimen Account. Wir entdecken eine Reihe von Nachrichten, die darauf hindeuten, dass Caleb Rothco nicht wie die üblichen #LegacyLoyalty-Verfechter ist. Er hält Gewalt für den einzigen Weg, um die Narrows aus der Scar zu vertreiben, und glaubt, dass wir uns abspalten und einen eigenen Staat ausrufen sollten. Bis zum Ende der Nacht sind wir der Lösung zwar keinen Schritt näher gekommen, haben ihn aber von der Liste der Verdächtigen gestrichen. Er hatte zwar ein Geheimnis, das er um jeden Preis schützen wollte, aber er würde einer Scar-liebenden Legacy niemals etwas antun. So viel ist sicher. Am Ende kommen wir auf Grundlage der Dinge, die ich gesehen habe, als ich durch den Spiegel gefallen bin, zu dem Schluss, dass wir nach jemandem suchen, der über eine Menge Geld verfügt. Es muss jemand oder eine Organisation sein, die sich so eine Einrichtung mit gläsernen Zellen, ausgefallenen Folterwerkzeugen und piependen Instrumenten leisten kann. Es könnte jeder von den Narrows sein, aber zumindest haben wir jetzt eine Ahnung, wonach wir suchen.

Ich habe keine neuen Nachrichten. Nichts von James. Nichts von Ursula. Und obwohl ich mich nach den beiden sehne, bin ich zu erschöpft, um noch etwas zu empfinden, als ich in einem der Gästebetten im Obergeschoss in einer Wolke aus üppigen Laken und Decken einschlafe.

Ich träume von Blau.

Als wir am nächsten Morgen auf dem Revier ankommen, nehmen wir einen der kleineren Räume in Beschlag und schließen uns darin ein. Wir haben geplant, eine Mindmap mit den Dingen zu erstellen, die wir dem Chief sagen können, und sie ihr heute Nachmittag zu präsentieren, untermauert von so vielen handfesten Beweisen, wie wir zusammentragen können. Natürlich werden wir die Magie mit keinem Wort erwähnen, aber wir werden ihr so viel von dem Rest erzählen wie möglich.

Ein kleines Fenster geht auf einen beigefarbenen Flur hinaus, aber das Revier fühlt sich so gut wie leer an, abgesehen von ein paar Leuten, die an ihren Computern ihre Berichte abtippen, sodass wir selbst dann noch ein Gefühl von Privatsphäre haben, als der Tag beginnt und immer mehr Cops hereinströmen. Wir haben uns mit Kaffee und Bärentatzen bewaffnet, und ich fühle mich zum ersten Mal seit Tagen wieder halbwegs normal – oder zumindest beschäftigt genug, um so zu tun, als wäre alles normal.

In diesem Moment huscht Bella zum Vorratsraum und kommt mit einem riesigen Bogen braunem Papier, Stecknadeln und Eddings zurück. Sie trägt mir auf, Bilder herauszusuchen, auszudrucken und anschließend an das Board zu pinnen, dann zieht sie Linien zwischen den verschiedenen Fundstücken, damit wir dem Chief zeigen können, wie sie alle miteinander in Verbindung stehen.

In die Mitte unserer Mindmap malt Bella ein riesiges Fragezeichen mit einem Kasten darum. Sie deutet auf mich, ohne von ihrer Arbeit aufzusehen, als ob sie sich nicht durch Blickkontakt ablenken lassen will. „Also, wir haben das Wonderland, richtig?"

„Wir haben Ursula und den See“, schlage ich vor.

„Aber das dürfen wir nicht erwähnen. Wir können nur sagen, dass jemand behauptet, Ursula dort gesehen zu haben. Wir können sagen, wir wissen, dass Ursula nicht offiziell unser Fall ist, aber da wir wissen, dass sie beide aus dem Wonderland verschwunden sind …“

„Wir könnten wahrscheinlich einen guten Grund dafür finden, die Sichtung zumindest zu erwähnen.“

„Jetzt wird ein Schuh draus.“

Ich blicke von einem Punkt zum nächsten, auf all die winzigen Details, die wir hier auf dem Papier zusammengetragen haben. Aber ich denke auch an die Dinge, die ich mit eigenen Augen gesehen habe, die Dinge, die wir nicht mit dem Chief besprechen dürfen, zumindest noch nicht. Ein aufgeregtes Kribbeln strömt durch meine Adern.

„Bella.“

„Hmm?“ Endlich sieht sie auf.

„Meine Eltern hatten früher diese Theorie. Wir haben diese Legacy-Zeichen, richtig? Aber was, wenn sie nicht einfach nur willkürliche Zeichen sind? Was, wenn sie wie Samen sind, die nur etwas brauchen, das sie wachsen lässt?“ Ich habe letzte Nacht die Wahrheit gesagt, und es fühlte sich richtig an. Genau wie jetzt. „Was, wenn jemand einen Weg gefunden hat, die Magie zurückzubringen, aber dabei etwas schiefgelaufen ist? Als ich auf der anderen Seite des Spiegels war, habe ich diesen Stuhl gesehen – und Notizen, als ob jemand Experimente gemacht hat. Was, wenn Ursulas Tentakel so etwas sind wie … eine Mutation? Mally hatte Hörner. Ich meine, was, wenn sie einen Weg gefunden haben, es aber nicht richtig geklappt hat?“

Bella starrt mich mit wachsendem Entsetzen an.

„Bella, das könnte richtig, richtig schlimm sein. Ich meine, katastrophal schlimm. Was, wenn jemand versucht hat, die Magie zurückzubringen, aber die falsche Magie erwischt hat?“

Bella gibt einen erstickten Laut von sich und räuspert sich. „Ich hoffe nicht, Mary Elizabeth. Ich hoffe, dass du meilenweit danebenliegst."

„Halloooo, die Damen!" Tony bedient sich an den Bärentatzen und schielt mir über die Schulter.

„Guten Morgen, Tony", sagt Bella.

„Was steht bei euch heute auf dem Plan? Ich hänge in Uptown mit so einem Industrietycoon und seiner Dreiecksbeziehung fest. Dafür hatte er einen Dinosaurierroboter in seinem Rolls-Royce. Das hättet ihr mal sehen sollen. Er hat extra eine Dachluke einbauen lassen, damit der da reinpasst. Diese Leute sind vielleicht exzentrisch!"

Als Tony sich einen Stuhl schnappt, rittlings auf ihm Platz nimmt und sich am Tisch breitmacht, die Augen auf unserer Mindmap, richtet Bella sich zu ihrer vollen Größe auf.

„Es ist wirklich schrecklich schön, dich zu sehen, Tony, aber wir stecken hier gerade mitten in einer Ermittlung." Sie hält ihm die Tür auf. „Vertraulich."

„Großartiges Kunstprojekt." Er deutet auf das Board. „Wollt ihr nicht noch ein bisschen Glitzerkleber verwenden? Ich glaube, das würde dem Ganzen noch das gewisse *Je ne sais quoi* verleihen." Er kichert, dann fällt sein Blick auf unsere Mienen. „Oh, kommt schon! Ich mach doch bloß Spaß. Ich bin sicher, dass das wirklich wichtig ist, um euren Fall zu lösen."

Bella seufzt hörbar und verschränkt demonstrativ die Arme vor der Brust.

„Oh." Tony deutet auf die linke Seite. „Ist das dieses Monsterviech?"

„Monsterviech?"

„Ihr wisst schon … die ganzen Berichte von irgendwelchen gruseligen Monstern, die in der Gegend rumlaufen?"

Wir beäugen ihn mit versteinerten Mienen.

„Denn wenn es das ist, dann würde ich euch *wirklich* davon abraten, auch nur anzudeuten, dass dieses Viech real ist. Der Chief dreht total am

Rad, weil die Spinner in der Scar ihr Gerede von der Rückkehr der Magie verbreiten. Und ein Monster, das frei in der Stadt herumläuft, ist eindeutig ein Zeichen von Magie. Du warst da, Bella. Du hast sie gehört."

Ich werfe Bella einen Blick zu, bitte stumm um Bestätigung, und sie nickt leicht mit dem Kopf.

„Es gab ein Meeting", erklärt sie. „Chief Ito meint, dass wir bei den Magicalisten und den Naturalisten vielleicht bald mit einem neuen Aufstand rechnen müssen, wenn wir nicht aufpassen. Trotzdem …", wendet sie sich an Tony, „erstens geht dich das überhaupt nichts an, weil es nicht dein Fall ist, und zweitens können wir es absolut nicht gebrauchen, dass du hier unsere Methoden kommentierst. Wir ziehen lediglich alle Möglichkeiten in Betracht." Sie wirft mir einen verstohlenen Blick zu. „Und natürlich ist das Seemonster nicht echt. Weißt du, ich habe keine Ahnung, warum ich mich überhaupt vor dir rechtfertige. Warum bewegst du nicht deinen Hintern und kümmerst dich um deine eigene Arbeit?"

„Na, sieh mal einer an, wem da auf einmal Eier gewachsen sind." Er rutscht von seinem Stuhl. „Ich gebe dir diesen Rat für umsonst: Du solltest die Märchen aus der Polizeiarbeit rauslassen. Monarch sehnt sich verzweifelt nach einer Ablenkung, und es ist so staubig in der Scar, dass es nur einen Funken braucht, um das ganze Ding in die Luft gehen zu lassen. Lass dich nicht von einem Idioten um den Finger wickeln, der ein Talent für Photoshop hat. Dieses Bild, das da im Umlauf ist, ist so was von fake."

„Bild? Meinst du von den Saugnapfspuren?", frage ich.

„Nein." Er zieht einen ungenutzten Laptop zu sich herüber und tippt etwas in das Suchfeld ein. „Ihr müsst das Wochenende in einer Höhle verbracht haben. Das hier ist in allen Nachrichten." Auf dem Display prangt ein Foto von Ursula. Es zeigt sie von hinten, präsentiert ihre Kurven und ihre Beine … alle acht. „Wer auch immer das gemacht hat, hat echt Fantasie, das kann ich nicht leugnen. Sie ist rattenscharf. Wünschte, ich könnte sie mal aus der Nähe sehen."

Ich will ihn gerade anfahren, dass sie in der Highschool ist, aber Bella legt mir warnend eine Hand auf den Arm. Ihre Miene verrät nichts.

„Stimmt", sagt sie. „Du hast recht, Tony. Was haben wir uns bloß gedacht?" Sie lacht, und es klingt so falsch, dass die Lüge dahinter förmlich durch den Raum hallt.

„Manchmal frage ich mich das auch. Aber dafür bin ich ja hier. Also dann, danke für den Snack. Ich muss dann mal." Er hält inne. „Es sei denn, ihr Mädels braucht noch was."

„Ich glaube, wir kommen klar, danke." Bellas Stimme trieft vor Sarkasmus.

„Dann bin ich mal weg. Ich muss mich noch mit der Geliebten treffen. Vielleicht war es ja der Dino!" Er lacht herzhaft und schlendert durch die Tür.

„Ich werde mindestens zehnmal duschen müssen, um das von der Haut zu kriegen." Bella schüttelt sich.

„Danke", sage ich.

„Kein Grund, mir zu danken, *Babe.* Zurück zur Mindmap. Wir haben keine Zeit zu verlieren." Bella tippt demonstrativ auf ihr Handgelenk. „Was wolltest du mir gerade sagen, als diese Gurke reinkam?"

Bella hat wieder begonnen, Linien auf unsere Karte zu malen.

„Ich habe nachgedacht. Magicalisten wie Naturalisten glauben, dass, obwohl die Magie tot ist, noch die Möglichkeit besteht, sie zurückzuholen, wenn wir nur das Richtige tun oder irgendwie mit ihr in Kontakt kommen können."

„Fahr fort", meint Bella.

„Was, wenn jemand einen Weg gefunden hat, die Magie … nutzbar zu machen? Was, wenn das der Grund ist, aus dem Ursula und Mally verschwunden sind? Sie hat gesagt, dass jemand Experimente an ihr durchführt, richtig? Also was, wenn das ein Versuch war?" Ich schüttele den Kopf. „Es klingt dämlich und ziemlich weit hergeholt, aber ich glaube, dass es einen Grund hat, dass diese ganze Geschichte mit dem Spiegel mir erst *nach* dem blauen Licht zugestoßen ist. Als ob …"

„… das blaue Licht etwas in dir entfacht hat. Es war … Magie? Ich meine, Mary Elizabeth …"

„Ich weiß, ich weiß, es klingt total verrückt. Es *war* total verrückt. Es war das furchterregendste, was mir je zugestoßen ist, und mir sind eine Menge furchterregende Dinge zugestoßen." Ich sehe wieder das Spiegelbild vor mir, ihr ekelhaftes, überhebliches Grinsen, ihre ungezügelte Wut.

Ich tippe mit dem Finger auf den Kasten mit dem Fragezeichen. „Ich denke, wenn wir die Person finden, die versucht, die Magie erneut zu entfachen, dann finden wir auch Mally, Ursula und James, und vielleicht gelingt es uns sogar, das Unheil zu verhindern, das sich gerade über Monarch zusammenbraut."

„*Falls* diese Person existiert", wirft Bella sanft ein. „*Falls* du recht hast mit dem, was hier vor sich geht." Sie lehnt sich in ihrem Stuhl zurück. „Das ist eine Menge falls, Mary."

„Nein", beharre ich. „Ich habe recht. Wer entführt Legacy Kids und experimentiert an ihnen herum? Wer hat das blaue Licht erschaffen?" Ich tippe noch einmal mit Nachdruck auf das Fragezeichen. „Wir können der Sache auf den Grund gehen. Ich habe das Gefühl, es steht uns direkt vor Augen, und wir sehen es nur noch nicht."

Hinter uns fliegt die Tür auf.

„Tony", sagt Bella. „Musst du nicht irgendwo gegen einen Laternenpfahl pinkeln?"

„Wie bitte?"

Bella und ich springen so hektisch auf, dass wir uns beinahe gegenseitig umstoßen. Es ist der Chief, gekleidet in einen stylischen grauen Anzug, das schwarze Haar zu einem glänzenden Knoten im Nacken zusammengefasst.

„Chief, es tut mir so leid", stammelt Bella.

Sie lächelt. „Ich hätte wohl besser anklopfen sollen."

„Natürlich nicht, Ma'am …"

„Ah, wie ich sehe, sind Sie beide fleißig bei der Arbeit", sagt sie mit einem nachsichtigen Blick auf unsere Mindmap, die gerade noch präsentabel ausgesehen hat, jetzt aber wie ein einziges Gewirr aus Linien und Bildern wirkt.

„Ja, Ma'am", sage ich.

Alles, was Tony über den Chief und die Magie gesagt hat und wie sehr sie sich verbittet, dieses Thema zu diskutieren oder als mögliche Erklärung zu betrachten, schwirrt mir durch den Kopf.

„Nun, es tut mir leid, Sie zu unterbrechen, aber ich habe schreckliche Neuigkeiten."

Mein Herz pocht schmerzhaft.

„Wir haben den Verrückten Hutmacher verhaftet."

„Aber das sind großartige Neuigkeiten!", ruft Bella. „Das ist fantastisch!"

„Ja, ein kleiner Gauner namens Caleb Rothco."

Diese Worte lassen mich und Bella erstarren.

Der Chief redet weiter, ungeachtet der plötzlichen Kälte, die sich im Raum ausbreitet. „Offensichtlich ist er bekannt dafür, sehr, Sie wissen schon, anti gegen Midcity und gegen mich zu sein. Da ist er nicht der Erste, und er wird auch nicht der Letzte sein. Wie sich herausgestellt hat, hielt er es wohl für eine gute Idee, einen unserer Informanten in Stücke zu hacken." Bei diesen Worten lässt sie sich auf die Tischkante sinken und sieht uns ernst an. „Wir sind so froh, ihn gefasst zu haben. Traurigerweise ist es uns allerdings gelungen, eine Verbindung zwischen Caleb und sowohl Mally als auch Ursula herzustellen. Letzten Endes hatten Sie recht, Mary Elizabeth. Sie haben einen guten Riecher."

„Ma'am …", stoße ich hervor.

„Unglücklicherweise müssen wir anhand der Hinweise, die wir im Versteck des Verrückten Hutmachers gefunden haben, davon ausgehen, dass

Mally und Ursula verstorben sind, alle beide." Sie legt mir eine Hand auf die Schulter. „Es tut mir so leid, Mary Elizabeth. Ich weiß, wie viel Ursula Ihnen bedeutet hat, und es tut mir leid, dass ich damals so reagiert habe. Aber wie wir inzwischen wissen, war Ursula tot, als Sie zu mir kamen."

Bella macht eine unwillkürliche Bewegung auf mich zu, bremst sich aber im letzten Moment. „Verzeihung, Ma'am, aber … haben Sie die Körper gefunden?"

Eine glühende Minute lang denke ich, dass ich tatsächlich den Verstand verloren und mir alles bloß eingebildet habe. Dass nichts von dem, was ich für real gehalten habe, es auch ist. Wenn sie Körper gefunden haben, bedeutet das, dass ich mich endgültig von der Realität verabschiedet habe und dass alles, was ich auf der anderen Seite des Spiegels erlebt habe, nichts weiter als eine Halluzination war.

„Nun …" Der Chief wägt ihre Worte sorgfältig ab, bevor sie antwortet. „Nein. Wir haben keine Körper gefunden."

Eine Welle der Erleichterung durchströmt mich, dicht gefolgt von einem anderen, neuen Gefühl. Argwohn.

„Aber Sie sind sicher, dass er es war?", fragt Bella.

„Wir haben genügend Beweise, die auf ihn hindeuten. Er kannte beide Mädchen. Er ist bekannt dafür, gewalttätig zu sein. Und er hatte eine richtige Mordausstattung in seinem Wagen: Seile, Motorsäge, Müllbeutel. Sein Aufenthaltsort von Montag- und Donnerstagnacht ist unbekannt. Er hat kein Alibi."

„Aber das ist …"

„Und wir haben Spuren von Ursulas Blut in seinem Geschäft und auf seiner Kleidung gefunden."

Ursulas Blut. Was für ein Spiel spielt der Chief hier?

„Wir glauben, dass er sich die Mädchen geschnappt hat, als sie das Wonderland verlassen haben, und sie augenblicklich getötet hat und ihre Körper entsorgt hat. Vielleicht im See, das würde erklären, warum sie noch nicht aufgetaucht sind." Sie steht auf, die Hände auf den Hüften. „Noch einmal, es tut mir wirklich leid, Mary Elizabeth. Bitte nehmen Sie sich die Zeit, die Sie brauchen, um diese Informationen zu verarbeiten. In der Zwischenzeit werden wir für heute Nachmittag eine Pressekonferenz ansetzen. Ich werde am Miracle Lake einige Überwachungskameras installieren lassen, zusammen mit einer Ladung Straßenlampen, damit sich so etwas nicht wiederholt." Sie schüttelt den Kopf. „Schwierige Zeiten, so eine Schande, aber mit all den Gerüchten über die Rückkehr der Magie und ein Seemonster müssen wir die Stadt um jeden Preis wieder unter Kontrolle bringen. Die Leute müssen sich wieder sicher fühlen. Das verstehen Sie doch, nicht wahr?"

„Aber das sind doch nicht genug Beweise", protestiert Bella. Anscheinend hat sie sich selbst und all ihre Warnungen, die Grenzen nicht zu überschreiten, vollkommen vergessen. „Caleb Rothco mag vielleicht der Verrückte Hutmacher sein, das ergibt auch Sinn. Er hasst die Midcity."

Der Chief verschränkt die Arme vor der Brust. „Und woher kennen Sie Caleb Rothco?"

„Jeder kennt ihn aus seinem Tattooladen." Die Lüge kommt ihr völlig natürlich über die Lippen. Sie zögert nicht eine Sekunde. „Er hat überall Schilder aufgestellt, dass er nur Legacies tätowiert. Er hasst die Narrows, aber die Midcity hasst er am meisten. Er hat Loyalty-Flaggen. Es kommt mir höchst unwahrscheinlich vor, dass er einem anderen Legacy gezielt etwas antun würde. Es sei denn, er hält jemanden für einen Verräter."

„Das reicht!", schreit der Chief plötzlich, gewinnt aber sofort ihre Haltung zurück. „Wir haben all die Beweise, die wir brauchen. Sie können nicht gegen DNA argumentieren, Officer Loyola. Blut lügt nicht. Ich möchte Ihnen nochmals mein Beileid aussprechen, Mary Elizabeth. Bitte haben Sie nicht das Gefühl, dass Sie Ihr Praktikum zu Ende machen müssen. Ich weiß, dass es für Sie einen enormen Stressfaktor bedeutet hat. Wenn Sie mich nun bitte entschuldigen würden?"

Stumm nicke ich und vergrabe mein Gesicht in den Händen.

Ich bin sicher, dass der Chief glaubt, ich will damit meine Tränen verbergen, aber so ist es nicht.

Sie ist eine Lügnerin.

Ich vergrabe mein Gesicht in den Händen, um meine Wut vor ihr zu verbergen.

VIERUNDZWANZIG

„LÜGNERIN!“, SCHREIE ICH NOCH EINMAL. „SIE IST EINE VERDAMMTE LÜGNERIN!“

Es ist, als würde ich versuchen, mich selbst von dieser Wahrheit zu überzeugen. Die ganze Zeit über habe ich mein Vertrauen, meine Liebe und meine Bewunderung in eine politisch motivierte Lügnerin gesteckt. Ich dachte, weil sie aus der Scar kommt, wäre sie wie ich. Dachte, dass sie sich etwas aus ihren Bewohnern macht und das Spiel in der Midcity bloß mitspielt, damit sie den Legacies aus dem Inneren des Systems heraus helfen konnte. Das war es, was ich tun wollte.

Ich hätte mit James mitgehen sollen, hätte mein Praktikum sausen lassen und mich ihm anschließen sollen. Ich habe meine ganze Zeit darauf verschwendet, dieser Frau näherzukommen, und sie ist nicht einmal ansatzweise die, für die ich sie gehalten habe.

Wir gehen durch den Midcity Park. Während ich lauthals vor mich hin fluche, scheint Bella wie betäubt zu sein. Es ist eiskalt, und die Kinder haben sich als Clowns, Hexen und Feen verkleidet. Hier ist Halloween. In der Scar feiern wir Halloween nicht. Es würde sich unseren Vorfahren gegenüber respektlos anfühlen. Als ich den Kindern dabei zusehe, wie sie umhertoben, denke ich, dass die Leute außerhalb der Scar tatsächlich nicht so sind wie wir und dass ihnen unsere Interessen wahrscheinlich überhaupt nicht am Herzen liegen. Sie beneiden uns um unsere Sonne, unsere verspielten Wolken, unsere magischen Blumen und unsere Immobilien. Sie tun so, als wären sie wie wir mit ihren Tattoos. Denn es ist besser, so zu tun, als besäße man Magie, als ganz ohne Magie zu leben. Aber mehr als alles andere wollen sie unser Blut, sie wollen uns die Legacy-Zeichen aus der Haut schneiden und alles aus ihnen heraussaugen, was die Magie wachsen lässt. Aber diese Kinder haben uns noch nichts getan. Sie wollen nur Spaß haben, Süßigkeiten abstauben und so tun, als wäre das Leben magischer, als es in Wahrheit ist.

„Ich habe nie geglaubt, dass wir die Magie brauchen", sagt Bella. „Ich habe nie verstanden, warum die Leute davon so besessen waren, auf die eine oder andere Art. Ich habe immer gedacht, dass das Streben nach Magie ein dunkler Pfad ist." Sie lässt sich auf eine Parkbank fallen, als hätte sie mit einem Mal nicht mehr die Kraft, sich noch länger aufrechtzuhalten. „Mein Vater ist bei dem Fall gestorben. Er war ein Magicalist, der unserer Familie zu ihrem alten Glanz verhelfen wollte. An dem Abend des Falls war er auf der Feier, um einen Deal abzuschließen und bei irgendeiner Investmentfirma anzufangen. Wir haben erst viel später davon erfahren. Er hat all unsere Ersparnisse genommen, hat alles in bar abgehoben und es irgendjemandem gegeben, den wir nicht ausfindig machen können, weil es keine Unterlagen darüber gibt. Und dann ist er gestorben." Sie sieht erschöpft in den Himmel. „Er war voller Hoffnung und gierig und dumm. Und er hat meine Mutter und mich über alles geliebt. Ich vermisse ihn jeden Tag, und am liebsten würde ich ihm den Hals umdrehen. Die Tatsache, dass er vielleicht sogar recht damit hatte, dass die Magie zurückkehren könnte und es einzig und allein um Geld geht, wenn es so weit ist, macht die Tragödie nur noch schlimmer. Was nützt die Magie, wenn man sie wie jede andere Ware behandelt? Kein Wunder, dass sie sich vor uns verborgen hat."

„Es tut mir so leid, Bella. Es muss schwer für dich gewesen sein, deinen Vater auf diese Weise zu verlieren."

„War es. Ist es noch. Aber so ist das Leben, nicht wahr? Es ist schwer, es ist wundervoll, es steckt voller Geheimnisse." Sie zuckt mit den Schultern. „Ein Detective zu werden, bedeutet für mich, dass ich zumindest einen kleinen Teil des Geheimnisses lüften kann."

Ich nehme einen Schluck von dem Kaffee, den wir uns unterwegs geholt haben und der jetzt kalt ist.

„Guck mal, da ist der Chief", sagt Bella plötzlich und reckt den Kopf.

Ich folge ihrem Blick zum anderen Ende des Parks. Der Chief wirkt vollkommen verändert in ihrem navyblauen Wollmantel, mit einer Sonnenbrille auf der Nase und vernünftigen flachen Schuhen, nicht annähernd so auffällig wie gewöhnlich.

„Was treibt sie denn da?", murmelt Bella.

Wir beobachten, wie der Chief den Pfad entlanggeht und aus unserem Sichtfeld verschwindet. Bella springt auf.

„Bella, was machst du?"

„Meinen Job", erwidert sie. „Komm schon!"

Wir müssen aufpassen, damit der Chief uns nicht entdeckt. Sie wirft in regelmäßigen Abständen verstohlene Blicke über die Schulter, aber Bella und ich sind so weit entfernt, dass sie uns nicht sehen kann. Wir wechseln kein einziges Wort und versuchen, den Eindruck zu erwecken, dass wir einfach nur einen gemütlichen Spaziergang machen. Aber wir beobachten jede ihrer Bewegungen. Dabei ist alles, was wir sehen, wie sie sich unter die Menschenmenge auf der anderen Seite des Parks mischt und dann weiter die belebte Straße entlanggeht.

„Warte", sagt Bella. „Hast du das gesehen?"

„Was?"

„Psst", zischt sie. „Moment mal!" Dann: „Sieh dich um."

Ich drehe mich um. Mein Blick fällt auf einen Mann, um dessen Handgelenk sich ein tätowierter Dolch schlingt und der sich in einem ungewöhnlich raschen Tempo von uns entfernt, selbst für die Midcity.

„Das ist der Typ, den Caleb Rothco tätowiert hat“, staune ich.

„Genau.“ Bella fasst mich am Ellbogen. „Er hat Chief Ito einen Umschlag gegeben. Sie sind nicht einmal stehen geblieben. Er hat ihn ihr zugesteckt, und sie sind einfach weitergegangen. Sie ist korrupt, Mary! Der Chief ist ein korrupter Cop!“

Als wir zurück Richtung Park gehen, vibriert mein Handy in meiner Tasche. Es ist eine Nachricht von James.

Triff mich im Wonderland. Ich werde dir alles erzählen.

Ich lasse diese Nachricht wie ein Schwarzes Loch in der Mitte meines Displays sitzen und versuche zu entscheiden, ob ich mich davon verschlucken lassen soll, während Bella unaufhaltsam weiter über den Chief redet … was sie wohl mit dem Typen mit dem Dolch-Tattoo besprochen hat, ob er ihr Geld gegeben hat oder was.

Folgt der Spur des Geldes, hatte Jack Saint gesagt.

„Bella, ich muss los.“ Ich unterbreche sie, aber seit ich die Nachricht bekommen habe, höre ich ihr ohnehin nicht mehr zu, also ist es eigentlich ein Akt der Gnade, sie davon abzuhalten, noch länger zu versuchen, eine Unterhaltung mit mir zu führen. Der Chief ist mir egal. Es ist mir egal, ob sie korrupt ist oder großartig oder keins von beidem. Mir geht es nur um James und Ursula und darum, bei ihnen zu sein. Ende der Geschichte.

Bella schlingt sich die Jacke enger um den Körper. „Los? Los wohin?“

Kurz überlege ich, es ihr zu erzählen. Ich habe ihr schon so viel erzählt. Aber das hier fühlt sich privat an. Ich habe keine Ahnung, was er treibt oder was James mir erzählen will, aber er wäre mit Sicherheit nicht sonderlich erfreut, wenn ich mit meiner Cop-Partnerin im Schlepptau im Wonderland aufkreuze, um ihn zu treffen.

Das Wonderland platzt aus allen Nähten und ist vollgepackt mit Scar Kids. Wir feiern hier zwar kein Halloween, aber heute ist der Jahrestag vom Großen Tod und vom Falls, darum hängen überall Schilder, und nicht wenige tragen ihre #LegacyLoyalty-Shirts. Der ganze Laden erstrahlt in blinkenden Lichtern, Glitzer und Federn, und riesige Ballons hängen über der Tanzfläche, blitzen im Stroboskoplicht auf und verschwinden wieder. Die Narrows hängen oben auf der Empore rum wie gewöhnlich, als wäre ihnen nicht einmal klar, wie unendlich unerwünscht sie hier heute Abend sind. Oder vielleicht wissen sie es doch, und das ist ihre Art, uns ein Zeichen zu setzen, dass wir sie uns nicht vom Hals schaffen können. Sie werden uns einfach nie von der Seite weichen, die Jungs in ihren übertrieben adretten Klamotten, die Mädchen in ihren Blusen und Karoröcken, die so überhaupt *nicht* nach Scar aussehen.

James ist nirgends zu sehen. Ich suche überall nach ihm, stürme an Dally vorbei und die Stufen zu den Toiletten hinunter. Es fühlt sich an, als ob die dröhnende Musik und all die Leute um mich herum, die tanzen, als ob es kein Morgen gäbe, meine Innereien durch einen Mixer jagen. Ich kann nicht atmen.

Zehn-neun-acht-

Das bringt nichts, und ich will hier drinnen nicht das Bewusstsein verlieren.

Sieben-sechs-fünf-

Ich stolpere aus der Hintertür in die Gasse mit den Mülltonnen. Auch hier ertönt Musik, und Scharen von Menschen ziehen an der Gasse vorbei, hüpfen und stampfen zu Trommelschlägen und den Klängen eines Tamburins. Die ganze Scar ist wie im Rausch.

Ich schicke James eine Nachricht, meine Finger zittern über dem Display.

Wo bist du?

Ich will noch mehr schreiben. Warum hast du mich im Stich gelassen? Wir sollten einander beschützen, und jetzt bist du weg. Hast du mich verlassen? Hast du mich mit einem Trick hierhergelockt? Warum solltest du dir meinen Namen auf den Arm tätowieren lassen und dann verschwinden?

Liebst du mich noch?

Und dann, während ich noch auf mein Handy starre und darauf warte, dass irgendetwas passiert, etwas durchkommt, spüre ich einen stechenden Schmerz. Vor meinen Augen verschwimmt alles, die Klänge einer Party für das Ende der Welt noch in den Ohren.

FÜNFUNDZWANZIG

DIE REALITÄT NIMMT NUR VERSCHWOMMEN WIEDER Gestalt an, begleitet von einem schmerzhaften Pochen in meinem Schädel. Grelles Licht sticht mir in die Augen, und in meiner Nase brennt ein klinischer Geruch. Ich höre ein Piepen und sehe mich um. Nichts als weiße Wände und ein Spiegel, genau vor mir. Und dann weiß ich, wo ich bin. Dies ist der Ort auf der anderen Seite des Spiegels, ich bin in einer der Zellen.

Ich versuche, auf die Beine zu kommen, bin aber so benommen, dass meine Knie nachgeben und ich zurück auf die Liege in der Ecke plumpse. Dieses ganze Weiß macht alles nur noch schlimmer. Von irgendwoher ertönt ein Piepen, und die Tür gleitet auf. Ich versuche, darauf zuzulaufen, stürze aber, von Übelkeit gepackt, auf die Knie.

Lucas Attenborough kommt durch die Tür und setzt sich neben mich auf das Bett. Er hält etwas in der Hand, grau und viereckig. „Komm nicht auf dumme Gedanken, Mary. Wenn doch, werde ich das hier bei dir benutzen, und das wird wehtun."

Ich beäuge das Ding. Sieht aus wie eine Art Taser, aber keiner, den ich bisher gesehen habe.

„Mein Dad hat ihn anfertigen lassen, speziell für deine Art. Wenn du irgendwas versuchst, wird er dich zu Boden strecken, also erspar uns beiden die Mühe und lass es sein."

Er lehnt sich zurück gegen die Wand. Seine Züge sind hart, und er hat dunkle Ringe unter den Augen. Er schließt sie für einen Moment, und ich will mir schon das Ding in seiner Hand schnappen, als mir klar wird, dass ich viel zu schwach bin und er es zu fest umklammert hält, als dass ich es ihm in der Zeit entreißen könnte, die es mich kosten wird, die Distanz zwischen uns zu überbrücken.

„Keine Ahnung, woran du gerade denkst, aber lass es. Du musst hören, was ich dir zu sagen habe, und du musst zuhören."

Die Beule an meinem Hinterkopf pocht schmerzhaft. „Ich weiß ja nicht, ob dir das noch nie jemand gesagt hat, Lucas", flüstere ich heiser, „aber eine Entführung ist *nicht* die beste Art, eine Unterhaltung zu beginnen."

Er lächelt, die Erschöpfung steht ihm ins Gesicht geschrieben. „Ich habe deinen Sinn für Humor immer gemocht, Mary Elizabeth. Wahrscheinlich weißt du das nicht. Dass ich manchmal etwas an Legacies mag."

„Ich habe nie groß darüber nachgedacht. Was du magst und was nicht, ist für mich nicht von Bedeutung."

„Wie auch immer", sagt er, und die Überheblichkeit der Narrows tropft ihm aus jeder Pore.

„Was willst du, Lucas? Wenn du vorhast, mich zu foltern oder so, dann leg einfach los. Schlimmer, als mit dir zu reden, kann es auch nicht sein."

Er betrachtet sich einen Moment im Spiegel, dann wandert sein Blick zurück zu mir, und er verschränkt die Hände im Schoß. Dieses Taser-Ding hält er immer noch fest umklammert, die Spitze zeigt direkt auf mich. „Mein Vater hat mich dazu gebracht", erklärt er. „Erst Mally, dann Ursula. Ich habe sie beide gekidnappt und hierhergebracht damit an ihnen herumexperimentiert werden konnte. Ich dachte, sie werden unter Drogen gesetzt, mit ein paar Nadeln gepikt und mit Vergessensserum vollgepumpt, um anschließend wieder nach Hause zurückzukehren. Vielleicht ein wenig angeschlagen, aber mehr auch nicht. Ich dachte, ihr alle hättet es verdient, dass man euch die Magie wegnimmt, überhebliche Arschlöcher, die ihr seid. Ich hatte ja keine Ahnung, dass es so kommen würde, dass die Leute sich tatsächlich auf so monströse Weise verändern würden." Er schluckt. „Und jetzt werden sie alle sterben, abgeknallt wie tollwütige Hunde, und niemand wird je erfahren, was wirklich mit ihnen passiert ist."

Zwei Gedanken schießen mir gleichzeitig durch den Kopf: Erstens, James hatte nichts damit zu tun. Erleichterung strömt durch jede Faser meines Körpers. Lucas steckte dahinter, die ganze Zeit über. Er und sein geldgieriger Daddy von einem Geschäftsmann. Es war genau so, wie Mallys Dad von Anfang an gesagt hat. Gier an jeder Ecke, Geld als die Wurzel allen Übels. Mein zweiter Gedanke ist, dass, wenn ich mich nicht täusche, er gerade gesagt hat, dass jeder hier umgebracht werden soll. Ursula. Mally. Und wer auch immer sich in den restlichen Käfigen befindet, was für den Augenblick auch mich mit einschließt.

„Ich bin ein Arschloch, aber so ein Arschloch bin ich auch wieder nicht. Das ist uns völlig über den Kopf gewachsen und außer Kontrolle geraten. Ich kann es nicht ausstehen, wenn Dinge außer Kontrolle geraten. Es macht mir nichts aus, Leuten wehzutun. Aber sie umbringen? Mein Vater wird auf niemanden hören. Er ist überzeugt, dass diese ganze Sache ihn dermaßen reich machen wird, dass man ihm den Kollateralschaden verzeihen wird, sollte er je an die Öffentlichkeit gelangen. Also bleibst nur noch du. Du wirst mir zuhören, nicht wahr, Mary?"

Mein ohnehin schon heftig pochendes Herz hämmert besorgniserregend gegen meine Brust, aber ich halte vollkommen still, die Augen fest auf das Ding in Lucas' Hand gerichtet. Eine Sache habe ich gelernt: Die Leute wollen reden. Sie wollen einem erzählen, was sie in ihrem Inneren mit sich herumschleppen. Sie wollen es sich von der Seele reden. Alles, was man in diesen Augenblicken tun muss, ist, still zu sein. Denn wenn man selbst still bleibt, wird die andere Person reden und reden und reden.

Obwohl ich ihn am liebsten packen und die Wahrheit aus ihm herausschütteln würde, sitzen wir stumm nebeneinander und starren uns an.

„Am Anfang wusste ich überhaupt nicht, was los ist", redet er endlich weiter. „Mein Vater hat gesagt, ich solle Legacies aus dem Wonderland holen und sie hierherbringen."

„Kids holen?"

„Legacy Kids. Ich dachte, da ist doch nicht viel dabei. Aber dann fing alles an schiefzulaufen. Es gab irgendeinen Fehler." Er schweigt, und es wirkt, als halte die gesamte Scar den Atem an, um seine Antwort zu hören. „Magie", sagt er. „Wie sich herausgestellt hat, kann man sie nicht abfüllen. Zumindest noch nicht. Wie sich herausgestellt hat, schlägt sie zurück, wenn man es versucht."

„Ihr versucht, Magie abzufüllen?" Der Gedanke ist so lächerlich, dass ich ihm ins Gesicht lachen will, aber Lucas lächelt nicht. Und da begreife ich. Die Person, die Magie abfüllen kann, würde die Welt beherrschen. Mit einem Schlag ist mir überhaupt nicht mehr nach Lachen zumute.

„Natürlich. Die ganze Welt betreibt einen Wettlauf, um sie zu finden und für sich zu beanspruchen. Und was würdest du tun, Mary, wenn du herausgefunden hättest, dass ein ganzer See voll mit ihrer Essenz direkt vor deiner Haustür liegt, zum Greifen nahe?" Seine Mundwinkel heben sich zu einem schiefen Lächeln. Es ist beinahe freundlich. „Miracle Lake ist wirklich ein Wunder. Und nicht nur für Legacies – oder zumindest wird es das nicht sein. In Form von Pillen wird dieses Wunder für jeden zu haben sein, der es sich leisten kann. Die Leute werden sich eine goldene Nase damit verdienen, und es gibt nichts, was wir Narrows lieber mögen, als zuzusehen, wie die Zahlen auf unserem Bankkonto in die Höhe klettern."

Er ist so gelassen, so im Einklang mit sich und der Welt. Und das ist so gefährlich.

„Warum hast du mich hergebracht, Lucas?"

Er zuckt mit den Schultern. „Du bist uns zu nahe gekommen. Genau wie James. Er und seine kleine Gang aus Idioten waren uns auf der Spur. Darum habe ich ihn auch hierhergebracht."

Ich zucke zusammen, und er wirft mir einen fragenden Blick zu. „Oh, das hattest du wohl noch nicht begriffen, hm? Er ist hier und war so freundlich, mir sein Handy zu leihen, damit ich dich ins Wonderland locken konnte. Aber es ist schon zu spät."

„Zu spät? Was soll das heißen?"

„Das heißt, dass er die Dosis schon bekommen hat. Ich musste es tun. Er wollte einfach nicht aufhören, sich zu wehren. Es wirkt so schnell."

„Miracle ist tödlich", sage ich und versuche, all das zu verstehen, was hier vor sich geht, und ihn vielleicht lange genug abzulenken, um die Situation unter Kontrolle zu bringen. „Das ist keine Magie."

„Miracle ist tödlich für die Haut. Es ist tödlich für das Äußere. Die Leute behaupten, Miracle sei das Blut von Wonder, und sie haben ja keine Ahnung, wie recht sie damit haben. Die Magie verläuft unterhalb dieser Stadt. Miracle Lake hat uns darauf gebracht. Innerlich in kleinsten Mengen eingenommen, ist dieses Wasser überhaupt nicht tödlich. Blöd ist nur, dass es bisher nur bei Legacies funktioniert. Das und die Tatsache, dass wir die richtige Dosierung noch nicht herausgefunden haben. Darum macht es etwas mit den Menschen, die es einnehmen. Sie werden zu Monstern, wahrhaftig böse. Nicht auf eine menschliche Art böse. Böse auf die magische Art."

Ursula. James. Was ist, wenn ich sie für immer verloren habe?

„Wie macht man es wieder rückgängig?", frage ich. „Sag es mir, Lucas. Lass sie gehen. Ich bringe das in Ordnung. Wir werden dich in Ruhe lassen, und du wirst nie wieder auch nur ein Wort von uns hören. Wir werden die Scar verlassen, was immer du willst. Alles! Nur bitte, lass sie gehen."

Er sieht mich verwirrt an, dann sagt er: „Das kannst du nicht. Sie werden nie wieder so sein wie vorher."

„Aber warum hast du mich dann hierhergebracht? Was soll das alles?"

Seine Augen weiten sich. „Oh, ich dachte, du hättest es begriffen. Ich habe dich hergebracht, weil ich eine neue Dosierung ausprobieren will. Ich glaube, dieses Mal habe ich es hinbekommen."

Mein Blick fällt auf den Spiegel. Ich überlege, wie dick er ist. Ursula und Mally haben beide auf das Glas eingeschlagen, und es ist nicht zerbrochen. Aber ich muss mich aus dieser Zelle befreien, bevor Lucas mir dieses Zeug geben kann, was auch immer es ist. Nur dann habe ich eine Chance. Irgendjemand in der Scar weiß die Antworten. Die Scar kennt Magie. Es muss einen Weg geben. Vielleicht teile ich mir gerade eine Wand mit Mally oder Ursula. Kann ich durch sie hindurchbrechen? Ursulas Tentakel ist nur gegen das Glas geklatscht, aber es steckte so viel Kraft dahinter.

„Du kannst es nicht aufhalten", sagt Lucas, der meine Gedanken erraten hat. „Versuch es gar nicht erst. Die Leute an der Macht wollen Magie, und sie wollen sie für sich selbst, für eine gigantische Prämie. Dieser Fall wird niemals aufgeklärt werden, weil sie nicht aufhören werden, bis sie genau das haben, was sie wollen."

„Lucas", flehe ich verzweifelt, „ich weiß, dass es im Moment nicht danach aussieht, aber du hast immer noch die Chance, das in Ordnung zu bringen, bevor es zu weit geht. Noch ist nichts verloren. Ich weiß noch nicht, wie, aber ich weiß, dass wir das wieder hinbekommen können. Du musst mich einfach nur gehen lassen." Die letzten Worte sage ich so sanft wie möglich.

„Nein, das ist unmöglich. Sie würden mich umbringen, wenn ich dich gehen lasse und du es ihnen verrätst. Wenn es um Milliarden von Dollar und ein globales Geschäft geht, wird nicht einmal eine Blutsverwandtschaft sie davon abhalten, es zu tun. Selbst ich weiß, wie ich im Vergleich mit der Macht des Geldes abschneide."

„Ich werde nichts sagen, ich schwöre es. Nicht ein Wort über dich."

Er scheint ernsthaft darüber nachzudenken. Seine Miene wird weicher, und ich denke schon, dass ich ihn vielleicht überzeugt habe, aber dann sagt er: „Nein. Und selbst wenn, es ist zu spät."

„Zu spät?"

„Ich habe dir die erste Dosis von der neuen Charge schon gegeben. Lass uns hoffen, dass sie sich bei dieser Formel besser angestellt haben als bei dem Zeug, das ich James gegeben habe. Das war ein richtiges Desaster." Er sieht mich beinahe zärtlich an. „Es tut mir leid, Mary, was auch immer mit dir geschehen wird. Das tut es wirklich. Aber man weiß ja nie … Vielleicht habe ich es dieses Mal richtig hinbekommen."

Ich versuche, mich auf ihn zu stürzen, aber was auch immer er mir und meinem dröhnenden Schädel eingeflößt hat, hat mich dermaßen geschwächt, dass ich wie ein Häufchen Elend zu Boden sinke.

„Gib nach", sagt er. „Es dauert ungefähr zehn Minuten, dann wirst du … ich würde nicht sagen, dass du dann in Ordnung sein wirst. Du wirst sein, was auch immer du sein wirst. Es wird so viel leichter für dich, wenn du dich nicht dagegen wehrst."

SECHSUNDZWANZIG

ALS LUCAS DURCH DIE SCHIEBETÜR VERSCHWINDET, ertönt ein dumpfer Schlag. Sein Körper sackt mitten im Durchgang zusammen, sodass die automatische Tür bei dem Versuch, sich zu schließen, immer wieder gegen ihn stößt. Mein Magen krampft sich zusammen, und mein ganzer Körper schmerzt. Ich muss würgen, aber es kommt nichts Ich habe seit den Bärentatzen heute Morgen nichts mehr gegessen, und die sind längst verdaut.

Ich versuche, mich zu wappnen für die Person, die jeden Moment hereinkommen muss. Aber als Bella ihren Kopf um die Ecke steckt, breche ich beinahe in Tränen aus.

„Oh, Feenstaub!", flucht Bella. „Das ist gar nicht gut."

„Bella." Meine Stimme ist erstickt. „Lucas …"

„Ich weiß. Ich habe es durchs Fenster gesehen. Ich habe sogar noch einen Teil von seinem Schurkenmonolog mitbekommen. Er war echt fesselnd."

„Er … er …"

„Ja, er ist ein gigantischer Haufen Scheiße", sagt sie und schiebt eine Schulter unter meinen Arm, um mich hochzuhieven. Wir stolpern aus dem Raum, und Bella nimmt dem vollkommen bewusstlosen Lucas das Taser-Teil ab.

„Wer weiß, wie lange er noch weggetreten ist“, sagt sie. „Wir müssen uns beeilen.“

„James“, keuche ich. „Ursula.“

„Das halte ich für keine gute Idee. Wir wissen jetzt, wo sie ist. Nachdem du gegangen warst, bin ich ins Wonderland gefahren. Ich hab eine Weile gebraucht, aber ein Mädchen namens Joanie oder so …“

„Josey“, murmele ich.

„Genau. Sie meinte, dass sie gesehen hat, wie du mit Lucas Attenborough in ein Auto gestiegen bist. Da sind alle Puzzleteile mit einem Mal an ihren Platz gefallen. Sein Vater macht Immobiliengeschäfte in der Scar. Und dann habe ich mich daran erinnert, dass dieses Gebäude wegen Baumaßnahmen geschlossen wurde – und wie nah es am Wonderland liegt. Und als ich hier ankam, brannte nur auf einem einzigen Stockwerk Licht.“

„Bella!“, stoße ich atemlos hervor. „Wir müssen sie befreien.“

Bella erwidert nichts, sie zieht mich einfach weiter den Flur in Richtung Ausgang hinunter.

Plötzlich hält sie inne. „Ursula“, flüstert sie. „Oh nein!“

Ich hebe den Kopf und starre auf die Zelle, die erst jetzt in unser Blickfeld gekommen ist. Ursula steckt in einem gigantischen Wasserbecken, das beinahe den ganzen Raum einnimmt. Ihre Hände sind mit einer Art metallenen Handschellen an die Wand gekettet.

„Ursula!“, schreie ich. Meine Stimme kehrt allmählich zurück, meine Beine fühlen sich ein wenig kräftiger an. Ich lasse Bella los und kann allein stehen.

Ursula hebt den Kopf.

„Nein“, hauche ich.

Ihre Augen glühen gelb. Ich kann nur noch einen Schatten der Person in ihr erkennen, die einmal meine beste Freundin war. Als sie ihren Mund öffnet, sehe ich spitze scharfe Zähne, und sie murmelt: „Mary, bist du das? Mary Elizabeth, bitte hol mich hier raus. Ich brauche meine Hände! Gib mir meine Hände!“ Sie zerrt an ihren Fesseln. Das reißt mich aus meiner Schockstarre. Ihre Stimme ist dieselbe wie früher, deutlich erkennbar als die Stimme, die mich getröstet hat und die meiste Zeit meines Lebens an meiner Seite war. Es ist mir gleich, wie sie aussieht. Ich kann das in Ordnung bringen, wenn es mir nur gelingt, uns alle hier rauszuholen. Wir müssen bloß hier raus.

„Ursula, kannst du mich hören? Ich komme dich holen.“

Ursula zieht eine schmerzverzerrte Grimasse. Sie hebt einen Tentakel und versucht, aus dem Becken zu klettern, schafft es aber nicht. Die Handschellen halten sie gefangen, im Wasser, die Hände voneinander getrennt. „Ich kann mich nicht bewegen“, stöhnt sie.

„Wir werden dir helfen.“ Ich suche nach einem Riegel, nach irgendetwas, womit wir sie befreien können. „Ich versuche es, Urs.“

„Mary!“, ruft Bella. „Ich glaube, ich habe hier hinten etwas gefunden. Hier ist ein Knopf, der so aussieht, als würde er die Zellen öffnen.“

„Na, dann drück drauf!“

„Wir brauchen Zeit, um darüber nachzudenken. Wir wissen nicht, was mit ihr passiert ist. Mit ihnen allen. Vielleicht sollten wir jetzt Verstärkung rufen. Ich glaube, wir sollten ein paar Leute hier haben, bevor wir etwas unternehmen.“

Ich werfe Bella den kältesten Blick zu, zu dem ich imstande bin. „Du warst diejenige, die gesagt hat, dass wir ihnen nichts erzählen dürfen. Du hast gesagt, dass wir ihnen nicht vertrauen dürfen. Wer weiß, was der Chief im Schilde führt? Nach allem, was wir wissen, steckt sie mit Lucas’ Dad unter einer Decke. Ursula ist meine Freundin. Wenn etwas mit ihr nicht stimmt, dann können wir das wieder in Ordnung bringen. Es ist nicht ihre Schuld, dass ihr das angetan wurde.“ Bevor Bella weiter protestieren kann, rufe ich Ursula zu: „Ich bin sofort zurück, Urs.“

„Mary Elizabeth“, haucht Bella, als ich sie erreicht habe. Sie steht wie angefroren da und spricht langsam und behutsam, aber die Angst steht ihr ins Gesicht geschrieben. „Bevor du dich umdrehst, muss ich dir etwas sagen, und du musst mir versprechen, ruhig zu bleiben."

„Was?"

In diesem Moment höre ich, wie hinter mir etwas gegen das Glas schlägt, ich wirbele herum, bereit zum Angriff, und stoße einen Schrei aus.

Es ist James, der seinen Kopf wie im Wahn gegen das Glas schlägt. Seine Hände sind an die Enden einer langen Stange gefesselt, die sie auseinanderhält.

„James!" Ich presse mich gegen das Glas, aber natürlich kann ich ihn nicht erreichen, obwohl unsere Körper nur wenige Zentimeter voneinander entfernt sind.

„Mary?" Er hält inne und starrt auf sein eigenes Spiegelbild, als würde er versuchen hindurchzusehen. „Bist du das? Ich dachte, ich träume." Er schüttelt den Kopf. „Hol uns hier raus, Mary Elizabeth. Ich will nicht wieder auf den Stuhl." Er ist überhitzt, fiebrig vor Erregung. „Nein, nein, mach dir keine Sorgen, Mary. Das hier, das wird schon wieder. Du solltest mal sehen, was ich im Austausch bekommen habe. Es ist der Hammer, was man alles entdecken kann, wenn man sich für ein paar Stunden selbst überlassen ist." Sein Gesichtsausdruck verdunkelt sich. „Aber es war ein Fehler, uns einzusperren. Du musst uns hier rausholen, damit wir uns in Sicherheit bringen können, und dann werde ich dir zeigen, was ich alles tun kann."

„Hey", ertönt eine Stimme aus der nächsten Zelle. „Wenn du uns hier rauslässt, bekommst du die Show deines Lebens geboten, das verspreche ich dir." Die Stimme ist berechnend, kalt. Es ist Mally.

Ich will James nicht zurücklassen, also halte ich eine Hand an das Glas zu seiner Zelle gepresst und gehe so weit an den Rand, bis ich sie sehen kann. Seit gestern hat sich die Größe ihrer Hörner verdreifacht. Sie trägt dieselbe dreckige dünne Hose, und ihre Augen sind ein Wirbel aus Lila und Gelb. Auch ihre Hände sind separat gefesselt. „Sei ein Schatz und lass mich hier raus", säuselt sie, als würde sie mich um eine Tasse Tee bitten.

Hände. Alle ihre Hände werden auseinandergehalten. Ich presse meine zusammen und denke mit aller Kraft an James und das blaue Licht, an unsere Küsse und das Mädchen in dem Spiegel im Wonderland. Ich stelle mir vor, durch den Spiegel zu gehen.

„Geh durch", sage ich. Blaues Licht bricht aus meinen Händen hervor und schießt durch das Glas, das wie geschmolzenes Eis zerfließt und sich zu meinen Füßen in einer Pfütze sammelt.

„Hast du das gesehen?", frage ich. „Hast du?"

„Ich hab's gesehen, Baby", sagt James. „Das wird ein Spaß."

Ich lächele und seufze. Das hat sich gut angefühlt. Besser als gut. Es hat sich so richtig ungezogen angefühlt.

„Mary, was hast du getan?", keucht Bella.

In dieser Sekunde wird die Tür aufgerissen, durch die wir gekommen sind. Kyle Attenborough stürzt hindurch, zwei weitere Männer dicht auf den Fersen. „Nein! Sie sind gefährlich."

„Na großartig", murmelt Bella.

„James!", schreie ich. „Du musst Ursula helfen!"

Dann haben Kyle und seine Männer uns erreicht, und ich kämpfe wie noch nie in meinem Leben. Zu meiner Überraschung bin ich viel besser, als das noch gestern der Fall gewesen wäre. Ich trete dem einen Mann die Pistole aus der Hand, schlage zu, ducke mich weg und weiche aus. Aber dann spüre ich, wie mich etwas am Kinn trifft und mich jemand am Hinterkopf packt. Jetzt wäre ein guter Zeitpunkt für irgendeine abgefahrene Superkraft wie Levitation und so was wie die Fähigkeit, meine Finger durch die Körperpanzerung eines monumentalen Arschgesichts zu stecken, aber jetzt gerade bin ich einfach nur eine total panische Niete.

Bella schlägt mit der flachen Hand auf den Knopf, und Ursulas Käfig öffnet sich. Direkt hinter ihr steht Lucas, den Taser in der Hand.

„Ursula, pass auf!", rufe ich, aber zu spät. Lucas hat auf den Auslöser gedrückt.

Doch anstatt dass Ursula auf dem Boden zusammenbricht, wie ich erwartet hatte, sind ihre Hände mit einem Mal frei.

Es war überhaupt kein Taser.

Es war ein Schlüssel.

Wortlos starre ich Lucas an, der mit den Schultern zuckt. „Mir ist es doch lieber, wenn ihr gewinnt als er, denke ich. Macht das zwischen euch aus."

Mally und Ursula rennen den Flur entlang auf uns und die Typen zu, die James, Bella und mich immer noch in Atem halten. Ursula schlägt ihre Hände zusammen, und Mally und James sind von ihren Fesseln befreit. Jetzt klatschen sie alle gemeinsam in die Hände. Blaues Licht steigt in pulsierenden Kugeln zwischen ihren Handflächen auf.

„Haltet euch von meiner besten Freundin fern, ihr Schwachköpfe!" Ursula hebt ihre Hände, und Kyle zuckt zurück. Blaues Licht blitzt aus ihren Fingerspitzen hervor. Kyle und seine Männer werden gegen die Wand geschleudert, gefesselt von riesigen, sich windenden Aalen. „Seid brave Jungs und rührt euch nicht von der Stelle, bis ich es euch befehle."

„Ooh", stöhnt Mally enttäuscht. „Ich wollte auch mitspielen."

„Keine Sorge", sagt James, der das Schlusslicht bildet. „Dazu werden wir noch genug Gelegenheit bekommen. Kommt schon, wir müssen hier weg."

Als ich aufschaue, zucken Kyle Attenboroughs Augen angestrengt hin und her, aber der Rest seines Körpers scheint wie eingefroren zu sein. Er stöhnt.

James schlingt mir einen Arm um die Taille. „Du kannst später ausflippen. Wir müssen los", sagt er. Dann, als könnte er es sich nicht entgehen lassen, das letzte Wort zu haben, baut er sich über Kyle auf. „Sie dachten wohl, Sie hätten uns geschlagen. Sie dachten, Sie könnten uns in Fesseln legen und uns einsperren und hier verrotten lassen", zischt er ihn an. „Sie hätten uns umgebracht, wenn Sie es gekonnt hätten. Aber das konnten Sie nicht, denn die Magie gehört nicht den Feiglingen. Sie gehört den Legacies."

„Lasst uns gehen." Ursula steht jetzt direkt neben uns. „Ich lasse mich nicht noch einmal in dieses Becken sperren."

Mehr Männer brechen durch die Tür.

„Sie haben das Serum", ruft Ursula.

Und tatsächlich hält einer von ihnen eine Spritze in der Hand.

„Bitte schön, Mal", sagt James. „Genau zur rechten Zeit. Viel Vergnügen."

Sie schwingt ihre Arme durch die Luft, und die Männer krachen mit einem dumpfen Aufprall gegen die Wand. Sie hebt die Arme in die Höhe, und die Männer werden von den Füßen gerissen wie tanzende Marionetten. Ihre Körper werden hin und her geschleudert.

„Narren", schnaubt sie verächtlich.

„Du bist grandios." Die Worte sind mir entschlüpft, bevor ich sie aufhalten kann, aber es ist wahr. Sie ist ein unvergesslicher Anblick. Und dabei hätte ich immer gedacht, dass sie nicht noch furchterregender werden könnte.

Mally hebt die Schultern, steht unnatürlich gerade. „Ich bin grandios, nicht wahr?" Sie braut einen neuen Ball aus Blau zwischen ihren Händen zusammen und schenkt mir ein kleines Lächeln. „Das gefällt mir. Die grandiose Mally F. Saint. Maleficent." Ihr Lächeln wird breiter. „Ich glaube, den behalte ich. Maleficent. Er gefällt mir. Das ist mal ein anständiger Name."

Die Männer zappeln, stoßen hilflose Laute aus.

Mally oder Maleficent oder wer auch immer sie ist, schießt mit blauen Strahlen auf die Männer, die sie zu durchbohren scheinen. Sie schreien, die Augen weit aufgerissen vor Entsetzen.

„Oh, es ist nicht sonderlich nett, mit deinem Essen zu spielen", sagt Ursula und schlägt entzückt die Hände zusammen. „Mach es noch mal."

„Ursula, was ist denn mit dir los?“, frage ich schockiert.

„So viel.“ Sie lässt die Hände sinken. „So viel, dass du es dir nicht einmal vorstellen kannst.“

„Warum führen wir diese Unterhaltung nicht später weiter? Jetzt gerade ist es nämlich allerhöchste Zeit, dass wir hier verschwinden. Hier entlang“, sagt James mit einem Blick auf seine Uhr.

Ursula stößt sich voran, ihre Tentakel haften auf dem Boden. Sie drückt sich ab und wirft sich nach vorn – rasch wie eine Spinne – auf eine große Metalltür zu. Sie krallt sich an ihr fest und reißt die Tür aus den Angeln.

Dann sind sie fort, verschluckt von der Schwärze dahinter. Alle bis auf James, der mich um die Mitte packt, von den Füßen reißt und mit sich in die Dunkelheit zerrt, hinter ihnen her.

SIEBENUNDZWANZIG

„HEY!“ ICH VERSUCHE, MICH AUS SEINEM GRIFF ZU BEFREIEN, aber James ist viel zu stark. Außerdem rast er mit einer Geschwindigkeit durch den Tunnel, der ich niemals folgen könnte. „Lass mich los! Bella!“ Das Letzte, was ich von ihr gesehen habe, war, wie sie zusammengesunken in einer Ecke lag, und ich habe keine Ahnung, was Kyles Security-Typen ihr antun werden.

„Du willst bestimmt nicht, dass ich dich jetzt absetze“, sagt James. „Der Zauber wird jede Sekunde seine Wirkung verlieren, und du willst echt nicht, dass sie mit dem Zeug auf dich schießen, glaub mir. Du wärst tagelang bewusstlos.“

Wir sind jetzt so tief in den Tunnel vorgedrungen, dass jegliches Licht verblasst ist. Es ist erstaunlich, wie schnell sich meine Angst, James und Ursula nie zu finden, in Entsetzen vor dem verwandelt hat, was ich dann tatsächlich gefunden habe. Ich lege mein Kinn auf James' Schulter. Ganz gleich, was hier gerade mit ihm geschieht, ich weiß, dass er mich nie verletzen würde. Plötzlich macht James halt, und Ursula sagt: „Jetzt.“

James lässt mich aus seinen Armen gleiten. Wir haben eine Tür erreicht. Als ich sie erkenne, schnappe ich nach Luft.

„Reiß dich zusammen, Süße“, faucht Ursula und wirft mir einen stählernen Blick zu. „Das ist jetzt nicht der richtige Moment für eine Panikattacke."

In dem Spalt unter der Tür sehe ich flackernde Lichter. Das dumpfe Wummern von Musik erreicht meine Ohren.

„Wir sind im Wonderland", sage ich und versuche mit aller Macht, nicht ohnmächtig zu werden, während mein Kopf versucht, die Ereignisse des Abends irgendwie zu verarbeiten.

„Was hattest du gedacht, wie sie alle ins Labor geschleust haben?" Maleficent verzieht das Gesicht. „Aber zermartere dir darüber nicht deinen hübschen kleinen Kopf, wir haben nämlich einen Plan für sie. Es gab nicht viel zu tun in diesem gläsernen Gefängnis, außer Pläne zu schmieden." Sie schnipst gegen das riesige Metallschloss, und es zerbröselt.

„Alle werden euch sehen", sage ich, zu verängstigt, um sie zu berühren, aber ich muss sie aufhalten.

„Wir verlassen uns darauf", sagt Ursula.

James tritt zu, und die Tür fliegt auf.

„Halt!", ertönt es hinter uns. Kyle Attenborough kommt um eine Biegung. „Wir können euch helfen. Ich kann das wieder rückgängig machen! Ich brauche nur ein wenig Zeit."

Ursula schenkt ihm ein eisiges Lächeln, bevor sie sich ins Wonderland schlängelt. Augenblicklich setzen die Schreie ein. Ich will mir gar nicht ausmalen, was die Legacy Kids jetzt über das Monster, das auf Saugnäpfen die Treppe emporsteigt, denken müssen. Blitze aus blauem Licht zucken überall um uns umher.

James schiebt mich durch die Tür und schlägt sie hinter uns zu.

„Schnell", sagt er, „das wird sie nicht lange aufhalten."

„James, du musst dem ein Ende setzen", bitte ich ihn. „Hör sie dir doch mal an! Sie haben Angst!"

Der ganze Club ist in kreischendem Chaos versunken, und wir sind ein Teil der Flut.

„Geht mir aus dem Weg!" Er sieht sich um, und die Uhr, die ich ihm geschenkt habe, beginnt zu ticken. Das Ticken schwillt an, wird lauter und immer lauter, bis ich schreien möchte, damit es aufhört. Alle können es hören. Jetzt befinden wir uns inmitten der Masse panischer Kids, die kopflos durcheinanderrennen und auf jede nur erdenkliche Weise versuchen, aus dem Wonderland zu entkommen. Meine Gedanken sind nicht weniger wirr.

„James, sie werden sich verletzen!", schreie ich über das Ticken hinweg. „Irgendjemand wird noch zu Tode getrampelt!"

Seine Miene bleibt unlesbar, und er schiebt sich weiter durch die Menge. Mit einer Hand hält er mich gepackt, mit der anderen stößt er Leute aus dem Weg.

„James", flehe ich, und dann sage ich das Einzige, von dem ich weiß, dass es zu ihm durchdringen wird. „Das sind Legacy Kids. Das sind unsere Leute."

Das lässt ihn innehalten, er verstärkt seinen Griff um mich. „So sanftmütig", murmelt er mir ins Ohr. Dann richtet er sich plötzlich auf und ruft: „Stopp!"

Die Welt hält den Atem an.

Die Menge tut genau wie ihr befohlen. Sie halten mitten in der Bewegung inne wie angefroren, Konfetti und Luftballons schweben still in der Luft. Das Ticken hat aufgehört. Das Wonderland ist wie erstarrt.

„Tick, tack!", ruft James, als wir hinaus auf die Straße taumeln. Hinter uns setzen das Geschrei und die Musik wieder ein. Er reißt mich von den Füßen, und wir schlittern über ein Auto und über die Straße, schnurstracks in Richtung Miracle. Ich kann nicht einmal mehr schreien. Entweder überlebe ich diese Nacht oder nicht.

„Sie kommen", keucht er.

In der Tat holen hinter uns noch mehr von Kyle Attenboroughs Handlangern allmählich auf. James hechtet von einer Straßenseite zur anderen, um ihnen zu entgehen. Ich schreie auf, als ich höre, wie etwas ganz dicht an meinem Ohr vorbeisaust.

„Giftpfeile“, sagt er. „Bei mir richten die jetzt mehr Schaden an als eine Kugel.“

Wir schaffen es bis zum Miracle, bevor der erste Pfeil ihn trifft. Er stöhnt auf und lässt mich los.

„Nicht schießen!“, schreie ich. „Wenn sich alle beruhigen könnten, kann ich helfen. Auf mich werden sie hören.“

Es entsteht ein Moment der Stille. Neben mir schnappt James nach Luft. Ein winziger Pfeil ragt aus seiner Hand.

„Hört einfach auf“, sage ich und hebe eine Hand. „Wir können darüber reden. Das können wir doch tun, nicht wahr?“

Ursula ist im See verschwunden. James steht neben mir, einen Arm über meine Schulter gelegt, während Maleficent auf eine Feuerleiter geklettert ist. Sie hebt einen Arm und ruft: „Komm, Liebling.“

Mit einem gewaltigen Schwung stürzt Hellion sich vom Himmel herab und landet auf ihrer Schulter. Es ist glorreich.

„Liebling!“, gurrt sie. „Oh, mein Liebling! Da bist du ja.“

Einer der Männer sieht zu ihr auf und versucht, sich ihre momentane Ablenkung zunutze zu machen, doch noch bevor er etwas unternehmen kann, schleudert sie ihm blaues Licht entgegen. Sie trifft ihn in die Brust, sengt ein Loch hinein, und innerhalb von Sekunden ist er verglüht. Jegliche Aussichten auf einen Kompromiss oder eine Verhandlung haben sich in Luft aufgelöst, als die Männer in Deckung gehen und das Feuer eröffnen. Inmitten all des Chaos und des Lärms stampft sie mit dem Fuß auf und verschwindet von der Bildfläche. Hellion stößt ein zorniges Krächzen aus.

Sie richten ihre Aufmerksamkeit wieder auf mich. „Keine Bewegung, Miss“, befiehlt einer von ihnen.

„Sie verstehen das nicht! Diese Leute wurden vermisst. Sie sind hier die Opfer.“

„Ich verstehe vollkommen, Miss."

James richtet sich mit einem Ruck auf, hebt eine Hand. Die Männer feuern Salve um Salve Pfeile auf ihn ab, als er sich zwischen mich und sie wirft und seinen Körper als Schutzschild einsetzt. Meine Kehle ist so wund vom Schreien, dass ich kaum noch einen Laut über die Lippen bringe, als ich auf die Knie sinke. Einer der Typen hält seine Waffe direkt auf mich gerichtet. „Noch eine Bewegung, Miss, und das ist das Letzte, was Sie von diesem Abend sehen."

Eine plötzliche Stille senkt sich über die Straße, als einige der Männer Mallys Verfolgung aufnehmen und der Rest in Richtung See verschwindet. Nur einer bleibt zurück.

Ich kann meinen Blick nicht von James abwenden. Seine Augenlider flattern. „Du darfst die Augen nicht schließen, James. Bitte!"

„Ich wollte, dass es eine Überraschung wird", keucht er. „Ich wollte, dass du stolz auf mich bist. Ich würde die Magie finden und sie zu dir nach Hause zurückbringen." Er stößt ein zittriges Lachen aus. „Sie wollten eine magische Pille für Narrows herstellen, aber sie wirkt bei ihnen nicht." Sein rasselndes Gelächter verhallt in der Nacht. „Es ist nach hinten losgegangen. Mally und Ursula sind stärker geworden als sie. Ursula konnte entkommen. Sie können uns nicht kontrollieren, keinen von uns, niemals."

Ich streiche ihm sanft mit den Fingern über die Lippen. „Schon okay", flüstere ich. „Ich werde dich nach Hause bringen. Wir werden eine Lösung finden. Du wirst dich erholen, und alles wird wieder so sein, als wäre nichts passiert."

„Sie hätten es schon längst rückgängig gemacht, wenn sie könnten." Er beginnt, sich zu winden. „Lass mich gehen, Mary Elizabeth. Ich liebe dich, aber das ist es, was ich will."

„Ich liebe dich auch", wispere ich mit erstickter Stimme.

„Er geht nirgendwo hin, außer zurück in den Käfig, wenn er Glück hat", sagt der Mann neben uns, der jedes Wort mitgehört hat. „Es stimmt, was er gesagt hat, wissen Sie? Sie müssen alle von ihrem Leid erlöst werden."

„Erlöst?", wiederhole ich ungläubig und lege James' Kopf sanft auf dem Boden ab. Dann komme ich mühsam auf die Füße. „Er ist ein Mensch mit einem Leben und Freunden und Träumen. Und Ihr dämlicher Boss hat ihm das alles überhaupt erst angetan. Haben Sie keine Familie? Menschen, die Ihnen etwas bedeuten? Tja, er ist meine Familie. Er ist fast alles, was ich habe, und ich werde nicht zulassen, dass Sie …"

Hinter mir ertönt ein knisterndes Geräusch, und das scharfe Knallen von neuerlichen Schüssen erfüllt die Nacht. Irgendetwas steigt aus Miracle empor, und es ist so riesig, dass ich unwillkürlich ein paar Schritte zurückstolpere, um es richtig sehen zu können

Auf einen Schlag hält die gesamte Scar inne, nur das Flattern eines Helikopters ist noch zu hören, der über unseren Köpfen seine Kreise zieht. Kein einziges Auto ist zu sehen. Die Straße ist wie ausgestorben.

Ursula hat die Größe eines Gebäudes angenommen, und sie bahnt sich langsam ihren Weg aus dem Wasser, durchnässt alles auf ihrem Pfad. Der Boden erbebt so heftig unter ihren Schritten, dass ich mich an der Wand eines nahen Gebäudes festhalten muss. Der Security-Typ beginnt zu schießen, aber er stürzt bereits.

„DAS REICHT!", sagt sie, und die Erde erzittert. „Oh, ihr armen Seelen in Not. Ihr habt ja keine Ahnung, mit wem ihr es zu tun habt!"

ACHTUNDZWANZIG

DAS REICHT MIR AN SCHRECKEN FÜR EINE NACHT. ICH muss mich mehrmals daran erinnern, dass die Kreatur, die sich aus dem Miracle windet, um alles in Reichweite zu zerstören, meine beste Freundin ist. Vielleicht ist sie im Moment nicht in der besten Verfassung, psychisch gesehen, aber für jedes Problem gibt es eine Lösung, richtig?

Gerade, als ich mir erfolgreich eingeredet habe, dass ich das alles irgendwie wieder in Ordnung bringen kann, stürzt ein Helikopter auf das nächste Hochhaus zu, wo er durch einige Fenster bricht und in einer Feuerwalze explodiert.

Nein, kein Helikopter.

„Das ist ein Drache", sage ich stumpf. „Das ist ein Drache."

Und genau das ist es. Nicht, dass ich jemals einen gesehen hätte, aber was sollte diese gigantische fliegende Echse sonst sein? Der Drache stößt einen markerschütternden Schrei aus, so laut, dass er die Luft zerfetzt und ein Mann, der gerade die Straße überqueren wollte, sich zu Boden wirft und sich die Hände über die Ohren schlägt. Hellion, der die Nachhut bildet, schlägt mit den Flügeln und stürzt sich auf einen Officer, der gerade erst am Schauplatz angekommen ist und seine Waffe auf den Drachen gerichtet hat, der ein paar Blocks weiter die Straße in Flammen aufgehen lässt. Ich höre Geschrei und Explosionen, als das riesige gläserne Gebäude zu beben beginnt.

„Wie kann hier ein Drache sein? Was ist los?“, frage ich an niemanden gerichtet.

Der Security-Typ ist verletzt und wirkt mit einem Mal deutlich weniger wie ein fieser Handlanger und stattdessen mehr wie jemand, der dringend medizinische Hilfe braucht. Er deutet einen zittrigen Finger gen Himmel. „Das ist alles, was von Mally Saint übrig geblieben ist“, sagt er. „Sie verstehen nicht. Sie müssen sie umbringen. Sie werden alles zerstören. Alle, die sie lieben.“

„Sie *sind* alle, die ich liebe.“

Aber als mein Blick auf die Hörner fällt, die aus dem Kopf des Drachen hervorragen, weiß ich, dass er recht hat. Der Drache, der bis vor Kurzem noch ein abweisendes, gemeines Mädchen war, gleitet über uns durch die Luft, während Ursula mit ihren vielen Tentakeln um sich schlägt, bis auch noch der letzte von Kyle Attenboroughs Männern entweder tot oder zeitweise außer Gefecht gesetzt ist.

„Ganz schön krass“, murmele ich an niemand Bestimmten gerichtet.

In der Ferne ertönen Sirenen, sie kommen näher. Ursula dreht sich im Kreis, und als sie niemanden mehr entdeckt, den sie bekämpfen kann, hüllt sie ihre Gestalt ein weiteres Mal in blaues Licht, tritt aus dem See hinaus und schrumpft anmutig zurück auf ihre normale Größe. Maleficent dreht noch einen weiteren Kreis über unseren Köpfen, bevor sie sich neben Ursula niederlässt. Auch sie verwandelt sich zurück in ihre menschliche Gestalt. Hörner ragen ihr aus dem Kopf und fügen ihrem imposanten Anblick mindestens noch dreißig Zentimeter hinzu. Hellion stürzt sich herab und nimmt seinen Platz auf ihrer Schulter ein. Maleficent verschwendet keine Zeit. Sie kniet sich neben James nieder und wirft mir einen vorwurfsvollen Blick zu.

„Warum hast du zugelassen, dass sie ihm das antun?“ Irgendetwas an der

Art, wie sie das sagt, weckt in mir das Verlangen, ihr eine saftige Kopfnuss zu verpassen. Aber sie scheint sich ernsthafte Sorgen zu machen, und ich will nicht der Auslöser für eine weitere Feuer speiende Drachenszene sein. Also halte ich mich zurück, selbst als sie ihm mit dem Handrücken sanft über die Wange streicht.

„Seine Hand", haucht Maleficent. Sie hebt sie an. An der Stelle, wo das Gift aus dem Pfeil herausgesickert ist, hat sich die Hand bereits schwarz verfärbt.

„Na, werd sie los!", schreit Ursula.

„Ich habe keine Ahnung, wie man ein Körperteil abtrennt", faucht Maleficent zurück. „Ich könnte ihn aus Versehen ausweiden."

„In ein paar Minuten wird er mausetot sein, wenn niemand ihm die Hand abnimmt. Hier …", sagt Ursula. „Ich mache es."

„Nein", fahre ich dazwischen. „Ich werde es tun." Ich renne zu der Axt in einem nahe gelegenen Schaufenster, schlage die Scheibe ein und kehre mit der Axt in der Hand zu den anderen zurück. Ich sehe ganz deutlich, wo ich an der rasch absterbenden Hand den Schnitt ansetzen muss.

Ursula bückt sich hinunter und hält James fest. „Er wird nicht mehr lange ohnmächtig sein", sagt sie.

Ich hole aus, und mit einem einzigen sauberen Schlag trenne ich James' Hand von seinem Arm und verhindere damit, dass sich das Gift in seinem restlichen Körper ausbreitet. Das schrumpelige schwarze Ding, das bis vor Kurzem noch seine Hand war, rollt leblos davon.

Er beginnt zu schreien, als ich meinen Gürtel abnehme und ihn, so fest ich kann, um seinen Arm schlinge.

Maleficent zaubert einen Verband aus dem Nichts. „Ich bin beeindruckt", sagt sie.

Bella kommt mit Kyle Attenborough im Schlepptau um eine Straßenecke. „Da seid ihr ja. Ich hab diesen Kerl hier erwischt", sagt sie stolz. „Ich meine, ihr habt mir einen Teil der Arbeit abgenommen, aber trotzdem."

Ich kann mich nicht auf sie konzentrieren. Alles, was ich sehen kann, ist James, bewusstlos, nur noch mit einer Hand, ein Schatten von dem, der er immer war. Ich kann nicht einmal weinen.

„Ihr macht einen Fehler", sagt Kyle. „Nicht ich bin derjenige, der in Handschellen abgeführt werden sollte, sondern die!"

Ursula betrachtet ihn wie einen Wurm, ihre Lippen kräuseln sich zu einem verächtlichen Lächeln.

„Ihr glaubt, ich wäre hier der Böse? Seht euch doch einmal um. Diese Zerstörung ist nicht mein Werk", fährt er fort.

„Sie haben angefangen", zischt Maleficent. „Sie und Ihre gierigen Freunde. Wir haben uns nur verteidigt."

„Warum konnten Sie uns nicht einfach in Ruhe lassen?", frage ich. „Wir waren zufrieden."

„Ihr wart gelangweilt, nachtragend und gierig", höhnt Kyle.

„Sollen wir?", fragt Maleficent an Ursula gewandt.

„Wartet", sage ich. „Ihr könnt nicht gehen. Wo wollt ihr denn hin? Jeder einzelne Mensch in Monarch wird nach euch suchen."

Ursula nimmt meine Hand. „Wir haben Pläne. Wir hatten so viel Zeit, darüber nachzudenken, was wir als Nächstes tun werden. Sie werden nicht aufhören zu versuchen, Magie abzufüllen, was bedeutet, dass alle Legacies in Gefahr sind. Wir werden ihnen zuvorkommen und eine Armee aus Legacy Kids auf die Beine stellen. Es wird atemberaubend. Wir werden uns zu altem Glanz verhelfen, und alles wird wieder so sein wie früher, nur besser. Wir werden auf ein gemeinsames Ziel hinarbeiten. Keine Highschool mehr, keine Narrows, die sich auf unserem Gebiet breitmachen, keine Regeln mehr, keine Stadt mehr, die uns sagt, was wir zu tun und zu lassen haben. Wir werden das Sagen haben. Anstatt ihre Lakaien zu sein, werden sie zu unseren. Wir werden sie mit Fleisch und Blut für all das bezahlen lassen, was sie uns angetan haben."

Nichts in den Geschichtsbüchern hätte mich auf das hier vorbereiten können. Klar, hier und da tauchte mal ein böser Zauberer auf, aber im Grunde genommen waren die Bewohner der Scar gute Menschen, die einfach nur über die Runden kommen und ihre Kinder großziehen wollten.

„Das ist nicht das, wofür die Scar steht", sage ich.

„Doch, ist es", erwidert Ursula. „Komm mit uns", versucht sie es ein weiteres Mal. Ich werfe einen Blick zurück auf Bella, die Kyle Attenborough in Handschellen festhält und uns beobachtet.

Maleficent verdreht die Augen.

„Ich kann nicht", sage ich.

„Nun, tut mir leid, dich enttäuschen zu müssen, Mary Elizabeth. Ich bin nicht perfekt, aber du hast ihn doch gehört. Ich werde mich nicht still und leise beseitigen lassen. Und ich werde nicht zulassen, dass diese Arschlöcher die Scar übernehmen und uns wie Laborratten behandeln. Wir werden sie kriegen, bevor sie uns oder irgendjemand anderen erwischen."

„Das ist … böse."

„Ihre eigene Schuld", erwidert Ursula schulterzuckend. „Wir sind ihre Schöpfung. Aber wahrscheinlich hast du recht. Wir werden die Schurken sein, und du kannst die Heldin in dieser Geschichte spielen, genau so, wie du es immer wolltest."

Maleficent taucht hinter Ursula auf und nimmt sie am Ellbogen. „Lass uns verschwinden. Uns bleibt nicht viel Zeit."

„Der Drache steht dir", sagt Ursula an sie gewandt.

„Dir steht der riesige Oktopus auch nicht schlecht", erwidert Maleficent.

Ursula sieht auf James. „Was machen wir mit ihm?"

Die Sirenen verwandeln sich in schlagende Türen und das Geräusch von Fußschritten.

„Nehmt ihn." Sosehr ich die Vorstellung auch verabscheue, dass Mally oder Ursula glauben könnten, ich würde gutheißen, was sie da tun, so wenig kann ich zulassen, dass James Kyle Attenborough oder sogar dem

Chief in die Hände fällt. Ich habe keine Ahnung, wem ich noch vertrauen kann. „Bitte, nehmt ihn einfach mit. Sobald es sicher ist, werde ich euch finden."

Ursula zieht mich in eine Umarmung. „Es wird nie mehr sicher sein", flüstert sie mir ins Ohr.

Und dann hebt sie James auf, als wäre er ein Haufen nasses Seegras, und wirft ihn sich über die Schulter.

„Warte!", schreie ich. Ich laufe zu ihm und küsse ihn auf die bleiche Wange. „Komm zurück zu mir", flüstere ich. „Komm zurück."

Ich spüre, wie mir die Tränen über das Gesicht laufen.

Du wirst dich entscheiden müssen zwischen deinem Kopf und Herzen.

Endlich verstehe ich ihre Worte. James ist mein Herz und Ursula ebenso, und jetzt sind sie beide so weit von mir entfernt, dass ich sie nie zurückbekommen werde.

Mit einer einzigen Handbewegung von Maleficent ist James verschwunden. Ursula ist verschwunden. Und sie haben mein ganzes Leben mit sich genommen.

„Du bist eine dämliche Göre, weißt du das?", fährt Kyle mich an. „Du glaubst vielleicht, dass du gerade die Stadt gerettet hast, aber in Wahrheit hast du jeden einzelnen ihrer Bewohner ermordet, als du sie hast gehen lassen."

Ein paar Officer, die ich nicht kenne, kommen um eine Straßenecke.

„Alles gesichert", sagt Bella. „Täter unter Kontrolle."

„Hey, das ist doch diese kleine Praktikantin", sagt eine Polizistin. Ihre Augen huschen von mir zu Kyle und wieder zurück, bis sie sicher ist, dass er keine Gefahr darstellt. Sie lässt ihre Waffe sinken.

„Ist das nicht Kyle Attenborough?", fragt ihr Partner.

Kyle grinst mich höhnisch an. „Die Magie ist zurück", sagt er. „Und sie ist nicht nur zurück, sie ist außerdem in den Händen der bösartigsten Kreaturen, die je existiert haben. Herzlichen Glückwunsch."

„Das reicht", sagt Bella und schiebt ihn vor sich her auf einen Polizeiwagen zu.

Erst als er außer Sichtweite ist, erlaube ich mir, mich zitternd auf den Bordstein fallen zu lassen. Das Neonschild über dem Wonderland blinkt noch. Überall liegen Glasscherben und vereinzelte Körper verteilt. Sanitäter sammeln Kyles Männer einen nach dem anderen ein und verfrachten sie in Krankenwagen, während andere mit weißen Tüchern abgedeckt werden. Ein Zeichen, dass sie ein Fall für die Leichenhalle sind.

Meine Freunde haben das getan. Die Liebe meines Lebens hat das getan.

Mein Handy vibriert in meiner Tasche. Ohne darüber nachzudenken und ohne nachzusehen, wer anruft, gehe ich ran.

„Mary Elizabeth, sind Sie dran?" Es ist Dr. Tink, die noch aufgekratzter klingt als gewöhnlich. Ich antworte nicht, aber das scheint sie nicht zu stören. „Sehr gut. Ich habe Sie für morgen früh um acht Uhr in meinen Kalender eingetragen, in Ordnung? Lassen Sie mich nicht sitzen, sonst muss ich Sie melden. Bis dann?"

„Das wäre super", sage ich und lasse meinen Blick über die Zerstörung wandern, die mich umgibt. „Ich habe Ihnen eine Menge zu erzählen."

Die Magie ist zurück.

Die Magie ist zurück.

Die Magie ist zurück.

DANKSAGUNG

AN MEINE VERLEGERIN JOCELYN DAVIES FÜR DIE AUSGEZEICHNETEN DENKANSTÖSSE, dafür, dass sie mir die Gelegenheit eröffnet hat, das Universum meiner Kindheit zu erforschen und neu zu gestalten, und dafür, dass sie mich den ganzen Weg über begleitet und ermutigt hat. Du bist eine traumhafte Verlegerin. Für Disney zu schreiben, war etwas, das ich mir vor vielen Jahren von einer Sternschnuppe gewünscht habe, und du hast mir diesen Wunsch erfüllt. Danke, immer und immer wieder.

Mein Dank gilt auch dem ganzen Team bei Disney, das dieses Buch zum Leben gebracht hat, einschließlich Phil Buchanan, Guy Cunningham, Sara Liebling, Lyssa Hurvitz, Seale Ballenger, Tim Retzlaff, Elke Villa, Dina Sherman, das gesamte Team vom Vertrieb, Kieran Viola und Emily Meehan. Vielen Dank an Joshua Hixson für das atemberaubende Cover.

Meiner Agentin Emily van Beek danke ich für ihre beständige, unerschütterliche Präsenz und Anmut. Ohne dich wäre ich zweifellos nicht die, die ich heute bin. Ich liebe dich.

Meine Kinder Lilu und Bodhi: Ihr beide lasst immer noch meine Träume wahr werden. Jeden Tag, einfach dadurch, dass ihr existiert, aber mehr noch, weil ihr die bemerkenswerten Menschen seid, die ihr seid.

Mein Ehemann Chris, du bist ein eiskaltes Wunder. Danke, dass du meine Träume und meinen Ehrgeiz unterstützt und mir zuhörst, wenn die Ängste überhandnehmen. Ich hoffe, ich bin ein halb so toller Partner, wie du es bist.

Meine Kollegen und Studenten an der Taos Academy Charter School: Ihr macht mein Leben aufregend und wundervoll, und ihr steckt voller Magie. Ich bin euch so dankbar für das zweite Zuhause, das ich bei euch habe.

Meine Eltern, danke, dass ihr mir das Leben geschenkt und mir von klein auf die Bedeutung von Büchern eingetrichtert habt. Ich mache euch für alles verantwortlich, was danach gekommen ist.

Meine Geschwister, in aller Liebe. #oneofsix

Meine liebe Nancy Jenkins, die mir Gespräche über Gut und Böse aufzwingt, die in alles mit einfließen, was ich schreibe.

All meine Freunde, Autoren oder nicht, die mein Leben mit Farbe und Abenteuern füllen. Ich danke euch.

Mein letzter Dank geht an Disney, dafür, eine Welt erschaffen zu haben, in der zu spielen so viel Freude bereitet und die gefüllt ist mit so wundervollen Charakteren. Ich habe meine Kindheit damit verbracht, begeistert und immer wieder, in eure Welten einzutauchen, und so hat dieses Projekt einen ganz besonders hartnäckigen Juckreiz gestillt. Es war ein Segen und ein Vergnügen und auch ein bisschen Feenstaub.

Ich glaube an die Magie. Ich glaube. Ich glaube.

Leseprobe aus dem Disney*-Roman*

DANGEROUS SECRETS

„Liebe und Schicksal von Iduna und König Agnarr“

von Mari Mancusi

Aus dem Englischen von Nina Ohlmann
ISBN 978-3-551-28060-2

Der Sturm wird immer schlimmer.

Blitze schneiden durch einen wütenden schwarzen Himmel, kurz darauf ertönt das Krachen des Donners. Die Wellen schlagen gegen den Schiffsrumpf, während ich mit weißen Fingerknöcheln die Holzreling umklammere. Heftige Windböen reißen Haare aus meinem Zopf und peitschen mir feuchte braune Haarsträhnen ins Gesicht.

Ich wage es nicht loszulassen, um sie wegzuwischen. Stattdessen behalte ich meine Augen auf dem Meer. Auf der Suche nach *ihr*.

In gewisser Weise habe ich mein ganzes Leben damit verbracht, nach ihr zu suchen. Und heute Abend könnte meine Reise endlich zu Ende gehen.

Unbeendet. Ohne sie zu finden.

Ahtohallan! Bitte! Ich brauche dich!

Vielleicht hat sie nie existiert. Vielleicht war sie einfach ein Mythos. Ein dummes Lied, um Kinder in den Schlaf zu wiegen. Damit sie sich sicher und geborgen fühlen in einer Welt, die alles andere als das ist. Vielleicht war ich eine Närrin zu glauben, wir könnten einfach losgehen und sie aufspüren. Die Geheimnisse der Mutter kennenlernen.

Ich kenne die Geheimnisse einer Mutter.

Eine weitere Welle stürmt herbei, schlägt gegen den Rumpf und spritzt Gischt aus eisigem Meerwasser in mein Gesicht. Kurzzeitig vom Salz geblendet, das mir in den Augen brennt, stolpere ich rückwärts. Ein starkes Paar Hände greift meine Hüften, und eine kraftvolle Brust hinter meinem Rücken hält mich aufrecht.

Schon während ich mich umdrehe, weiß ich, wer hinter mir steht. Der Mann, der fast mein ganzes Leben bei mir war. Der Mann, der mich mehr als jeder andere auf der Welt zum Lachen – und zum Weinen – gebracht hat. Mein Ehemann. Der Vater meiner Töchter. Mein Feind. Mein Freund.

Meine Liebe.

Agnarr, der König von Arendelle.

„Komm, Iduna“, sagt er und dreht mich herum, um mir in die Augen zu sehen. Er greift nach meinen Händen und umklammert sie. Seine sind so warm und stark, wie meine kalt und zitternd sind.

Ich schaue auf und bemerke die Wildheit in seinen blattgrünen Augen. Falls er Angst hat, zeigt er sie nicht.

„Wir müssen unter Deck gehen“, ruft er durch den wilden Sturm. „Befehl des Kapitäns. Hier oben sind wir nicht sicher. Eine große Welle könnte dich über Bord gehen lassen.“

Ich möchte um mich schlagen, mich dem Befehl widersetzen. *Mir geht es gut. Ich kann auf mich selbst aufpassen. Ich bin nicht irgendein dummes Mädchen, das sich vor den Elementen fürchtet.*

Aber was ich eigentlich sagen möchte, ist: *Ich kann nicht weggehen. Ich habe sie noch nicht gefunden.*

Wenn ich nach unten gehe, finde ich sie vielleicht nie.

Und wenn das passiert …

Elsa. Meine süße Elsa … Meine liebe Anna …

Agnarr sieht mir direkt in die Augen. Ich seufze und befreie meine Hände aus seinen, stolpere zu den Stufen, die zu unserer Kabine führen. Meine Beine sind nicht an die raue See gewöhnt. Ich bin fast da, als das Schiff plötzlich hart nach links schlägt. Ich verliere den Halt und greife nach der Reling. Ich spüre, dass mich einige Besatzungsmitglieder besorgt beobachten, aber ich kämpfe mich erhobenen Hauptes vorwärts. Schließlich bin ich eine Königin, und da gibt es gewisse Erwartungen.

Unten angekommen, drücke ich unsere Kabinentür auf, gehe hinein und lasse sie hinter mir zuschlagen. Der Kapitän hat uns seine Kabine für die Reise zur Verfügung gestellt, was, wie ich betont hatte, nicht notwendig war. Aber ich wurde überstimmt.

Es ist die einzige Kabine, die für eine feine Dame geeignet ist, hatte er protestiert. Denn so sieht er mich. So sehen mich jetzt alle. Eine feine Dame. Eine bestens gerüstete arendellianische Königin.

Doch nun endlich kennt Agnarr die Wahrheit.

Ich lege mich auf das Bett und greife nach meinen Stricknadeln und meiner halb fertigen Handarbeit. Unter diesen Umständen vermutlich eine unangebrachte Tätigkeit, aber vielleicht das Einzige, was meine Hände – und mein pochendes Herz – beruhigen kann. Ich höre, wie Agnarr die Tür aufstößt. Seine starke, massive Präsenz erfüllt den Raum. Aber ich schaue nicht auf. Stattdessen beginne ich zu stricken, während das Schiff unter mir schaukelt. Hier unten ist es dunkel, zu dunkel, um das feine Garn wirklich zu sehen, aber meine Handgriffe sind sicher und die sich wiederholenden Bewegungen so natürlich und vertraut wie das Atmen. Yelana wäre stolz.

Yelana. Ist sie immer noch da draußen im Zauberwald, immer noch im Nebel eingeschlossen? *Nur Ahtohallan weiß es …*

Plötzlich möchte ich meine Nadeln durch den Raum werfen. Oder unter Tränen auf dem Bett zusammenbrechen. Aber ich tue weder das eine noch das andere, sondern richte meine Aufmerksamkeit auf den unfertigen Schal. Mit jeder Strickmasche zwinge ich mich mehr und mehr in einen Zustand von Geborgenheit.

Agnarr nimmt einen Hocker vom Schreibtisch des Kapitäns und setzt sich mir gegenüber. Er greift nach einer Ecke des Schals und fährt mit seinen großen Fingern über die winzigen Maschen. Ich wage einen Blick auf ihn und stelle fest, dass seine Augen weich geworden und in eine nur ihm bekannte Ferne gerichtet sind.

„Das ist das gleiche Muster", sagt er langsam. Und ich weiß, was er meint. Denn natürlich ist es das. Ich hatte es nicht einmal bemerkt.

Das gleiche Muster wie auf dem Tuch, das meine Mutter für mich gestrickt hatte, als ich ein Baby war. Das Tuch, das ihm das Leben rettete.

„Es ist ein altes Northuldra-Muster", erkläre ich und bin überrascht, wie leicht die Worte nun über meine Lippen kommen, nachdem die Wahrheit bekannt ist. „Es gehört zu meiner Familie." Ich nehme seine Hand und lege sie der Reihe nach auf jedes Symbol. „Erde, Feuer, Wasser, Wind." Auf dem Windsymbol halte ich inne und denke an Gale zurück. „Es war der Windgeist, der mir an diesem Tag half, dein Leben zu retten."

Agnarr pfeift leise. „Ein Windgeist! Wenn ich das gewusst hätte!", sagt er und streicht sanft mit seinem Daumen über meine Wange. Selbst nach all den Jahren entfacht seine Berührung immer noch einen sehnsuchtsvollen Schmerz tief in mir. Und als stünde mir diese Entscheidung nicht frei, sondern wäre eine Notwendigkeit, lasse ich meine Nadeln fallen, um die Geste zu erwidern und mit meinen Fingern über die leichten Stoppeln seiner Wange zu fahren. „Es hätte meine Geschichten, die ich den Mädchen erzählt habe, so viel interessanter gemacht."